Demain est une autre vie

Thierry Serfaty

Demain est une autre vie

ROMAN

Albin Michel

1

LA PLUIE gifle les vitres et s'étale en flaques troubles sur le pare-brise. Ma voiture croise nerveusement la 110e Rue, elle soulève des gerbes d'eau sur la chaussée déjà inondée où se débattent des piétons affolés. On pourrait croire que l'East River est sortie de son lit pour envahir les artères de New York.

Je n'ai jamais vu un ciel aussi noir. Je passe la main sur mon crâne qui ruisselle encore de la course pour rejoindre ma voiture sous ce déluge. Puis sur ma chemise qui colle à ma peau. Le téléphone posé sur la place passager sonne : un bruit de mitraillette crépite dans l'habitacle. Ma femme, Inès. Je ferme les yeux, je veux oublier cette sonnerie, je sens encore la tiédeur du corps de Rose, j'entends ses mots tendres, tout est si simple et doux entre nous. Entre deux passages des essuie-glaces, je lève les yeux sur le feu de signalisation : un halo rouge qui coule et se déforme sur le verre, puis qui réapparaît nettement. Et moi, je décroche. En accélérant.

– *Tu es en retard. Pourtant ta secrétaire m'a dit que tu avais arrêté à seize heures trente.*

– Je... je sais, j'essaie de faire au plus vite. La ville est sous l'eau, les gens conduisent comme des fous, je crois que je viens de griller un feu rouge...

– *Je me suis débrouillée pour être à l'heure, j'aimerais bien que tu en fasses autant.*

Elle raccroche sans me laisser le temps de réagir. Aussi brutalement qu'elle a cessé de m'aimer, le lendemain de notre mariage. Et qu'elle a décrété que nous n'aurions pas d'enfants. Ça me fait mal.

Plus mal qu'un violent accident.

Malgré les trombes d'eau, je vois nettement la camionnette blanche tout près de moi qui, elle, passe au vert, le visage déformé du conducteur qui crie, et la tôle qui se froisse comme du papier dans un fracas effrayant.

J'écrase la pédale de freins alors que j'arrache l'aile d'un autre véhicule. Ma voiture fait une embardée sur la chaussée transformée en torrent. Les passants tournoient autour de moi, silhouettes trempées, ils se plaquent contre les murs, hurlent. Je relâche la pédale, je braque le volant dans l'autre sens et fonce vers le trottoir. Ou est-ce ce poteau qui fonce droit sur moi ? Lors du choc, je sens un craquement dans le genou et dans la nuque. Je vois des étincelles et une décharge électrique court le long de mes bras. Le poteau mord le pare-chocs, plie le capot et déchire tout.

Le pare-brise se disloque, les éclats de verre volent, je vois le ciel strié par l'orage, et je sens la pluie diluvienne sur mon visage. Dans quelques secondes, il n'en restera rien, comme celui de l'adolescent que j'ai opéré ce matin. La scène se fragmente comme un film au ralenti, les images se superposent et ricochent dans mon crâne. Il a quinze ans, il rentrait de l'école, il n'a eu qu'un tort : croiser trois gosses et refuser de leur donner son sac. J'ai juste tenté de distinguer un visage humain au milieu du ravage, l'horrible puzzle de peau et de chair découpé au cran d'arrêt. Puis j'ai essayé d'oublier les traits déformés par la peur et la douleur, ceux d'une mère agrippée à son fils, et j'ai fait tout ce que j'ai pu pour lui, pour la maman, pour leur vie foutue.

Il me semble que le temps s'arrête, que le hurlement du métal cesse.

J'entends la voix dure d'Inès, les murmures réconfortants de Rose. Je sais que je vais mourir et je prie pour imaginer enfin les traits des enfants que je n'ai pas eus et qui ont peuplé mes rêves des milliers de fois, de manière obsédante. Mes bébés, mes amours. Je vous aurais tout donné si vous aviez existé hors de mon sommeil.

Dans une fraction de seconde, je serai déchiqueté, moi aussi. À l'image de ma vie conjugale. Le poteau dévaste tout et, quand ma voiture va s'immobiliser, il aura déjà défoncé ma cage thoracique et mon crâne, je ne serai qu'un type de trente-huit ans, heureux dans son travail, désenchanté en amour – et en lambeaux.

2

J'AI OUVERT les yeux, puis la bouche, et alors seulement l'air est entré dans ma gorge et mes poumons comme le vent dans une pièce lorsqu'on ouvre une fenêtre en pleine tempête.

Je suffoquais.

J'étais assis dans mon lit, en nage, et regardais autour de moi sans reconnaître tout à fait les lieux dans la pénombre.

Puis j'ai retrouvé mes repères, lentement.

Les rideaux tirés. La commode, l'armoire. Le drap repoussé, froissé autour de moi et très lisse à ma gauche, sur un monticule. Ma femme endormie sous le drap.

J'étais dans ma chambre, tout bonnement dans ma chambre, au premier étage de ma maison, face à Central Park, entre Malcom X Boulevard et Frawley Circle.

Je retombai sur mon oreiller, haletant, puis me levai sans bruit et marchai jusqu'à la fenêtre sur l'épaisse moquette dont nous raffolons, nous autres Américains – nous mettons un point d'honneur à faire correspondre son épaisseur à notre situation financière – et que détestent les gens comme moi allergiques aux acariens. J'écartai le rideau des deux mains tant il était épais, lui aussi. Inès avait signifié aux passants que mes honoraires de chirurgien avaient régulièrement augmenté en changeant au même rythme les rideaux de toute la maison. Toujours plus lourds, plus chargés, plus travaillés. Au stade actuel, on pouvait légitimement penser que j'avais atteint les plus hautes sphères hiérarchiques et salariales du Mount Sinaï Hospital. Le jour se levait à peine et, devant le garage, je pus constater avec soulagement que mon 4 × 4 se portait comme un charme.

Je soupirai et m'adossai au mur. La sueur collait le T-shirt à ma peau, c'était glacé et détestable.

J'inspirai profondément, enfilai à la va-vite un caleçon et sortis de la chambre sur la pointe des pieds. Je passai par la salle de bains pour me défaire de mon T-shirt trempé et faire une toilette rapide, puis je descendis l'escalier.

J'entrai dans la cuisine et fondis comme un automate sur la machine à espresso tandis que mon cerveau tentait de gommer les images atroces dont j'émergeais. Je me traînai jusqu'à une chaise design et très inconfortable, et me laissai tomber dessus sans précaution. Je fis une grimace de douleur et me rabattis sur le café.

L'amertume m'apaisa. Je me concentrais sur la mousse onctueuse quand deux mains glissèrent sur ma nuque – qui n'était pas brisée, en l'occurrence, ce qui était plutôt rassurant après un tel accident – et une voix féminine résonna tout près de mon oreille :

– Qu'est-ce qui t'arrive, mon cœur ? Tu es tombé du lit ? D'habitude, je suis la première debout…

Je me redressai sur ma chaise, stupéfait. Un petit nom affectueux, de la sollicitude… Depuis quand ma femme ne m'avait-elle pas parlé ainsi ? Je n'étais même pas certain qu'elle l'ait fait après notre première nuit. Elle se détacha de mon cou et s'éloigna avec grâce vers notre meilleure amie du matin : la machine à café. Elle me donnait le dos et je contemplai la silhouette parfaite en silence, abasourdi.

Lorsqu'elle se retourna, je découvris un visage radieux. Ses longs cheveux châtains étaient retenus en une queue-de-cheval et dégageaient les contours harmonieux de son visage sans fard. Je devinai dans la transparence du tissu une poitrine ronde, haute et ferme, ainsi qu'une taille marquée. Mon regard glissa sur ses courbes, je restai pétrifié.

Elle s'assit à mon côté, une main sur les muscles contractés de ma cuisse et l'autre autour de sa tasse, le sourire aux lèvres. Elle croisa ses jambes interminables sur les miennes, se pencha et passa un doigt sur la commissure de ma bouche. Au bout de son index, un peu de mousse de café, qu'elle lécha.

– Qu'est-ce que tu as, Jamie ? Tu étais agité cette nuit, je me suis fait du souci, ajouta la jeune femme alors que je me perdais dans ses yeux dorés, incapable d'écouter.

De toute manière, je n'eus pas le loisir de lui répondre, si j'avais eu envie de le faire : une cavalcade dans l'escalier annonça l'arrivée de deux furies en pyjama qui me sautèrent dessus avec la délicatesse de tanks. Un petit garçon brun, rondouillard, cheveux en bataille – et ça ne semblait pas être le résultat d'une nuit de sommeil mais plutôt d'une nature – s'agrippa à mon bras et y colla la tête comme on le fait contre un oreiller pour réclamer un peu de sommeil en sus. Il leva ses grands yeux lumineux – ceux de sa mère, en fait – sur moi et sourit, puis enfouit son visage dans ma manche.

Le second, plutôt longiligne, m'embrassa vigoureusement mais à la va-vite sans me laisser le temps de réagir.

Je faillis tomber à la renverse, et leur mère les réprimanda sans beaucoup de vigueur, plutôt amusée par l'assaut.

– Les garçons, calmez-vous et dépêchez-vous de prendre votre petit-déjeuner. Je ne sais pas ce qui se passe, ils sont crevés, je n'arrive plus à les tirer du lit en semaine alors que le week-end, dit-elle en se tournant vers eux, vous nous empoisonnez la vie en tambourinant à notre porte à partir de sept heures. Vous vous fichez vraiment de nous.

L'aîné renversa un bol de céréales avant même d'avoir pris place. Il balaya les flocons du revers du bras sans plus d'émotion et se rabattit sur le pain. Sa mère leva les yeux au ciel.

– Ça va, Loris, ça ne te dérange pas trop, ces céréales éparpillées, ou tu préférerais que je nettoie tout ça pour que tu manges sur une table propre ? Tu me le dis, je suis là pour ça.

Le garçon leva la tête sans trop savoir si sa mère plaisantait ou s'il avait intérêt à faire disparaître le contenu du bol illico.

– Non, tenta Loris, c'est pas la peine, ça me dérange pas.

Sa mère eut envie de rire. La décontraction de son fils l'étonnait toujours, surtout pour un gamin de cinq ans.

Elle se pencha vers moi.

– Tu sais, dit-elle d'un air pénétré de professeur, tu as le droit de lui dire quelque chose de temps en temps, au lieu de me laisser jouer les mères fouettardes…

Lui dire quelque chose… Je ne savais pas du tout quoi dire, et pas seulement à lui. J'aurais voulu parler, intervenir, répondre, mais rien ne sortait. Pas même de ma tête dans laquelle soufflait à cet instant un vent de folie et où se bousculaient une centaine de questions auxquelles j'étais encore moins capable de répondre. Je regardai Loris, ses traits m'intriguaient jusqu'à ce que je comprenne pourquoi : c'était moi, enfant. Mon portrait craché. Pourquoi ne m'en rendais-je compte que maintenant ? Je passai d'un visage à l'autre, muet, paralysé, et c'est mon plus jeune fils qui me sauva du silence dans lequel j'étais muré, à mon grand dam.

– Papa, j'ai pas faim, on joue ? demanda le garçon avec un beau sourire et un regard chargé d'espoir.

Je crois que c'est déjà le cas, mon fils, répondis-je pour moi-même. Je n'étais pas sûr de bien comprendre les règles du jeu, et peut-être même en étais-je le pion. Je trouvai juste l'énergie de pousser de mes bras sur la chaise et de me lever.

– Oui, oui, on… on va jouer. Plus tard, lui dis-je comme s'il s'était adressé à moi dans une langue étrangère.

Je tentai un sourire misérable à ma famille et me retournai pour sortir sans précipitation de la cuisine. Je montai une à une les marches. En bas, j'entendais mon plus jeune fils interroger sa mère :

– Où il va, papa ?

– Normalement au travail, mais là, ça me semble mal barré, mes chéris.

– Il va faire des opérations, aujourd'hui ? demanda l'aîné.

– J'espère que non, répondit ma femme. Quand vous remonterez vous habiller, allez voir s'il ne s'est pas rendormi.

Je tentai de contrôler quelque chose qui se tordait dans ma gorge et qui voulait en sortir. J'ouvris la porte de notre chambre et la refermai avec soin derrière moi. Je marchai de manière incertaine et me laissai tomber sur le lit, les bras en croix, le regard planté dans le plafond. Je n'arrivais pas à ralentir ma respiration, emballée comme mon rythme cardiaque.

J'eus brusquement l'étrange sensation qu'on pressait sur ma poitrine, qu'une force invisible me comprimait le thorax et se relâchait, à plusieurs reprises. Je posai une main tremblante sur mon torse : rien, bien sûr, ne pesait sur moi – sauf peut-être toute la panique du monde. Je me forçai à me calmer et réfléchir, ou du moins à rassembler mes esprits et à raisonner.

Ce matin, je m'étais réveillé après une mauvaise nuit, j'étais descendu dans la cuisine prendre mon café, mais très objectivement les choses s'étaient améliorées dans les minutes qui avaient suivi : mon épouse, belle et attentionnée, m'avait rejoint et mes deux garçons m'avaient sauté au cou avant de s'asseoir autour de la table enviable d'un père entouré de sa famille unie. Une famille parfaite, de quelque angle qu'on la regarde.

Sauf un : le mien.

Car de mon point de vue, une chose clochait, et pas qu'un peu. Clochait ? Non, une chose s'était emparée de moi comme un lutteur de sumo m'aurait saisi par le cou, m'avait secoué jusqu'aux entrailles et avait mis le feu dans mon esprit. Ma stupeur et mon désarroi s'étaient matérialisés dans ce cri étranglé au fond de ma gorge.

Parce que cette femme sublime et aimante n'était *pas* Inès, cette Inès qu'il me semblait pourtant avoir épousée et vue tous les soirs dans mon lit jusqu'à ce jour.

Parce que ces gosses que je n'aurais même pas espérés dans mes rêves les plus fous, je n'avais pas le *moindre* souvenir de les avoir eus avec quiconque.

En somme, j'étais totalement perdu et désemparé, j'étais seul dans cette chambre, qui m'apparaissait comme un refuge dans une tempête intérieure, et en train de me demander ce qui m'arrivait et si je devenais fou, parce que cette famille magnifique installée en chair et en os dans notre maison, un étage plus bas, je ne l'avais tout simplement *jamais vue* avant ce jour, avant ce matin, avant il y a quelques minutes, avant qu'elle ne déboule dans la cuisine.

Jamais.

3

J'ENTENDIS une certaine agitation dans la cuisine au rez-de-chaussée et cette agitation ne fit qu'ajouter à ma panique. Ma famille allait probablement entamer sa journée, elle se préparait. Que faisait cette femme – ma femme ? Quel âge avaient exactement ceux qui n'hésitaient pas à m'appeler papa ? Et comment faire, maintenant, pour savoir ce qui se passait en moi ? Descendre, me planter devant elle et lui dire : Ma chérie, je suis ravi de te rencontrer mais voilà, je ne sais pas du tout qui tu es, aurais-tu la gentillesse, avant toute chose, de me rappeler ton prénom ?

Je préférai me réfugier dans la salle de bains. Je regardai furtivement le reflet du miroir : cheveux bruns courts en bataille, yeux bleus, mâchoire carrée – et le teint livide du type paniqué. C'était bien moi. Je fis couler l'eau de la douche et fis semblant de ne pas entendre mes fils qui tambourinaient à la porte pour me dire au revoir. Ils cessèrent assez vite leur raffut sous l'injonction de leur mère, qui les menaçait des pires choses s'ils ne se dépêchaient pas. Je ne me fis pas de souci : je ne la connaissais que depuis quelques minutes, mais je ne la croyais pas capable des pires choses en question et j'imaginai que les deux petits ne s'en inquiétaient pas non plus. Des cris et une dégringolade dans les escaliers annoncèrent leur départ, puis ce fut le silence.

Je soupirai, soulagé, et me décidai enfin à me glisser sous le jet. L'eau, raisonnablement chaude, provoqua une violente sensation de brûlure, comme si on me lacérait le visage. Je me précipitai hors du bac et fis face au miroir : à ma grande stupeur, ma peau était indemne, absolument indemne, et la douleur disparut aussi rapidement qu'elle était apparue. Je fermai les yeux. Que m'arrivait-il, bon sang ? Je regardai autour de moi et ne trouvai rien pour répondre à mon désarroi. Je retournai alors avec prudence sous la douche, plus perturbé encore, si c'était possible.

Je piétinai les galets sombres, effleurai le mitigeur ultramoderne en acier chromé – celui-ci, je m'étais battu pour l'avoir, alors qu'Inès tapait presque du pied en pleine boutique pour qu'on en choisisse un plus clinquant, doré bien sûr. Je me retournai, tout à coup dubitatif : dans mon souvenir, Inès avait gagné le match et on avait fini par opter pour l'horreur tape-à-l'œil. Comment se faisait-il que ce mitigeur, celui qui avait ma préférence, se trouvât ici ?

J'essayai d'oublier les instants passés depuis mon réveil, comme si l'eau allait s'infiltrer par tous mes pores, rincer mon cerveau et me faire émerger d'un curieux rêve. Car je ne pouvais pas m'empêcher de croire qu'il s'agissait d'un rêve. J'avais rêvé que je m'étais réveillé, en somme, mais j'étais toujours plongé dans un profond sommeil et son cortège de pensées étranges ; oui, il ne pouvait s'agir que de cela. Et comme mes réflexions viraient à l'absurde, je fis mon possible pour me laisser aller à la langueur de la douche et ne penser à rien.

Quand je rouvris les yeux, à travers le verre embué de la paroi, je distinguai la silhouette de la femme qui avait eu, quelques minutes plus tôt dans la cuisine, le comportement le plus proche de celui auquel je pouvais m'attendre venant d'une épouse. Elle souriait, les bras croisés. J'eus le réflexe de mettre la main devant mon sexe.

– Ça alors ! Mon mari, pudique ! dit-elle dans un éclat de rire. Depuis quand ?

Je lui aurais bien répondu : « Depuis ce matin, ma chérie, depuis que nous nous sommes rencontrés ! » mais cela ne me sembla pas très opportun. Je feignis alors avoir eu ce geste – déplacé de la part d'un mari libéré et bien dans son couple – par plaisanterie, mais je tendis tout de même la main vers le drap de bain le plus proche.

– Celui-ci, c'est le mien, dit-elle en fronçant les sourcils et en sondant mon regard. Jamie, qu'est-ce qui se passe, aujourd'hui ? Tu n'es pas comme d'habitude. Je sais que tu es un peu soupe au lait, c'était presque marqué sur ton visage lors de notre premier rendez-vous et je me demande même si tu ne l'as pas fait inscrire dans notre contrat de mariage, mais là, je ne sais pas... je ne te reconnais pas.

Elle ne me reconnaissait pas... J'eus envie de rire. Je lui aurais bien souhaité la bienvenue au club, mais je n'aurais pas su m'expliquer, alors je me suis contenté de lui prendre la main et de soupirer une seconde fois.

Elle se colla contre mon corps trempé sans se soucier de mouiller la petite robe fluide qu'elle venait d'enfiler et prit mon visage entre ses mains avec une incroyable douceur. Incroyable, c'était le mot : je ne savais pas, je ne savais plus qu'une épouse était capable de me prodiguer des gestes aussi tendres. Je lui aurais bien fait l'amour immédiatement, avec une infinie douceur, moi aussi, mais je sentais bien que ce n'était pas le moment. Et j'aurais eu le sentiment d'abuser d'une inconnue qui, pour des raisons qui m'échappaient autant qu'elles me comblaient de plaisir, me prenait pour son mari.

– On peut se parler ? dit-elle avec douceur. Pour que tu sois encore à la maison à cette heure-ci et que tu fuies tes gosses au petit-déjeuner, c'est que quelque chose ne va pas.

Je capitulai devant tant d'attention.

– C'est vrai, moi-même je ne sais pas ce qui s'est passé, répondis-je sans assurance, je ne savais plus trop…

Les mots me manquaient.

Contre toute attente, c'est elle qui me sauva – et m'offrit un début de réponse, peut-être.

– C'est encore ces trous de mémoire ? C'est ça, Jamie ? Je sais que tu n'aimes pas en parler, mais tu dois me le dire. Ce n'est pas grave, c'est même normal, tes confrères t'ont dit que ça pouvait survenir de temps à autre, même longtemps après l'accident, et qu'il ne fallait pas qu'on s'inquiète.

Ses mots me firent l'effet d'une pommade apaisante sur une plaie à vif. J'entrevoyais enfin ce qui m'arrivait : manifestement, je souffrais de troubles de la mémoire depuis un certain temps. Depuis un certain accident. Mais quel accident ? De quoi parlait-elle ? Cela suffisait-il, de toute manière, pour prendre avec le sourire le fait qu'un matin on ne se souvient ni de sa propre femme ni de ses enfants ? Je sentais bien qu'elle cherchait à donner du courage autant à elle qu'à moi, et qu'elle avait besoin de se rassurer.

– Bon, dit-elle avec un sourire moins lumineux cette fois, récapitulons ce qui est sûr et certain : je suis toujours Meredith Byrne-Lee, épouse de Jamie Byrne ici présent, superbe, tout mouillé sous sa douche – et très vigoureux, merci, je le prends comme un compliment –, Loris et Noah sont toujours tes fils, ils ont cinq ans et trois ans, ça tu le sais, on est bien d'accord ?

Elle n'attendit pas ma réponse, peut-être effrayée à l'idée que je lui réponde par la négative, et enchaîna :

– … Et moi, je m'occupe toujours d'une boutique de fleurs dont je dois ouvrir les portes dans moins d'une demi-heure, donc il faut que je file.

J'acquiesçai docilement. Meredith. J'aimais ce prénom, il lui allait à merveille. Et curieusement, j'aimais déjà la femme qui le portait. Ça se compliquait, tout se compliquait, je le sentais.

– Et moi, dis-je en espérant la rassurer, je suis toujours chirurgien au Mount Sinaï.

Elle sembla soulagée par ma réponse.

– Et j'espère que tu n'avais pas d'opération prévue ce matin.

– Juste la consultation, pas de bloc, confirmai-je sans conviction.

Elle hésita avant de poursuivre, gênée :

– Alors retard pour retard, finit-elle par dire, peut-être pourrais-tu faire un saut chez Tobey ? Ce serait bien que tu lui parles de ce qui s'est passé ce matin, comme ça, précisa-t-elle, histoire de t'en libérer. Je te connais, ça va te travailler, et ça pourrait bien se reproduire sous l'effet de l'angoisse… Alors que ce n'est probablement rien, tu sais, juste un petit reste de rien du tout.

Elle haussa les épaules, faussement détachée.

– Et s'il faut que tu reprennes quelques médicaments pendant un tout petit laps de temps, quelle importance, chéri, n'est-ce pas ?

Elle attendit ma réponse, de l'espoir plein les yeux. Je n'avais pas le cœur de la décevoir.

– Bien sûr. Juste histoire d'être tranquille.

– C'est ça, dit-elle, heureuse, histoire d'être tranquille.

Elle se détacha de moi, toute légère.

– Bon, je dois partir, tu… tu m'appelles quand tu sors de chez Tobey ? Je ne suis pas inquiète, c'est simplement que…

– Promis, coupai-je, je t'appelle. Enfin, si tu me donnes ton numéro, ajoutai-je sur le ton de la plaisanterie, en espérant qu'elle jouerait le jeu.

Meredith était trop fine pour me mettre dans l'embarras, même si l'idée que ma mémoire puisse me faire défaut à ce point la terrifiait sans doute.

– Génial, s'exclama-t-elle avec le plus de conviction possible, on va jouer aux étudiants qui viennent de se rencontrer et qui échangent leurs numéros ! Je t'appelle dans une minute, mon numéro s'affichera et tu l'enregistres… si tu ne l'as pas encore fait en six ans de mariage ? Surtout, tu t'en sers quand tu veux, dit-elle en m'embrassant.

Je perçus un léger tremblement de ses lèvres et j'en fus désolé. Elle ne me laissa pas le temps de m'apitoyer sur la situation.

– Mets quand même un slip et va voir Tobey, dit-elle. Promis ?

– Promis.

– Et tu m'appelles ensuite.

– Et je t'appelle ensuite, répondis-je en cherchant ses lèvres malgré moi.

Elle disparut comme par enchantement, et même si cela aurait clairement simplifié les choses, j'espérais qu'elle n'avait pas été un mirage et que j'allais la revoir le plus tôt possible. Elle me manquait déjà. J'éprouvai presque de la pitié à mon propre égard : fallait-il que j'aie manqué d'affection et de tendresse conjugale avec Inès pour m'enticher d'une fille qui me cajolait depuis moins d'une demi-heure !

Inès… l'évocation seule de son prénom me plongeait dans un abîme de stupeur. Je ne savais plus où j'en étais. Ma – nouvelle – femme avait probablement eu le bon réflexe : avant toute chose, il fallait que je rencontre celui qui pourrait sans doute compléter la réponse qu'elle avait ébauchée et donner un sens à l'énigme que représentait ma vie depuis mon réveil.

Je me séchai à la va-vite, j'enfilai un slip et jugeai quand même utile, malgré les recommandations de Meredith, de compléter ma tenue avec un pantalon et une chemise légère avant de sortir.

4

JE TRAVERSAI Manhattan vers le sud aussi vite que je le pouvais, sans même avoir prévenu Tobey de ma venue.

À dix-huit ans, quand on a passé le seuil de la fac de médecine, Tobey et moi, on a su qu'on serait amis. C'était le type le plus drôle, le plus moche et le plus séduisant de la fac – et du monde, sans doute. Les plus belles filles du campus lui tombaient dans les bras alors qu'on désespérait de pouvoir ramasser les miettes de son succès. Drôle, moche, séduisant et surtout fidèle en amitié jusqu'à aujourd'hui, alors qu'il avait quitté la fac prématurément – et en courant :

– Je préfère leur apprendre à vivre avec l'idée qu'ils vont mourir, un jour ou l'autre.

Et quelques années plus tard, alors que je traînais encore ma blouse et ma carcasse fatiguée dans les couloirs de l'hôpital de jour comme de nuit sans voir le bout de mon cursus en chirurgie, Tobey ouvrait son cabinet de psychologue-psychanalyste, et je passe un certain nombre de spécialités fumeuses, en plein East Village, avec le flair qui était le sien : il anticipait le mouvement de masse de la bourgeoisie new-yorkaise bohème qui allait très vite déferler et faire sa fortune. Il était confortablement installé dans un petit immeuble de la 12e Rue Est, presque à l'angle avec la 3e Avenue. Le cabinet occupait le rez-de-chaussée, et son appartement s'étendait sur les trois étages supérieurs.

Si je l'avais appelé, il m'aurait probablement ri au nez et m'aurait interdit d'interrompre ses consultations avant le soir. Pour Tobey Cole, aucune souffrance, aucun ennui d'aucune sorte ne méritait qu'on interrompe le cours de la vie, fût-elle futile et légère. En revanche, on pouvait le réveiller en pleine nuit pour prendre un verre et être accueilli comme le messie.

J'arrivai enfin devant la façade en briques, percée de grandes fenêtres blanches. Ou plutôt ce qui aurait *dû être* la façade de l'immeuble où j'avais vu Tobey emménager, il y a des années, avant la flambée immobilière qui ne lui aurait pas permis d'acheter ne serait-ce que les toilettes du rez-de-chaussée. À la place, je découvris, à ma plus grande surprise, un cube de verre, de béton et de bois, exactement ce dont je rêvais en matière d'architecture et ce que Tobey détestait. Une fraction de seconde, le flash de son ancienne maison me traversa l'esprit puis disparut dans les lambeaux de ma mémoire malmenée.

Je me garai sans beaucoup de soin et m'approchai de l'immeuble. Je vérifiai le numéro de la rue : c'était bien celui qui correspondait à l'adresse du psychologue. Je restai interdit devant la structure étonnamment moderne au milieu d'une rue typique de l'East Village – et surtout, étonnamment posée en lieu et place de l'immeuble que j'avais toujours connu.

Je n'en étais plus à une stupéfaction près et me décidai enfin à sonner.

On dévala l'escalier. Une silhouette se dessina derrière le verre dépoli : un homme de taille et de corpulence moyennes, le cheveu rare. La porte s'ouvrit sur un Tobey immédiatement fâché de me reconnaître.

– Quoi ? dit-il avec amabilité.

Il était vêtu, comme à son habitude, d'un pantalon en velours informe, d'une chemise sans âge et d'un gilet d'un gris douteux qui laissait penser que ses couleurs avaient été plus éclatantes avant qu'il ne décide de le laver. Il avait sa tête des mauvais jours, et j'adorais l'affronter quand il était d'aussi méchante humeur.

– J'aime venir à l'improviste pour tester ton accueil légendaire.

– Parle, dit le psychologue, et vite. Je suis en consultation.

– Menteur : je t'ai entendu descendre.

– Pardon, je reprends : dépêche-toi, je vais *commencer* une consultation.

– On est d'accord, dis-je en le poussant pour entrer : je suis venu consulter, justement.

Tobey leva les yeux au ciel. Je laissai les miens courir sur les murs laqués, blancs comme des flaques de lait. Une seule et immense toile contemporaine couvrait un mur de la cage d'escalier : une tache rouge au milieu d'un rectangle vert. Le hall dessinait un carré parfait centré par un tapis uni posé sur le marbre vert sombre. Au fond, un simple guéridon en métal brossé s'adossait à la baie vitrée. Derrière, un jardin sobre et géométrique. Je n'en revenais pas : un intérieur dépouillé et un extérieur tiré au cordeau, c'était précisément tout ce qui faisait fuir Tobey depuis toujours.

– Tobey, depuis quand... quand as-tu fait transformer la maison ? Où sont les meubles de style, tes horreurs dénichées dans les brocantes, ton bordel innommable, tes étagères qui dégueulent de bouquins ?

Tobey me regarda de travers.

– Tu es sérieux, là ?

– Très, fus-je obligé de reconnaître.

– Alors viens, il faut que je te prenne en urgence, dit-il en me tirant par le bras vers une porte noire circulaire qui me donnait l'impression d'entrer dans un sous-marin.

Je n'étais pas loin de la réalité. Je me trouvais dans une pièce de petite taille dont je reconnaissais la forme et les dimensions, mais pas l'aménagement. Là encore, plutôt dépouillé : une table en verre, un canapé ovale noir aux accoudoirs bleu électrique en forme de boule et, dans l'angle opposé, un fauteuil en cuir – noir, lui aussi – Le Corbusier revisité. Le siège du thérapeute semblait quand même nettement plus confortable que le canapé réservé aux patients mais Tobey ne me laissa pas le choix et me poussa sur l'assise dure.

– Tout d'abord, dit-il en prenant place dans son fauteuil, pour répondre à ta question, j'ai fait refaire la façade et l'intérieur de la maison il y a quatre ans. Ensuite et surtout, si tu ne t'en souviens pas, sache que ce n'est pas grave.

– Le problème, c'est que ce n'est pas la seule chose que j'ai oubliée, répondis-je. Est-ce que tu peux m'en dire un peu plus sur la jolie femme et les deux garçons qui déambulaient chez moi ce matin à mon réveil ?

Tobey se redressa. Une ombre de contrariété passa sur son visage et se dissipa tout aussi vite.

– Tu ne te souvenais plus de Meredith ni des gosses ?

– Non. Je sais que j'ai rêvé pendant des années d'avoir des enfants, et, ce matin, j'ai deux mini-Jamie Byrne qui me sautent dessus. Quant à Meredith… Depuis quand est-elle ma femme ? demandai-je, déboussolé.

Tobey réfléchit quelques instants avant de répondre :

– Six ans, dit-il. Jamie, est-ce qu'il s'est passé quelque chose dans la nuit ? Ou hier soir, ou même dans la journée ?

– Rien d'autre que mon train-train : lever à 6 heures 30, bloc à 7 heures 30, j'ai opéré jusqu'à 13 heures, c'était une intervention compliquée, une gamine de douze ans dont le gentil doberman avait copieusement relooké le visage. Ensuite, déjeuner à l'hôpital, mes consultations, et…

Mon escapade auprès de Rose me revint à l'esprit tel un flash dans la nuit. Une maîtresse ? Pourquoi aurais-je eu une maîtresse, alors que mon couple semblait filer le parfait amour ?

– Et ? insista Tobey, qui devinait une entrave à la confidence.

– … Et un cauchemar, aussi, finis-je par dire. Enfin, je crois…

– Celui de l'accident ?

– Oui. On en a déjà parlé ? lui demandai-je, intrigué.

– Oui, dit-il, on en a parlé des milliers de fois, Jamie. Parce que tu l'as fait des milliers de fois. Ça non plus tu ne t'en souviens pas…

Ce n'était pas une question, et j'avais le sentiment que Tobey prenait la mesure de l'ampleur des dégâts, comme l'expert d'une assurance après un ouragan.

– Et l'accident ? demanda-t-il encore. Tu peux m'en parler ?

– Celui de mon cauchemar ? Oui, je peux te décrire très en détail le poteau métallique que je me prends en plein visage.

– Je ne parle pas de ton rêve mais de l'accident qui a *déclenché* ce rêve. Le *vrai*.

Je me rendis moi-même à l'évidence : l'état de ma mémoire était bien pire que ce que j'avais imaginé. Tobey était la seconde personne, après Meredith, à évoquer cet accident dont je ne me souvenais absolument pas.

– Cet accident aussi, on l'a souvent évoqué, c'est ça ?

– Non, me répondit Tobey, pour mon plus grand soulagement. Ç'a été un tel choc pour toi qu'on a plutôt abordé ton traumatisme par le biais des conséquences : tes troubles de la mémoire qui ont suivi, tes angoisses. Tes… légères difficultés relationnelles, aussi…

Il ne s'aventura pas plus loin et je me gardai bien d'en demander plus.

– Je peux poser une question à l'ami et pas au thérapeute ?

– Non, trancha Tobey.

– Je pose donc ma question à l'ami : parle-moi de cet accident. En fait, c'est un ordre.

Tobey hésita, soupira et se leva.

– Viens, dit-il.

Je le suivis dans l'escalier et montai avec lui pour nous installer plus confortablement dans le séjour, que je ne reconnaissais pas plus que le reste.

Tobey passa de l'autre côté du bar – verre dépoli, métal, bois sombre, encore design, toujours design, il faudrait décidément que je demande à mon ami ce qui lui avait fait virer ainsi sa cuti – et effleura un panneau mural qui se matérialisa en porte de réfrigérateur. Il en sortit une bière pour lui et une eau minérale pour moi, je le savais. Toutes nos habitudes et en tout cas mes repères n'avaient pas été bouleversés, cela m'apaisait. Il revint s'installer près de moi. En face, sur des étagères qui zigzaguaient contre le mur, je reconnaissais une collection de personnages africains en ivoire que j'avais toujours vue chez lui. Elle aussi me rassurait.

Ses mots m'arrachèrent à ma contemplation.

– Que veux-tu savoir ?

– L'accident, répétai-je. Ce qui s'est passé, précisément.

– En thérapie, je suis censé te ramener doucement à tes souvenirs – y compris ceux que tu enfouis inconsciemment.

– Mais on n'est pas en thérapie, Tobey. S'il te plaît.

– C'était il y a six ans et demi, finit-il par lâcher après un silence. En début d'été, en juin. Tu revenais de Greenpoint, je ne sais plus exactement, tu avais pris la route sous la pluie…

Il me fixa intensément.

– Ça te rappelle quelque chose ?

– Non, dis-je, désolé. Rien. J'ai l'impression que tu me racontes le film que tu as vu hier soir.

– Tu traversais le Queensborough Bridge en direction de Manhattan et, au début du pont – la portion qui est mal protégée sur les côtés, tu sais ? –, la voiture a dérapé, aquaplaning, quelque chose comme ça, je ne me souviens plus des mots de la police… Le véhicule a frappé la rambarde en béton et il est passé par-dessus bord. Heureusement, indiscipliné comme tu es, tu n'avais pas attaché ta ceinture.

Je fermai les yeux, incapable de faire naître le moindre souvenir.

– Tu as traversé le pare-brise, poursuivit Tobey, et tu as été expulsé avant le grand plongeon dans l'East River.

– Quelle voiture ? demandai-je.

– Je ne sais plus, moi, dit-il, agacé, qu'est-ce que c'est que cette question ? Tu as de la peine pour la carrosserie ou quoi ? Qu'est-ce que tu peux être matérialiste !

– Je veux savoir si c'est un 4 × 4, comme celui de mon cauchemar ! Fais un effort, insistai-je.

– J'en sais rien, je crois pas, c'était une petite berline… Tu n'avais pas encore les moyens, mon vieux.

– Tu peux parler, question matérialiste, dis-je en regardant ostensiblement tout autour de moi. On se croirait dans un numéro de *Vogue* spécial design d'intérieur.

Tobey me dévisagea, troublé.

– Je ne te le fais pas dire : c'est *toi* qui m'as conseillé ! J'ai l'impression de vivre à l'hôtel. Heureusement que j'ai sauvé un étage de ta folie moderniste !

Il se leva.

– Et n'imagine pas un instant que tu vas y mettre ne serait-ce qu'un orteil, d'accord ? Tu vas plutôt écouter mon conseil.

– Avant ça, une dernière question.

Tobey jeta un coup d'œil sur sa montre.

– Jamie…

– Une seule et dernière question.

– Tu vas me faire perdre ma cliente, elle doit être en train de bouffer le tapis que tu m'as fait acheter. Remarque, je le trouve immonde.

– Ma question est la suivante : et si j'étais *encore* en train de rêver ?

– Quoi ?

– Et si je ne m'étais tout simplement pas réveillé de mon cauchemar ? Comment le savoir ? demandai-je, désemparé.

Cette situation absurde m'oppressait. Tobey devait lire dans mes pensées.

– On s'est tous posé cette question un jour dans une situation difficile, en se demandant si on vivait un rêve ou si on était bel et bien dans la triste réalité. À l'inverse, on s'est tous demandé, en s'éveillant, si on n'était pas en train de rêver qu'on se réveillait…

– Bon, super, Tobey, je suis vraiment content de ne pas être le seul, m'impatientai-je. Et comment fait-on pour faire la différence ?

– Pas simple, reconnut mon ami psychologue, mais tout de même, les rêves ont une caractéristique majeure, quasi constante : on y voit surgir des choses tout à fait incohérentes, du genre sa maîtresse d'école d'il y a trente ans à cheval sur la 5e Avenue, un gigantesque milk-shake en main… Tu vois ce que je veux dire ?

J'acquiesçai. Effectivement, ça m'était arrivé mille fois. Là, ce n'était pas le cas.

– Mais plus que tout autre chose, le rêve ne résiste pas au choc ou au traumatisme. Or tu as rêvé d'un accident, et c'est en général assez traumatisant pour arracher le rêveur à son sommeil.

– C'est vrai, avouai-je : le choc était violent et m'a réveillé.

– Tu étais vêtu comme tu l'étais la veille en te couchant ?

– Oui : je n'étais *pas* vêtu, justement.

– Autour de toi, rien de particulier ?

– Non, sauf si on range dans la catégorie « événement particulier » la présence d'une femme inconnue à vingt centimètres de soi, mais je ne m'en suis pas rendu compte tout de suite. La chambre était identique, la maison aussi. À quelques détails près. Et je crois me souvenir de tout le reste, bizarrement…

– Quelle date, hier ? demanda Tobey, sans me laisser réfléchir.

– Le 10 avril, pourquoi ? répondis-je.

– Parce qu'on est bien le 11 avril aujourd'hui. Tu liras la presse tout à l'heure, si tu ne l'as pas déjà fait : tu devrais y trouver des choses cohérentes, la suite des faits de la veille, rien d'incongru… Puis tu appelleras ta secrétaire et tu vérifieras qu'au boulot rien n'a changé non plus. Tout porte à croire que tu ne rêves pas, mon vieux. Peut-être que tu as « vécu » ton cauchemar un peu plus intensément que les autres fois, et ton cerveau a répondu à sa manière, en effaçant certains souvenirs et pas d'autres…

Je me levai, déstabilisé.

– Et maintenant, je fais quoi, moi, avec une nouvelle famille sur les bras ?

– Si rien d'autre n'a changé, tu vas faire une chose qui ne va pas te plaire…

Je savais déjà ce dont il allait me parler ; Meredith l'avait évoqué une heure plus tôt. Mon visage se ferma.

– Je sais, anticipa Tobey, mais il le faut. À petites doses, comme c'était le cas il y a quelques années. On diminuera très vite puis on les arrêtera dès que les troubles auront disparu. Ce sera un bon moyen de prouver que ce qui t'arrive aujourd'hui fait bien partie des séquelles de ce satané accident, et peut-être aussi qu'il faudra reprendre un petit travail psychologique, mais ça, on en reparlera.

Il accompagna ses mots d'une main réconfortante sur mon épaule et on descendit.

– Je vais réfléchir, finis-je par dire. Si je peux éviter les médicaments, ne serait-ce que pour le boulot… Tu sais que ça me shoote un peu.

– D'accord, concéda Tobey. Réfléchis, on en reparle.

Son regard s'échappa un court instant vers la porte entrouverte de la salle d'attente. Une jambe interminable – plus longue que Tobey tout entier, semblait-il – et bronzée, croisée sur une autre, balançait nerveusement.

– Va vite, dis-je avec un sourire : ne bride pas plus longtemps ton élan professionnel et ton éthique.

– Merci, dit-il d'un air angélique, mains jointes. Toi au moins, tu sais combien l'équilibre psychologique d'une femme fragile compte pour moi.

Il ferma la porte et je me retrouvai sur le trottoir, à peine mieux qu'en entrant.

Je filai vers ma voiture sans prendre la peine de discuter avec le policier qui me verbalisait et m'installai sans précipitation au volant. Lorsqu'il me tendit la contravention, je remontai la vitre, posai le papier sur la pile mensuelle de documents identiques et décidai de me ressaisir et d'envisager les choses avec plus de simplicité.

J'avais envie de me convaincre que Tobey avait raison : je ne rêvais pas, je m'étais éveillé d'un cauchemar traumatisant qui me poursuivait depuis cet accident encore plus traumatisant six ou sept ans plus tôt. Résultat, ma mémoire avait flanché, ou plutôt elle avait encore flanché, puisque ce n'était pas la première fois. Je n'avais pas envie de prendre des médicaments, mais s'il fallait en passer par là pour retrouver toute ma tête, je le ferais. Et puis, au-delà de tout, mon bilan conjugal était plutôt positif : j'avais troqué une femme revêche et distante pour une jeune épouse aimante et les enfants dont je rêvais.

Un visage vint troubler ce tableau un peu trop idyllique. Qui était Inès ? D'où me venait ce souvenir ? Avait-elle effectivement fait partie de ma vie, ou n'avait-elle existé que dans mon cauchemar ? Je n'avais pas voulu en parler à Meredith, de peur de commettre un impair et j'étais de toute manière trop troublé ce matin ; et j'avais jugé plus sage de ne pas l'évoquer non plus en présence de Tobey pour ne pas noircir le tableau. Au lieu de me prescrire des comprimés, peut-être m'aurait-il hospitalisé en urgence en psychiatrie. Je préférais faire confiance à ma propre tête et à l'efficacité de la mesure que j'allais prendre : me traiter, pour laisser mes souvenirs reprendre leur place et empêcher dorénavant mes rêves de parasiter – voire de bouleverser – ma vie.

5

DÈS QUE j'eus croisé la 97e Rue, je roulai au pas sur Madison Avenue et guettai la sortie d'un véhicule hospitalier pour m'engouffrer dans le parking souterrain de l'hôpital.

Le Mount Sinaï Medical Center étirait ses bâtiments le long de Central Park, entre les 101e et 98e Rues, bâtiments qu'il partageait entre les soins – l'hôpital à proprement parler – et l'enseignement – la Mount Sinaï School of Medicine. Lorsque j'y étais entré, vingt ans plus tôt, une immense fierté m'avait animé : c'était véritablement un honneur pour moi de faire mes études dans l'un des plus anciens et plus grands centres hospitaliers à vocation pédagogique des États-Unis. J'avais l'impression de contribuer humblement à la construction d'un gigantesque édifice humain et moral, et ma petite brique ne me semblait pas ridicule. Aujourd'hui, cette flamme ne m'avait pas quitté.

Tout plein de mes belles idées de jeunesse, je poussai les portes de mon service et revins immédiatement à la réalité de tout hôpital, où qu'il soit et aussi noble que soit sa mission : une foule gémissante et soupirante agglutinée devant un secrétariat de consultation. J'accélérai le pas, ignorai les appels de l'une ou l'autre infirmière et me réfugiai dans l'unité de soins, plus calme.

– Bonjour, docteur Byrne, on pensait vous voir ce matin. Le docteur Smith n'est pas passé pour la visite, elle est malade. Aurez-vous le temps de le faire ?

Je me tournai pour faire face à une grande femme élégante malgré le pyjama vert qu'elle portait sous une blouse informe. En fait, c'était son port de tête et ses traits aristocratiques qui lui conféraient sa prestance et son incontestable – et incontestée – autorité. Faye Collins me sourit du haut de son mètre quatre-vingts et joua avec le nœud en velours qui retenait sa chevelure lourde et grisonnante, comme si elle attendait patiemment que se dissipe l'effet qu'elle provoquait : son interlocuteur se laissait immanquablement impressionner par ses airs de grande dame.

Mon infirmière-chef fut moins patiente qu'à l'accoutumée, cependant, à moins que quelque chose chez moi l'ait alertée :

– Tout va bien ?

– Oui, m'empressai-je de répondre, très bien, j'ai juste eu un petit contretemps ce matin, moi aussi, donc pour la visite il ne faut pas m'attendre avant dix-sept heures. Ça vous va, comme programme ?

Elle haussa les épaules et s'éloigna en me réservant un dernier regard intrigué.

– Vous m'avez déjà proposé mieux, mais on fera avec.

J'aimais beaucoup Faye, et encore plus lorsqu'elle acceptait mes dictats avec philosophie.

Je filai me réfugier au bout du couloir, dans mon bureau. Je refermai la porte derrière moi et contemplai mon antre. Mon service de chirurgie faciale et reconstructrice occupait le huitième étage, et mon bureau donnait – privilège entre tous – sur la végétation déjà luxuriante du parc en ce début de printemps. La pièce était baignée de lumière, harmonieuse et, contrairement aux bureaux surchargés de mes confrères – et de tous les médecins du monde, le plus souvent –, le mien était dépouillé et impeccablement rangé. Il faut dire qu'Agnès, mon assistante, y contribuait grandement. Française, elle avait émigré aux États-Unis lorsqu'elle était étudiante : une année au pair s'était transformée en deux années, puis les autres s'étaient enchaînées « sans que je les voie passer », s'était-elle étonnée régulièrement. Je lui rappelais de temps à autre que son étonnement durait tout de même depuis trente ans – et je ne m'en plaignais pas. Elle m'adorait, je le lui rendais bien, et il en était ainsi depuis mon premier jour d'internat dans ce service. Elle me considérait comme le fils qu'elle n'avait pas eu, et la relation s'était encore un peu resserrée depuis deux ans, lorsque j'avais perdu mes parents.

Je fis le tour de la table et pris place dans mon fauteuil. Mon courrier, dépouillé et classé, était glissé dans une pochette prévue à cet effet et étiquetée : « à lire », proche de celle « à signer ». Tout juste sorti de la tourmente de la matinée, j'étais heureux de retrouver mes repères et de constater qu'ici rien n'avait changé. C'était un peu l'effet qu'avait toujours eu sur moi mon travail : mon phare dans la nuit, la base solide de mon existence. J'y étais bien, consacré aux autres et en paix.

À cet instant précis, je me retournai, intrigué : un bip, intense, résonnait étrangement dans la pièce, alors que le bureau était à l'autre bout de l'unité de soins – et des salles de monitoring. J'inspectai la pièce, intrigué, puis ouvris la porte : aucun patient branché à une quelconque machine dans le couloir. Une impression olfactive se mêla au son parasite : une forte odeur de produit iodé envahit mes narines, la même que celle qui montait de la table d'opération lorsqu'on désinfectait la partie du corps qu'on s'apprêtait à inciser. Puis, subitement, le son disparut en même temps que l'odeur entêtante. Intrigué, je me dépêchai de me changer.

Je finissais d'enfiler ma tenue de combat – pyjama blouse, comme tous les soignants dans ce service – quand on frappa à la porte. Je souris : je m'étonnais justement que le radar d'Agnès n'ait pas encore détecté ma présence alors que j'étais entré dans la pièce depuis plus d'une minute. Un visage rond et souriant passa dans l'entrebâillement et la grande silhouette d'Agnès se glissa dans la pièce. Elle se planta devant la table, face à moi, et m'examina comme je n'osais même pas le faire avec mes propres patients allongés sur le lit d'examen. Elle s'assura que personne ne nous entendait et qu'elle avait bien pris soin de fermer la porte derrière elle avant de parler.

– Ça va mieux, Jamie ? Je me suis fait du souci. Ça ne vous ressemble pas d'annuler les consultations le matin même. Oui, je crois que vous allez bien, vous avez plutôt bonne mine, dit-elle pour se rassurer.

– Tout va bien. Un petit souci technique familial, ce matin, répondis-je, évasif à souhait.

Elle se pencha et ajusta le col de ma blouse, plus maternelle que jamais. Sentait-elle combien j'étais perturbé par ce que j'avais vécu depuis le réveil ? Elle n'exigeait ni mot ni détail, et de sa part un geste attentionné me suffisait.

Elle se redressa, recoiffa ses boucles courtes et je notai pour la première fois les fils d'argent qui se mêlaient à ses cheveux sombres. Décidément, il me semblait voir aujourd'hui bien des choses que je n'avais jamais pris la peine de remarquer.

– Et maintenant, dit-elle, on fait quoi ?

– Et si on bossait ? suggérai-je.

– Vous ne pourriez pas me faire plus plaisir, répondit-elle. Je n'ai plus le moindre créneau avant un mois et demi pour compenser le retard de ce matin. Mrs Eldridge était là aux aurores, j'ai cru qu'elle allait faire une crise cardiaque quand je lui ai annoncé que vous auriez un léger contretemps.

– Elle l'a faite ?

– Quoi ?

– Sa crise cardiaque.

– Vous plaisantez ? Elle avait trop peur de vous rater. Je vous l'envoie.

Agnès quittait le bureau. Je la rattrapai d'un mot :

– Agnès ?

– Oui ?

– Sans son yorkshire. Vous la faites venir sans son york, s'il vous plaît. Même si elle insiste.

– Impossible : je crois qu'elle veut le même nez que lui.

Mrs Eldridge ne fut pas le cas le plus épineux de la matinée, qui s'étira jusqu'en milieu d'après-midi. Je fis une courte pause pour avaler le sandwich qu'Agnès était allée me chercher en même temps que son propre repas et que je retrouvai délicatement posé sur une serviette en papier sur mon bureau, avec une bouteille d'eau minérale.

Vers dix-sept heures, Faye se rappela à mon bon souvenir, impassible et impériale devant la porte de mon bureau malgré le regard peut-être jaloux de ma maman-secrétaire, avec un demi-sourire pour tout discours. Le message était clair et j'exécutai la visite des malades hospitalisés au pas de course. Aucune de mes consignes ne lui avait échappé, comme toujours, et elle s'éclipsa au milieu du ballet d'infirmières qu'elle convoqua d'un simple geste dans la salle de préparation pour transmettre mes ordres.

Une heure plus tard, je soufflai enfin, affalé dans mon fauteuil devant une pochette « à lire » fraîchement garnie. Cette demi-journée de travail intense m'avait remis sur les rails, et si je devais penser à ce qui m'était arrivé le matin même, je décidai de n'en garder que le meilleur et d'envisager les choses positivement : bientôt, je quitterais l'hôpital pour retrouver une famille comme j'en avais rêvé même si elle m'était inconnue. La vie était vraiment belle quand on savait l'observer selon le bon angle.

C'est à cet instant que mon téléphone portable sonna.

Et que mon charmant échafaudage s'effondra avant même que je m'intéresse au numéro qui s'était affiché.

Pourtant, des appels, j'en recevais des dizaines chaque jour, au point que je ne répondais pas à la plupart d'entre eux et me contentais de les noter. Alors pourquoi ? Pourquoi avait-il suffi que la sonnerie retentisse pour que tout vole en éclats et laisse remonter en moi l'angoisse comme une vague qui submerge tout ?

La sonnerie justement : tout était là, tout était dit dans ce mot. Parce que cette sonnerie, ce son de *mitraillette qui crépite*, je croyais bien qu'elle n'appartenait qu'à l'univers irréel de mes rêves.

Et parce que, en déchirant le calme de mon bureau, cette sonnerie venait m'arracher à mon refuge et aux mots réconfortants de Meredith et de Tobey.

Alors, d'une main tremblante, j'ai saisi le téléphone et j'ai examiné avec une attention toute clinique le visage qui s'affichait sur l'écran en même temps que le numéro. La photo que j'avais prise – quand ? Six ans plus tôt ? Où ? – et téléchargée dans mon téléphone me souriait avec froideur et ironie. Le regard, le son, tout était là pour me dire que les choses allaient se compliquer très sérieusement.

Je fermai les yeux, tandis qu'une ligne glacée descendait le long de ma colonne vertébrale. Et comme je sentais, comme je savais qu'il était inutile de fuir, j'ai décroché.

6

– BONJOUR, mon cher *époux*.

J'inspirai profondément avant de répondre, en espérant qu'elle ne s'en rendrait pas compte.

– Bonjour, Inès.

– Non, je ne suis pas un extraterrestre, se crut-elle obligée de préciser.

– En ce moment, je suis prêt à croire à tout, répondis-je.

– Alors tu dois surtout te demander pourquoi je t'appelle, après toutes ces années. Si ce n'est que, même six ou sept ans plus tard, j'ai encore le droit d'appeler mon mari.

– J'ai une femme et ce n'est pas toi, lui dis-je sans grande conviction.

– Mais je suis vivante, Jamie, vivante, même si on t'a dit le contraire, et il me semble que lorsque deux personnes sont mariées, même si elles se perdent un peu de vue, elles restent mari et femme devant la loi.

Le délicat visage de Meredith se superposa à la beauté fermée d'Inès. Je ne cherchai plus à comprendre et m'impatientai.

– Où es-tu, Inès ? D'où m'appelles-tu et qu'est-ce que tu veux ? J'ai beaucoup de travail.

– Je suis à New York – à une centaine de mètres de toi, sans doute, ou à peine plus.

– Où ? insistai-je.

– Au café du Tsar, sur la 101e Rue. Il faut qu'on se parle, James.

Je tendis l'oreille. Agnès était dans le bureau adjacent au mien et je ne tenais pas à avoir une discussion intime avec une revenante ici, près de ma secrétaire, dans mon univers professionnel. Il fallait séparer ce qui restait à peu près stable et les invraisemblances de mon existence personnelle.

– J'arrive, finis-je par décider.

Quinze minutes plus tard, je poussais la porte du Tsar.

Banquette en moleskine, quelques samovars disséminés, « Kalinka » en boucle version électro et des portraits des membres de la famille Romanov. Ou ce qui s'en approchait – de toute manière, qui s'en apercevrait ? Le Tsar en devenait drôle tant il était caricatural, mais il proposait un choix impressionnant de thés, et j'adorais le thé. Aujourd'hui, j'oubliai carrément de saluer Olga, une étudiante bien blonde de Greenwich Village, probablement une Kylie ou une Beverley qu'on avait rebaptisée pour les besoins du café, et me dirigeai vers la seule table occupée tout au fond, dans un renfoncement.

Je m'assis et disparus moi aussi derrière une colonne décorée façon palais de Saint-Pétersbourg pour contempler avec effroi et fascination la femme qui m'attendait et me dévisageait, elle aussi. Brune, cheveux très courts à la garçonne, de grands yeux noirs et des lèvres charnues, immobiles.

Inès n'avait pas changé. J'étais incapable de dire depuis quand je ne l'avais pas revue, compte tenu de ma mémoire en forme de gruyère, mais j'aurais reconnu son visage n'importe où. Bien qu'entre-temps, manifestement, beaucoup de choses s'étaient produites dans ma vie, comme la bagatelle d'un *nouveau* mariage. La meilleure chose à faire, dans cette situation hallucinante, était sans doute de laisser Inès parler.

Ce qu'elle fit de la plus surprenante façon :

– Je suis contente de te revoir, Jamie.

Et comme si cela sonnait trop faux pour être crédible, elle se pencha pour déposer un baiser sur ma joue. Ma réaction – elle avait dû avoir le sentiment d'embrasser du marbre – ne lui plut certainement pas. Son sourire s'évanouit et ses lèvres pleines se serrèrent pour former une cerise sombre.

– Cela dit je ne suis pas là pour ça, dit-elle sèchement.

Elle semblait regretter son geste ; peut-être craignait-elle qu'il soit interprété comme une marque d'humanité chez elle. Je savais que son enfance n'avait pas été rose ; elle me l'avait confié à l'époque heureuse où on se parlait, celle du temps béni de la séduction et de l'attention, quand on croit qu'on aime et que l'autre compte infiniment plus que quiconque, y compris soi-même. Un père absent, businessman raisonnablement véreux qui avait eu le mauvais goût d'abandonner mère et fille. Je m'étais dit que son passé avait eu raison de sa sensibilité.

– J'ai… j'ai besoin de toi, dit-elle en plantant son regard dans le mien. Et toi aussi.

– Moi ? Besoin de toi ? Et pourquoi ?

– Parce que ta vie a changé et que tu ne m'as pas demandé mon avis, répondit-elle en fixant cette fois mon alliance. J'ai des droits sur elle, Jamie. J'ai des droits sur ta vie.

J'éclatai de rire. Ça sonnait aussi faux que son introduction.

– Tu plaisantes, j'imagine. On n'est plus ensemble depuis des… des années, hasardai-je. Et tu débarques pour m'annoncer que tu as des droits sur ma vie ? Si c'est tout ce que tu as à me dire…

Je me levai. Je sentais bien que je n'étais pas armé pour une conversation qui engagerait des éléments du passé. Elle me retint. L'ongle peint en rouge d'un index se posa sur l'anneau d'or que je portais à l'annulaire gauche.

– Ce n'est pas l'alliance de notre mariage, Jamie. Je ne la reconnais pas. Je me trompe ?

– Non, et je m'en fiche que tu ne la reconnaisses pas.

– Tu ne devrais pas : parce que moi, dit-elle en levant la main gauche, je porte toujours la nôtre. C'est normal : devant la loi, James Byrne, nous sommes encore mariés, je te le répète. Et tant que ce sera le cas, tout ce qui aura pu être dit devant un prêtre ou signé en présence d'un avocat ne sera pas valable ou sera annulé.

Je me rassis sans la quitter du regard. Comment avais-je pu épouser Meredith si j'étais déjà marié à Inès ? Qu'est-ce que me cachait ma mémoire – ou plutôt de quoi me protégeait-elle ? Pourquoi Tobey n'avait-il pas évoqué de lui-même ce sujet ?

– Quand ? balbutiai-je pour moi-même.

– « Quand » ? Tu te moques de moi ? Tu te souviens de moi mais tu ne sais plus quand nous nous sommes mariés ? Ne me fais pas ce coup-là. Je ne sais pas ce qu'on t'a fait croire après l'accident, mais je ne suis pas une idiote, tu devrais le savoir.

L'accident. Encore lui.

– Je me souviens surtout que tu ne m'aimais pas, rétorquai-je. En tout cas pas assez pour être la mère de mes enfants.

Elle pâlit, plus secouée par mon reproche que je ne l'aurais pensé. Je l'observai, intrigué par sa réaction.

– Je ne suis pas idiote, répéta Inès pour changer de sujet. J'ai juste... besoin d'argent, ce n'est pas la même chose.

Elle joua nerveusement avec la bandoulière usée de son sac. Le tremblement subit de ses doigts attira mon regard. Elle dissimula ses mains sous la table.

– Ben oui, dit-elle encore, faussement détendue, tout se monnaie, aujourd'hui. Ne me dis pas que tu as changé au point de ne plus le savoir.

Elle se réfugiait derrière le goût pour le luxe – que nous partagions, il fallait le reconnaître. Mais quelque chose dans son attitude, dans le timbre de sa voix, trahissait un autre mobile, moins futile. Une urgence.

– Tout se monnaie, dit-elle : une alliance... comme un divorce.

– Tu as des soucis d'argent, c'est ça ?

– Disons que c'est un peu compliqué pour moi en ce moment.

– Combien ?

Elle sourit, crispée.

– Tu n'as pas perdu le sens des affaires...

– J'ai dit : combien ?

– Cinquante mille.

– Toi non plus, tu ne l'as pas perdu.

– Cinquante mille pour te débarrasser de moi... Je suis sûre que si nous étions restés ensemble, tu aurais donné bien plus pour que je te fiche la paix.

Je ne m'en souvenais pas, mais je la croyais sur parole.

– Qu'est-ce que tu me donnes en échange ? lui dis-je. Comment être sûr que tu ne feras pas le même chantage deux mois plus tard ?

– Parce que je vais te donner ce que tu veux et que je ne pourrai plus te reprendre : ta liberté.

– Sois plus précise.

– Tu me donnes ce fric et tu n'entends plus parler de notre mariage. Vingt-cinq avant le divorce, vingt-cinq chez l'avocat.

J'étais prêt à lui donner beaucoup plus pour qu'elle me laisse tranquille ne serait-ce qu'une heure. Elle regarda autour d'elle, nerveuse. Je tentai de la déstabiliser.

– Je ne sais pas, finis-je par répondre. Je veux d'abord me renseigner. Si ça se trouve, notre mariage est annulé, il y a prescription depuis tout ce temps.

Elle reposa son verre avec violence sur la table et s'emporta :

– Qu'est-ce que tu crois ? Que je ne me suis pas renseignée, moi ? Tu n'as pas le choix, James, alors ne fais pas le malin, ou je m'adresse directement à ta femme.

Elle était hors d'elle, brusquement.

– Ou plutôt devrais-je dire : de celle qui *croit* être ta femme et qui usurpe ma place.

Je me redressai, menaçant.

– Si jamais tu t'approches…

– … Qu'est-ce que tu vas me faire ? Tu vas me tuer ?

Elle avait haussé le ton, elle aussi. Je me retournai : le garçon nous observait et il était assez près de nous pour entendre notre conversation. Il regarda ailleurs puis nous proposa ses services. Je refusai d'un geste.

– Je te le répète : je veux d'abord me renseigner, insistai-je.

Inès repoussa son verre et se leva. Elle s'empara de son sac à main et de sa veste et rajusta une jupe particulièrement courte. Elle vacillait de rage sur ses talons aiguilles.

– Très bien. Puisque c'est ainsi, sache que j'ai autre chose qui peut te faire bien plus de tort encore, et qui vaut plus cher. Beaucoup plus cher.

Je n'en étais plus à un souci près.

– Qu'est-ce que c'est ? dis-je, presque amusé.

– Si tu n'avais pas fait le malin, je ne l'aurai jamais utilisée, cette carte-là. Mais dis-toi que tu n'auras plus du tout envie de rire, crois-moi. Et si tu veux en savoir plus, il va falloir cracher, mon vieux ! Et pas qu'un peu !

Elle s'éloigna.

– Inès, attends !

Je voulus la retenir, elle se dégagea.

– Ne me touche pas ! cria-t-elle.

Le serveur s'interposa entre nous. Je le repoussai avec vigueur. Lorsque je sortis sur le trottoir, Inès s'était volatilisée.

7

– TU SAIS QUOI ? J'aurais beaucoup aimé que tu m'oublies aussi, dit Tobey en refermant la porte. Je haussai les épaules et montai d'emblée à l'étage. Je me servis seul dans le réfrigérateur, cette fois, et m'affalai dans le canapé inconfortable comme tous les canapés contemporains aux formes étranges.

– À propos de mémoire, il me manque quelques éléments, justement, lui dis-je en reposant ma canette sur la table basse laquée.

– Quoi encore ? soupira Tobey.

Je l'observai : je le connaissais par cœur. Plus il vous donnait le sentiment de ne vous écouter que d'une oreille et de s'intéresser à vos angoisses comme à un bulletin météo, plus il était attentif. Au fond, je sentais bien que mon état le préoccupait et qu'il se faisait un sang d'encre sous ses faux airs de type sur lequel tout glisse.

– Tobey, il n'y a pas eu que Meredith dans ma vie, n'est-ce pas ?

– Non, s'esclaffa mon ami, je t'en ai laissé quelques-unes avant, tout de même.

Je restai sérieux. Il me rejoignit et me dévisagea.

– Qu'est-ce qu'il y a, Jamie ?

– J'étais *marié* avant d'épouser Meredith.

Ce n'était pas une question, il le comprit et me laissa poursuivre.

– Inès, dis-je simplement.

Tobey s'adossa, stupéfait.

– Oui, c'est vrai, tu étais marié à Inès. Tu vois, la mémoire te revient. Pourtant, ça fait des années que tu n'en as pas parlé, crois-moi.

– Je m'en serais bien passé, crois-moi aussi.

– Mais qui te demande de revenir sur un passé aussi lointain ? C'est ça qui te tracasse en ce moment ? D'un autre côté, c'est normal : ton cerveau travaille pour récupérer ses souvenirs, il fouille plus loin que prévu, c'est tout. C'est de l'histoire ancienne, Jamie, ne te mets pas martel en tête avec ça. Aujourd'hui, c'est Meredith, ce sont les enfants, ce sont eux qui comptent et c'est pour eux et pour toi que tu dois retrouver toute ta forme. Et un peu pour moi, ajouta Tobey dans un rire : je n'ai pas envie que tu sonnes toutes les minutes quand tu oublies quelque chose.

Il se redressa, plus sérieux.

– On pourra toujours aborder le sujet d'Inès en thérapie, si tu le souhaites et si c'est encore épineux. Mais pour l'instant, laisse les souvenirs revenir sans trop les « vivre », surtout si c'est douloureux.

– Mais ils vivent d'eux-mêmes, Tobey ! En chair et en os !

– Qu'est-ce que tu veux dire ?

– Je veux dire que j'ai pris un verre avec Inès, pas plus tard que cet après-midi. Et ça, tu vois, ça fait un souvenir très vivant.

Tobey secoua la tête comme on refuse d'entendre quelque chose.

– Impossible, décréta le psychologue.

– Je te dis que je l'ai vue, je lui ai parlé, on était assis l'un en face de l'autre et elle m'a même embrassé, j'ai reconnu jusqu'à son grain de peau – même si on ne se touchait plus très souvent, à l'époque, je le reconnais.

Tobey se leva et disparut quelques instants. Lorsqu'il revint, il posa devant moi un flacon.

– On ne va pas tourner autour du pot pendant des jours et des jours, Jamie. Je crois qu'on sait tous les deux que tu dois te soigner, alors tu vas commencer dès ce soir.

Je le dévisageai. Je considérais la réaction incrédule de mon ami comme une trahison.

– Tu ne me crois pas ? demandai-je, blessé.

– Ce n'est pas la question, je crois que tu es sincère et convaincu mais ça se passe dans ta tête, maintenant. Je sais qu'on a du mal à l'admettre, mais fais-moi confiance et prends ton traitement dès ce soir. Dix gouttes trois fois par jour.

Je repoussai sans précautions le flacon de psychotropes et attrapai Tobey par le bras.

– Je te dis que c'était *elle*.

Il soupira et c'était mauvais signe : quand Tobey soupirait, en général, il dégainait des arguments poids lourd qu'il avait gardés pour la fin. Pour clore une discussion. Et c'était toujours imparable.

– Non, Jamie, non. Ce n'était pas elle. Parce qu'Inès est *morte*, voilà pourquoi.

L'argument était tombé comme un couperet il y avait quelques minutes de cela, maintenant, mais j'avais avalé la nouvelle avec une certaine facilité pour une chose aussi grave. Peut-être parce que j'avais compris, en une journée, que tout peut arriver dans la vie d'un homme, y compris ce qui se situe à peu de chose près aux antipodes du concevable. Tobey m'avait laissé digérer en m'observant.

– Pourquoi tu ne me l'as pas dit tout à l'heure quand je t'ai demandé de me parler de ce maudit accident ?

C'était la troisième fois que je lui posais la question ; il se décida enfin à répondre.

– Je n'en ai pas parlé parce que la mort d'Inès a aussi participé à ton choc, évidemment, et que je ne comptais pas remettre ça sur le tapis alors qu'on conversait gentiment, une bière à la main !

– Eh bien, mets ça encore une fois sur le tapis, s'il te plaît. Il faut que je trouve la faille, le truc qui ne colle pas. Ou que j'enregistre ça à fond…

– Tu m'as très bien entendu, Jamie. Mais d'accord, je vais te le dire à nouveau : tu n'étais pas seul dans la voiture quand tu as eu cet accident. Elle était à ton côté. La voiture a coulé comme une pierre, avec elle à bord.

– La police a retrouvé le corps ?

– Non, reconnut Tobey. On a retrouvé la voiture, mais vide. La portière était ouverte, côté passager. Soit Inès était déjà inconsciente après le choc, soit elle a tenté de sortir, mais il est certain qu'elle s'est noyée et que le courant l'a emportée.

Je me levai à mon tour et arpentai le séjour. Même la vision du jardin à travers le mur de verre, un étage plus bas, me semblait moins vertigineuse que le précipice qui se creusait dans ma tête.

– C'était elle, Tobey, il faut me croire. C'était elle, elle n'est pas morte dans l'accident, voilà tout. Je l'aurais reconnue parmi des milliers de femmes. Toi-même, tu aurais reconnu ne serait-ce que le timbre de sa voix, si cassant.

Tobey me jaugea un certain temps avant de capituler.

– Soit, tu ne délires pas et elle est vivante. Que te voulait-elle, alors ? Pourquoi attendre six ans pour se manifester auprès de son mari ?

– Elle ne m'a rien dit de ces années. La conversation a rapidement mal tourné.

– Ça, j'avoue que ça me conforte dans l'idée que c'était elle…

– Elle voulait de l'argent, précisai-je.

– Du fric ? Mais pourquoi venir te voir, toi ?

– Parce qu'elle sait que j'ai refait ma vie. Elle veut monnayer notre divorce. Selon elle, on est toujours liés par les liens du mariage.

Tobey éclata de rire.

– Alors celle-là, c'est la meilleure ! Elle ne serait pas morte mais se serait barrée en profitant d'un accident qui plonge son mari dans le coma, et elle revient comme une fleur pour ramasser une pension ! Elle ne veut pas les intérêts pour les années passées, aussi ?

Je me rappelai les derniers mots d'Inès : « J'ai une dernière carte qui vaut beaucoup d'argent. » J'avais été maladroit, je l'avais prise de haut en négligeant sa détresse, et elle était partie avant de me préciser ce dont il s'agissait. Mais si elle disait vrai, elle rappellerait bientôt pour reprendre son chantage là où elle l'avait laissé.

J'allais répondre à Tobey quand mon genou me fit atrocement mal. J'eus le sentiment qu'on y enfonçait un tournevis rouillé et laissai échapper un gémissement.

– Qu'est-ce que tu as ? s'inquiéta Tobey.

– Je ne sais pas, répondis-je en me tenant la jambe, le souffle coupé. Ce matin, c'était mon visage sous la douche, maintenant le genou... mais ça ne dure pas.

Je me redressai et recouvrai mes couleurs. La souffrance avait disparu comme par enchantement.

– On appelle ça des douleurs fantômes, diagnostiqua mon ami. Elles datent de l'accident, sans doute. Un peu comme ces gens qu'on ampute d'un membre et qui ont mal dans ce membre absent.

Je m'examinai, suspicieux.

– Qu'est-ce que tu me racontes ? Aujourd'hui, je ne peux pas affirmer grand-chose, mais ça, j'en suis sûr : je suis à peu près entier.

– Ton cerveau a gardé en mémoire certaines sensations de ton premier accident et des bobos – parmi elles, les douleurs d'il y a six ans, insista Tobey. Ne t'inquiète pas, c'est courant.

Il enchaîna, sans me laisser répondre ni m'éloigner du sujet qui le préoccupait : celui d'une supposée Inès et de mes convictions.

– Écoute, Jamie. Que ce soit Inès ou un imposteur, tu ne vas pas entrer dans ce jeu. Porte plainte tout de suite pour harcèlement, menace, chantage, je ne sais pas. Va voir les flics. Ils n'ont qu'à mener l'enquête, c'est leur boulot, après tout.

J'avais déjà une vague idée de ce que je ferais avant qu'Inès cherche à me joindre à nouveau, et ça ne passerait pas par la police, c'était certain. Pas tout de suite, en tout cas.

J'en savais assez pour ce soir, cela dit, et me levai. Tobey me connaissait trop bien pour ne pas lire dans mes pensées. Il m'agrippa le bras.

– Hé, Sherlock, une fille est venue te faire son cinéma au mauvais moment, je veux dire au moment où tu es fragile et prêt à tout croire. Je sais que tu n'aimes pas le hasard et que tu es un maudit cartésien scientifique, mais voilà, c'est sans doute une fâcheuse coïncidence, que tu le veuilles ou non. Alors occupe-toi de ta mémoire et de toi, dit-il en me tendant le flacon que j'avais repoussé plus tôt, et laisse les autres s'occuper du reste et des cinglées en mal de fric. À chacun sa place, conclut Tobey en tapotant de l'index sur ma poitrine pour ponctuer ses mots.

– D'accord, mentis-je en saisissant le flacon. J'irai voir les flics demain.

– Et maintenant tu rentres, on est bien d'accord ?

– Je rentre.

– Et j'appelle ta femme, la vraie, la seule, dans une petite demi-heure pour m'en assurer. Si tu n'y es pas, j'estime que la voie est libre et que je peux l'inviter à dîner.

C'était sans doute la seule « chose » que je ne confierais pas à Tobey : ma femme.

– Tu peux même venir dîner à la maison, lui proposai-je.

– Pas le temps, avoua-t-il en reculant.

Je souris et le suivis dans l'escalier.

– Encore une « urgence thérapeutique » ?

– Non : celle-ci, c'est une fille que je drague, une vraie, même pas déguisée en patiente.

Il me poussa dehors.

– Dépêche-toi, tu as une demi-heure pour rentrer. Après, c'est moi qui appelle les flics.

8

QUAND J'ENTRAI chez moi, un parfum de fleurs embaumait la maison.

Je laissai ma sacoche sur une des quatre chaises style Louis XVI repeintes en argent et tapissées de velours noir, et je jetai les clefs de la voiture dans une coupe en aluminium, sur le guéridon en Plexiglas plaqué contre le mur du fond. La lumière décrut sensiblement lorsque je quittai le hall d'entrée, grâce aux capteurs reliés au lustre vénitien qui détectaient les mouvements. J'adorais les touches modernes dont j'avais saupoudré l'intérieur de ma maison aux allures victoriennes, même si cela m'apparaissait comme puéril.

J'entrai dans le salon. On m'enlaça par-derrière et je sentis la tiédeur d'un baiser sur ma nuque. Un frisson descendit le long de mon dos. Je me retournai et pris ma femme dans mes bras.

Je détaillai son visage, ses yeux dorés, ses cheveux soyeux qui coulaient entre mes doigts. Le grain de beauté juste au-dessus de la commissure des lèvres, à droite. J'exultai. Qui peut s'offrir le luxe suprême de (re)découvrir son épouse six ans après son mariage ? Pour la première fois de la journée, je remerciai le sort de me rendre amnésique et de m'offrir ainsi une rencontre aussi voluptueuse. Je m'étonnai que son regard dégage tant de douceur et d'intensité à la fois. J'aurais pu le dire de tout son corps. J'aurais volontiers compté ses cils, et même les pores de sa peau parfaite si elle m'en avait laissé le temps.

– Merci de m'avoir appelée après ton passage chez Tobey, mon chéri. J'apprécie beaucoup que tu te soucies de mes inquiétudes.

Elle accompagna son reproche d'un baiser qui me donna envie de m'en attirer d'autres.

– Heureusement, dit-elle, il a appelé il y a quelques minutes pour savoir si tu étais arrivé.

– Il t'a rassurée ?

– Tu penses ! Du coup, je me suis fait un sang d'encre, je me suis forcée à ne pas imaginer ce qui aurait pu t'arriver sur le chemin.

– J'aurais pu oublier la route..., suggérai-je.

– ... et rencontrer une parfaite inconnue qui se ferait passer pour ton épouse et qui te garderait pour elle.

J'eus du mal à rire de sa plaisanterie. Il faut dire que j'avais fait mieux que cela : j'avais rencontré une femme parfaitement connue qui me rappelait avec insistance qu'elle était encore mon épouse.

– Jamie, me dit-elle sur un ton plus grave, tu vas prendre le traitement que t'a conseillé Tobey ?

– Oui, je vais le faire, répondis-je sans hésiter.

– Dès ce soir ?

– Dès ce soir. Où sont les garçons ? demandai-je pour changer de sujet.

Je voulais profiter du meilleur que m'avait réservé cette journée : ma famille, sans laisser mes déboires ou des médicaments parasiter ce bonheur.

– Dans leurs chambres, me répondit Meredith, qui semblait deviner mes pensées et respecter mes priorités. Loris devait dormir chez un copain, mais il a changé d'avis. Il a besoin de parler à son papa, si j'ai bien compris ce qu'il m'a dit…

– Et Noah ?

– Lui, il veut juste que tu l'embrasses. Comme moi.

Je m'exécutai avant de monter l'escalier.

En entrant dans la chambre de mon aîné, je songeai à la discussion que j'avais eue au téléphone avec Ally Ford, mon avocate, durant le trajet en voiture pour rentrer chez moi.

– Qu'est-ce que c'est que cette histoire ? m'avait-elle dit, troublée par ma question. Écoute, mon truc, c'est plutôt défendre les chirurgiens comme toi qui picolent et qui réimplantent par mégarde un nez sous une oreille.

– Ally, s'il te plaît, tu dois bien avoir une idée sur la question…

– Bon, capitula-t-elle, je ne suis pas spécialisée dans les sujets de mariage et divorce, mais selon une loi qui me semble universelle, si on a épousé une femme en usant de procédés légaux et reconnus, tant qu'elle est en vie, on reste mari et femme, oui.

– Même si elle a disparu pendant six ans ?

– Dans ce cas, il faut faire état d'abandon du foyer conjugal et suivre une procédure d'annulation du mariage, j'imagine.

– Autre hypothèse : cette femme est déclarée morte…

– … Dans ce cas tu es veuf. Je dis « tu », mais c'est un « tu » générique, bien sûr. Je ne pense pas à toi en particulier, mon cher Jamie, précisa Ally avec une pointe de sarcasme.

– Tant mieux, dis-je sans entrer dans les détails. Donc « je » suis veuf. Puis cette femme réapparaît…

– Ah, dans ce cas, je crains de devoir t'annoncer que tu n'étais pas veuf, en fait. J'aime bien ton histoire, ça se complique.

– Les avocats adorent les histoires compliquées.

– Bien sûr : plus on prend du temps pour démêler le merdier, plus on facture.

– Alors accélérons : mon mariage est donc toujours valide ?

– Je vais vérifier, mais oui, il l'est probablement.

– Et si j'ai contracté un autre mariage entre-temps ?

– C'est fâcheux pour celle qui croyait être ta nouvelle femme. Ou alors elle est très malheureuse avec toi et, dans ce cas, c'est une formidable nouvelle pour elle : elle est libre comme l'air, contrairement à toi qui retombes dans les bras du plat réchauffé qu'on vient de sortir du congélateur.

– Plat réchauffé… Bravo, Ally, tu es plus misogyne qu'un taliban.

– Autre chose ?

– Merci, c'est bien assez cher comme ça.

– J'envoie la facture… à ta femme ?

J'avais juste eu le temps de sourire : elle avait déjà raccroché.

Les mots d'Ally résonnaient encore dans ma tête alors que j'étais sur le palier, quand une voix d'enfant vint m'apaiser.

– Papa ?

J'enjambai une voiture télécommandée, une trentaine de

dessins et autant de crayons de couleur, et une trottinette électrique pour atteindre le lit de Loris. Mon fils était allongé, tout habillé, un livre en main.

– Pas encore en pyjama ?

– Tu as dit hier que tu rentrais tôt pour qu'on mange ensemble.

Je me penchai pour le cribler de baisers en guise de réponse. Il s'en dégagea, partagé entre le rire et l'agacement.

– Tu avais promis !

– D'accord, répondis-je. J'ai honte : j'ai menti.

Il me dévisagea, surpris par mon aveu.

– Tu… tu dois pas mentir !

– Bon, est-ce que j'avais promis autre chose ?

Il hésita avant de tenter son coup.

– Oui : tu avais dit aussi que… que… qu'on irait au cinéma et ensuite au McDo.

– J'ai dit ça, moi ?

Il acquiesça, un sourire accroché d'une oreille à l'autre.

– Eh bien, si je l'ai dit, on va le faire ce week-end.

– C'est quand ?

– Quand la semaine est finie, précisai-je, oubliant que mon fils de cinq ans ne maîtrisait pas parfaitement le calendrier hebdomadaire. Samedi, quand on peut se lever tard, maman et moi. Ça te va ?

– Pourquoi pas demain ?

– Parce que demain, on travaille.

La réponse plongea Loris dans un abîme de réflexions. Je sentis une présence et me retournai. Meredith nous avait rejoints.

– Hé, c'est une chambre de mecs, ici ! m'exclamai-je en prenant mon fils à témoin.

Loris confirma d'un signe de tête et se mit à rire.

– Pardon, pardon, dit-elle. C'est drôle, quand il faut ranger, les filles ont le droit d'entrer, c'est ça ?

– Alors disons que c'est une réunion de garçons dans une chambre où les filles peuvent entrer pour faire le ménage, rectifiai-je en m'allongeant près de mon fils, les mains derrière la tête.

– En tout cas, répondit ma femme, c'est une chambre où les garçons vont se mettre en pyjama et au lit.

Loris me regarda, les yeux brillants :

– Alors papa doit se mettre en pyjama et dormir avec moi !

– À ton tour, l'Œdipe, mon vieux.

J'embrassai une dernière fois Loris, qui s'accrocha à mon cou avant de céder.

– À demain, mon cœur, lui dis-je. Et demain soir, je rentre tôt pour qu'on dîne ensemble, promis.

Alors que Meredith et moi quittions la chambre, elle me prit par la taille.

– Dis donc, tu nous fais une crise de gâtisme paternel ? On se fait arracher une promesse pour un cinéma et un fast-food, puis celle de rentrer tôt… Il est fort, notre fils. Je te préviens, si tu ne t'y tiens pas, le coup de « j'ai menti », ça ne va pas marcher deux fois… J'aimerais bien que tu me promettes des choses gentilles, à moi aussi.

– Vas-y, j'écoute tes doléances, dis-je à voix basse alors qu'on entrait dans la chambre de Noah profondément endormi sous une montagne de doudous.

Meredith fit le ménage autour de notre fils pour lui laisser une chance de respirer pendant la nuit et se pencha sur moi pendant que j'embrassais délicatement le petit.

– Première chose. Tu peux changer de sonnerie de portable ? Il a sonné pendant que tu montais, me dit-elle en me tendant l'appareil, c'est pour ça que je t'ai rejoint.

Elle se redressa et m'entraîna sur le palier pour m'enlacer.

– Franchement, ce bruit de mitraillette, là, ça ne donne pas envie de répondre… Ou ça en dit long sur la personne qui t'appelle.

Ses mots eurent l'effet d'une douche glacée. Elle sentit mon corps se raidir sous ses mains.

– Quoi, tu ne vas pas te vexer pour ça ? Parce que j'ai d'autres requêtes plus urgentes, celle-là tu peux la mettre en fin de liste. Je voudrais bien qu'on aille… Jamie, tu m'écoutes ?

Je m'étais détaché de son étreinte et descendais déjà l'escalier en pianotant sur mon clavier. Elle insista, penchée par-dessus la rampe.

– Jamie, qu'est-ce qu'il y a ? C'était quoi, cet appel ? Quelque chose d'important ?

– Oui, répondis-je. Un patient, je lui ai donné mon numéro.

J'entrai dans le bureau et refermai derrière moi. Meredith semblait trop délicate pour m'y suivre, surtout si je lui affirmais qu'il s'agissait d'une urgence professionnelle.

Une musique – *We are the champions*, c'était vraiment de circonstance… – m'informa qu'on venait de me laisser un message que j'écoutai aussitôt : « Rappelle-moi. »

Le message était laconique, et je n'avais besoin de rien de plus pour reconnaître mon interlocutrice. Je me pliai à l'ordre dans la foulée.

Au bout d'une seule sonnerie, on décrocha.

– C'est moi, dis-je simplement. Qu'est-ce que tu veux ?

Je me rappelai alors le départ précipité d'Inès, l'après-midi même, alors que je m'adressais à elle avec la même distance presque méprisante. Si je voulais avoir une chance de la faire parler, j'avais intérêt à changer de tactique. J'adoucis mon ton.

– Tu es partie un peu précipitamment, Inès. C'était court pour des retrouvailles…

J'avais juste oublié qu'elle était tout sauf idiote.

– C'est un peu tard pour être gentil. Ce qui m'intéresse, c'est que tu sois généreux, maintenant. Mais je te dérange peut-être en pleine réunion familiale ? Peut-être même que tu es au chevet de… tes enfants ?

Son ton railleur sonnait étrangement faux.

– Oui, lui dis-je en abandonnant tout espoir de l'amadouer, tu me déranges, effectivement. Alors dis-moi ce que tu attends de moi.

– Que nous fixions un rendez-vous demain soir. Et que tu m'apportes ce que je t'ai demandé. Moi aussi, j'aurai ce que tu veux.

– Ça se signe devant un avocat, un divorce, Inès.

– Mais ça ne se paye pas devant un avocat. Prépare un document dans lequel je m'engage à divorcer. Je le signerai dès que j'aurai la première moitié de la somme en main. Tu me donneras les vingt-cinq mille dollars restants le jour du divorce.

– Alors pourquoi se précipiter ? Faisons tout le jour du divorce.

– J'ai besoin d'argent *maintenant*, James, tu comprends, ça ?

Elle avait presque crié, mais peut-être n'était-elle pas seule – ni libre de son discours. Depuis le début, je devais me concentrer pour comprendre ses mots qu'elle prononçait à voix basse. Je tentai de calmer le jeu.

– D'accord, dis-je, demain. Où ?

– Port Morris, sur la 136e Rue Est, entre les avenues Willow et Walnut.

– Port Morris ? Au sud du Bronx ? Pourquoi là-bas ?

– Parce que tu ne connais sûrement pas. Ça te fera voir un peu de pays, docteur Byrne.

Elle qui avait tout fait pour qu'on achète cette maison devant Central Park, quitte à se saigner aux quatre veines et à ne rien manger d'autre que des patates, ça lui allait bien de me donner des leçons…

– À 19 heures, dans le bâtiment.

Je ne répondis pas. Elle perçut mon hésitation.

– Je n'ai pas envie qu'on soit vus à Manhattan pour ce qu'on a à faire. Le bâtiment appartient à mon père, on n'a rien à craindre.

Je préférai l'avertir :

– Je ne viendrai pas sans avoir prévenu mes proches.

– De quoi tu as peur ? C'est un deal entre personnes adultes et consentantes, rien de plus. Tu n'es ni assez riche ni assez célèbre pour qu'on te tende un piège ou qu'on te tue, mon pauvre Jamie.

– Assez pour que mon fric t'intéresse, ma pauvre Inès.

Étrangement, je regrettai mes mots. À mes yeux, elle n'était pas qu'un maître chanteur vénal, mais aussi une fille aux abois, obligée de marchander son contrat de mariage. Je le sentais dans le timbre strident de sa voix, la nervosité de ses mots derrière la fausse décontraction, les syllabes qui se bousculaient. Je ne l'estimais plus assez pour éprouver de la pitié, mais ça tournait autour d'un sentiment similaire. Elle dut le percevoir, et cela lui déplut probablement.

– Ne joue pas les grands seigneurs et viens demain à 19 heures. 801, 136e Rue Est. Préviens qui tu veux, mais si tu appelles la police ou si tu me fais un coup foireux, tu auras plus à perdre que moi. Tu auras *tout* à perdre, James. À commencer par ta famille.

Elle raccrocha et je jetai le téléphone sur le bureau.

Évidemment, il n'était pas question que je prévienne la police. Pour lui dire quoi, de toute manière ? Que ma femme acceptait de divorcer si je lui donnais de l'argent ? Ils me féliciteraient simplement d'avoir négocié l'affaire sans frais d'avocats, voilà tout. Et je ne comptais pas plus en parler à Tobey, qui ne croyait pas une seconde à mon histoire. Il restait Meredith. Que devais-je lui dire ? Lui cacher ? Je voulais lui épargner mes déboires – et peut-être, au fond, céder à la compassion qu'Inès suscitait bien malgré moi.

Je n'eus pas le temps d'y réfléchir : on frappa à la porte. Sur mon invitation, ma femme passa la tête.

– Rien de grave ?

– Non, dis-je avec toute la conviction dont je pouvais faire preuve. Ça peut attendre demain. Mais je rentrerai un peu plus tard, il faudra que je passe la voir. Je vais monter prévenir Loris. Ça va barder pour moi…

– « La » voir ? Une femme ? demanda Meredith en entrant plus franchement. Dis donc, elle me prend pour une gourde ? Le coup du médecin qu'on fait venir pour une fausse urgence, on l'a toutes tenté…

Je me contentai de sourire et elle me prit par le col.

– Attends, tu vas voir, je vais t'accompagner, elle va faire la connaissance de ton assistante. On utilisera des couteaux de cuisine au lieu de tes bistouris, ça va la calmer. Et toi aussi, ça te fera passer l'envie de faire des visites à domicile…

Elle croisa mon regard et perdit sa bonne humeur. Je m'empressai de la rassurer.

– Tu as raison, c'est une sérieuse concurrente : elle a soixante-dix-huit ans et, depuis quelques jours, elle ressemble à son petit chien, selon son souhait.

– Okay, tu peux y aller. Mais tu me laisses l'adresse et les coordonnées sur le bureau, d'accord ? Je suis sérieuse, Jamie. Il y a des détraquées partout, tu sais. Non pas que tu sois beau et attirant, non, ça, il n'y a pas de risque de ce côté, mais…

Je la serrai contre moi.

– Force-toi et embrasse-moi, va, lui demandai-je en essayant d'oublier ses derniers mots.

Après Tobey, c'était ma femme qui avait la même intuition : une *détraquée*. Pour l'instant, en tout cas depuis ce matin, j'avais plutôt l'impression d'être le seul, le vrai cinglé de l'affaire.

– Promis, tu auras tout sur le bureau, mensurations comprises.

Et elle m'embrassa, tandis que je tentai de chasser le visage beau et dur de ma future ex-femme – tout comme ses accents de détresse. Demain viendrait bien assez tôt.

9

LE LENDEMAIN, je ne vis pas la journée passer. Je m'étais assuré que ma première opération ne démarrait pas avant neuf heures et j'étais parti un peu plus tard de la maison pour tenir la promesse que j'avais faite à mon aîné : prendre le petit-déjeuner avec eux.

Noah avait passé le plus clair du repas sur mes genoux, sans un mot et très concentré sur sa tartine, tandis que Loris, qui voulait affirmer son statut de « grand », s'occupait des miennes et me les tendait. Je riais, je les taquinais, je les embrassais et, pendant qu'ils parlaient, je les admirais. J'étais prêt à faire tout ce que voudrait Inès pour qu'elle signe ce divorce. Je savais que c'était faire de moi un type consentant sans conditions, mais je m'en fichais. J'avais trop longtemps rêvé de ce qui m'entourait – même si mon cauchemar l'avait effacé de ma mémoire – pour ne pas tout sacrifier à ce bonheur.

Je réalisai alors que je n'avais pas entamé le traitement prescrit par Tobey. Ce serait pour ce soir, je me le promis intérieurement. Entre-temps, le programme était clairement établi : mettre ma famille à l'abri du tsunami que pourrait provoquer Inès si elle faisait valoir son statut d'épouse, puis emmener celle qui comptait plus que tout à mes yeux dans un restaurant français branché de Manhattan et boire du champagne avec un fond de psychotropes, ce serait parfait pour clore la journée et ce cauchemar.

Meredith emmena les enfants à l'école et je fonçai à l'hôpital.

Je ne sortis du bloc que pour une pause d'une demi-heure, histoire d'avaler quelque chose avant de m'occuper du service. Je passai ensuite l'après-midi entre des consultations demandées par mes confrères pour leurs patients hospitalisés et une urgence transférée au bloc vers quinze heures – encore un adolescent victime d'un accident de la route. J'avais à peine eu le temps de passer un coup de fil éclair à Meredith. Sa voix était tendue, je sentais en elle une nervosité qu'elle ne s'expliquait pas elle-même :

– C'est idiot, je crois que j'ai gardé à l'esprit ton visage crispé d'hier soir quand tu as passé cet appel. Pourtant, quoi de plus normal qu'une fausse urgence pour un chirurgien ?

Je sentais bien qu'elle avait besoin que je la rassure.

– Je vais liquider ça en une petite heure et je serai à la maison vers vingt heures trente, ne t'inquiète pas. C'est à Port Morris, pas loin de chez nous, chérie. Gave nos gosses de café, que je puisse les voir éveillés quand je rentre.

– Bien sûr, dit-elle, à peine apaisée. Compte sur moi.

J'entrai alors vers seize heures trente pour la réunion la

plus insupportable de toute ma carrière sur le budget de l'hôpital et l'attribution de telle ou telle subvention pour tel ou tel laboratoire du Mount Sinaï Medical Center.

Il était un peu plus de dix-huit heures quand le doyen de la Mount Sinaï School of Medicine sortit de sa torpeur et intervint avec véhémence – sa voix chevrotante alors qu'il n'avait pas cinquante ans faisait immédiatement penser à un animateur radio d'après guerre – sur l'intégration des étudiants au sein des équipes soignantes, notamment en chirurgie. Je profitai de l'agitation ambiante – certains de mes confrères croyaient encore nécessaire de lui répondre – pour m'éclipser.

Je passai en coup de vent dans mon bureau pour me changer, déposai un mot avec quelques consignes pour Agnès si, malgré mes remontrances, elle était encore dans le service au lieu de mitonner un bon petit plat pour son Bernard, qu'elle avait rapatrié avec ses meubles lorsqu'elle avait décidé de s'installer à New York. Elle lui devait bien ça, lui qui avait tout plaqué pour la suivre, et ces deux-là s'aimaient comme au premier jour. J'étais plus que jamais pour la paix des ménages, allez savoir pourquoi…

Je quittai la pièce, puis rebroussai chemin jusqu'au bureau. J'ouvris un tiroir et sortis l'enveloppe que j'avais préparée. J'écartai le rabat : vingt-cinq mille dollars en espèces. J'hésitai, puis la glissai dans ma poche.

Je descendis par l'escalier les huit étages afin d'éviter toute rencontre qui m'aurait mis en retard, et je récupérai ma voiture.

Je traversai nerveusement la ville par la 102e Rue jusqu'à Franklin Delano Roosevelt Drive, encombrée ce soir comme jamais. Évidemment. Je consultai ma montre, de plus en plus nerveux. Il était dix-huit heures trente-cinq quand j'atteignis enfin le Triborough Bridge pour passer sur Ward's Island. Je passai à nouveau au-dessus d'un bras de l'East River pour filer le long de Bruckner Boulevard, et j'arrivai à Port Morris à dix-huit heures cinquante-cinq, en sueur, le cœur battant.

J'avais cinq minutes pour sinuer dans les rues désertes du quartier.

Cette partie du Bronx n'avait pas encore bénéficié de la réhabilitation de certains *boroughs*. Elle restait essentiellement occupée par les entrepôts, les immeubles désaffectés et les fournisseurs de matériaux pour le bâtiment.

Je roulai au pas, cette fois, le long de Locust Avenue, les yeux rivés sur les silos métalliques gigantesques et les bacs de sable. Mon regard courait sur les Fenwick et les grues qui se détachaient sur le ciel rouge et sans nuages de la fin de journée. Je repérai enfin la 136e Rue que je suivis en prenant soin de fermer les portières et de remonter les vitres. Les rues étaient tristes, de vieilles voitures immobiles semblaient avoir été jetées le long des trottoirs, les briques sales des rares immeubles perdus parmi les dépôts assombrissaient les façades. Tout ça, à quelques kilomètres de mon monde doré.

Je m'arrêtai devant le 801 : un entrepôt délabré et encaissé entre la voie ferrée en hauteur, sur le pont proche, et un petit immeuble dans un état presque similaire. Je garai mon 4 × 4 dans une rue perpendiculaire en priant pour le retrouver tout à l'heure et marchai jusqu'à la façade lézardée. Je comptai : à l'étage, quatre fenêtres encadrées de blanc et deux autres, noires et opaques, qui semblaient condamnées.

Face à moi, deux grands rideaux métalliques, l'un levé, l'autre baissé ; des sorties de camions, sans doute. J'entendis au loin une sirène de police, je ne sus si cela devait me rassurer ou au contraire me faire penser qu'au milieu de tout ce qui devait se produire dans ce quartier, s'il devait m'arriver quelque chose, cela passerait totalement inaperçu. « Un bourgeois de Central Park retrouvé égorgé dans un entrepôt de Port Morris. » Je réalisai mon inconscience. Je pensai à Meredith et aux enfants. Pour eux, il fallait que je me sorte de ce bourbier. Pour les retrouver, tout oublier, profiter de notre famille, et tout donner.

Les lieux étaient déserts et parfaitement silencieux. Devais-je appeler ? Je fis un pas puis un autre : je venais de passer sous le volet métallique et me retrouvai dans la pénombre du hangar.

Ça sentait le béton humide et l'huile de machine. Mes yeux s'habituèrent peu à peu à l'obscurité et je distinguai enfin ce qui m'entourait.

Le sol luisait par endroits. Il était jonché de cartons pourris, de barres de métal et de bidons éventrés. Des effluves chimiques débordaient parfois l'humidité et venaient m'entêter.

Je me décidai enfin à me manifester.

– Il y a quelqu'un ? Inès ?

Pas un bruit, si ce n'était le son de mes chaussures sur la dalle poisseuse. Je m'enfonçai dans le hangar vers une zone qui semblait mieux éclairée et qui partait à angle droit. Un train passa sur le pont, tout près du hangar, et le bruit des wagons sur les rails couvrit mal un cri. Il me sembla ensuite entendre une détonation étouffée, puis une porte métallique qu'on referme brutalement. C'était assez pour que se déclenche en moi la petite alarme qui m'a toujours alerté et protégé dans les situations dangereuses. Mon cœur s'emballa, ma respiration s'accéléra. Sans réfléchir, je me précipitai dans le fond du hangar.

Je levai la tête : à l'étage, sur une coursive, une porte était restée entrouverte. Un courant d'air souleva la poussière et un nuage scintilla sous la verrière zénithale.

Au milieu du nuage, je vis enfin la masse étendue sur le béton.

Un corps.

Le mien se raidit tout entier et je me jetai à genoux pour retourner la jeune femme et la prendre dans mes bras.

Un liquide tiède poissait mes mains et son chemisier clair. L'auréole sombre s'étendait sur le tissu. Horrifié, je passai les doigts sur son visage. Elle était inconsciente et son pouls battait de manière presque imperceptible dans le cou.

– Inès, mon Dieu, Inès, parle-moi, réponds, je t'en prie ! INÈS !

Je laissai son buste retomber contre ma poitrine et fouillai frénétiquement dans ma poche pour trouver mon téléphone portable. En vain : j'avais dû le laisser dans la voiture. J'allongeai le corps avec précaution et déchirai le chemisier : une balle avait creusé un cratère bouillonnant sous le sein gauche. Je tamponnai avec le tissu pour freiner l'hémorragie et glissai sous les jambes d'Inès un carré de mousse que j'arrachai à un meuble proche pour permettre au sang de remonter au cœur et éviter que la tension ne chute trop brutalement. Elle avait perdu beaucoup de sang, les minutes – les secondes – étaient comptées.

D'une main nerveuse, j'essayais d'ouvrir son sac dans l'espoir d'y trouver un téléphone quand je vis ses lèvres bouger. Je me penchai et soulevai sa tête avec précaution. Elle me fixait de ses grands yeux noirs effrayés. Elle ressemblait à une petite fille affolée.

– Ja… Ja… mie…

– Oui, je suis là, dis-je en caressant ses cheveux. Ne parle pas, ne te fatigue pas, je vais appeler une ambulance, tout va bien se passer.

Elle m'agrippa faiblement le bras pour m'empêcher de me relever.

– Te… Te… re…

Je ne comprenais pas ce qu'elle voulait me dire. Chaque seconde la rapprochait de la mort, Inès ne lâchait pas mon bras et il fallait que le médecin que j'étais agisse. Au moment où je me dégageais, le mot sortit de sa gorge dans un souffle :

– Teresa…

– Qui est Teresa ? Une amie ? On la préviendra plus tard, Inès, il faut d'abord que j'appelle une ambulance, et tout de suite, tu comprends ?

– …a… fille…

– Ta fille ? Tu as une fille ?

Inès faisait un effort surhumain pour parler. Elle répéta d'une voix rauque :

– *Ta* fille… *Notre* fille… à nous… deux… Ja… mie… La pro… protéger…

Les sons se perdirent dans un gargouillis. Un filet de sang s'échappa des lèvres et la tête d'Inès retomba entre mes mains.

Je la reposai avec douceur et me jetai sur son sac, tremblant. *Ressaisis-toi, James Byrne. Tu es médecin, on peut peut-être encore la sauver. Dépêche-toi !*

Je me levai, me retournai et m'arrêtai aussitôt : devant moi, je distinguai deux silhouettes.

– S'il vous plaît, vite, passez-moi un téléphone, il faut que j'appelle du secours pour cette femme, elle est grièvement blessée.

– Docteur Byrne ?

Les deux hommes entrèrent dans la lumière et je reconnus avec un immense soulagement les uniformes de la police de New York.

– C'est un miracle que vous soyez là, il faut appeler une ambulance, je l'ai trouvée gisant sur le sol, là…

Leurs regards passaient de moi au corps d'Inès. Le premier porta lentement la main à son arme. Le second sortit un talkie-walkie et marmonna quelque chose que je n'entendis pas.

– Restez tranquille, monsieur, dit le premier flic sans me quitter des yeux. Ne faites pas de geste brusque et ça se passera bien.

Je reculai, incrédule.

– Attendez, j'avais rendez-vous avec elle, je l'ai trouvée il y a quelques minutes, ce n'est pas moi qui…

Je n'osai même pas prononcer les mots terribles. Pourtant, l'évidence m'apparaissait : ces types me prenaient pour le meurtrier. Comment connaissaient-ils mon nom ? Comment savaient-ils que je serais ici et pourquoi étaient-ils venus ? Tout s'emballait dans mon esprit. Je tournai la tête vers Inès, effondré.

– Je vous le jure, je l'ai trouvée comme ça, je ne lui ai rien fait, au contraire, je me levais pour chercher de l'aide…

Je sentais bien que mes mots ne servaient à rien. Le policier venait de sortir son arme du holster et le braquait vaguement dans ma direction. Je réalisai alors qu'en reculant j'étais retourné dans l'obscurité.

– Mettez les mains au-dessus de la tête et faites un pas en avant, docteur Byrne. Obéissez ou je vais devoir tirer, vous comprenez ? Je n'ai pas envie de le faire, mais je le ferai si vous ne m'en laissez pas le choix.

Je comprenais, hélas, très bien. J'étais dans la merde

jusqu'au cou, voilà ce que je comprenais. Ce type allait-il vraiment tirer ? Je n'étais ni un voyou ni un toxico sous l'emprise d'une substance, mais j'étais *a priori* capable de tuer une femme, il en avait la preuve sous les yeux et il était en droit d'estimer que j'étais armé, vu les dégâts sur le corps d'Inès. Tout vacillait autour de moi. J'inspirai profondément. Le cauchemar n'était pas fini, au contraire, il semblait reprendre de plus belle.

Puis, au lieu d'obéir, je tournai la tête nerveusement : derrière moi, je distinguai un escalier protégé par un rang de bidons métalliques empilés. Sans hésiter, je me précipitai vers les marches et les grimpai quatre à quatre.

Le policier tira : la balle ricocha sur une poutre métallique et provoqua une gerbe d'étincelles tout près de mon visage. Je courus le long de la coursive tandis que les flics se lançaient à ma poursuite. Face à moi, deux portes. J'enfonçai la première : elle donnait sur un escalier qui descendait dans la cour cernée par les immeubles. J'ouvrais la suivante : un bureau vide, et une fenêtre. Je m'y réfugiai. Une clef se trouvait dans la serrure, je la tournai et m'enfermai.

J'entendis une cavalcade dans l'escalier extérieur, puis la poignée de la porte du bureau fut abaissée. Je me précipitai vers la fenêtre : elle donnait sur la voie ferrée. Je l'enjambai et sautai.

À une centaine de mètres, un train progressait au ralenti vers moi. Je frôlai le bâtiment le long de la voie que je traversai alors dans le hurlement d'une sirène. Au même moment, une nouvelle détonation retentit dans le hangar, elle provenait du bureau.

J'eus tout juste le temps d'apercevoir le visage du flic dans l'encadrement de la fenêtre et le canon de son arme pointée sur moi. La locomotive hurla une seconde fois et le train s'interposa entre le policier et moi dans un vacarme épouvantable.

Quand tous les wagons furent passés, la voie était vide sous le regard médusé du policier : j'étais accroupi sur la plateforme d'un wagon de marchandises, le sac d'Inès serré contre moi, tandis que le train accélérait et m'emportait loin du hangar et du danger.

10

ELEANOR SAVAGE souleva la bande jaune pour passer en dessous et posa le talon sur le sol du hangar comme si elle avait voulu percer le béton.

Elle se redressa et considéra les lieux. Les regards convergèrent vers elle puis quittèrent le long corps emprisonné dans un tailleur sombre. Elle lissa d'une main ses cheveux blonds ramassés en chignon dans la nuque et se tourna vers son collègue.

– Pourquoi faut-il toujours que ça se produise dans des endroits comme *ça* ? demanda-t-elle sans exprimer ni dégoût, ni surprise.

– Parce que, dans le hall de l'Empire State Building, c'est moins discret, Ellie, répondit Benjamin Washington.

Au début de leur travail en binôme, l'agent Washington, la cinquantaine un peu fatiguée, tempes grisonnantes sur peau noire et surcharge pondérale de plus en plus encombrante, avait regretté qu'on lui associe cette jeune seringue d'allure germanique qui économisait ses mots et semblait penser qu'être une femme au FBI revenait forcément à porter des lunettes noires, les cheveux tirés en arrière, une combinaison intégrale pour les opérations sur le terrain ou un tailleur sombre très ajusté au bureau. Aujourd'hui, il en avait pris son parti.

Il rangea sa plaque professionnelle et se dirigea vers deux policiers et une femme en blouse, au fond du hangar. On avait installé des projecteurs qui dévoilaient la désolation – et l'insalubrité, aussi – du lieu. Un gyrophare balayait de sa lueur bleue les murs noirs et tagués. Autour d'eux, des gens relevaient les indices ou une quelconque trace qui servirait l'enquête. Ellie lui emboîta le pas.

Ils croisèrent le brancard qu'on emmenait vers l'ambulance. Elle l'arrêta, ouvrit la fermeture Éclair et contempla un court instant le beau visage de la victime. Ben observa sa collègue : comme d'habitude, rien, strictement rien, ne se lisait sur le visage parfait – même pas un froncement de sourcils pour plisser le masque impassible. Il soupira. Il avait décidément du mal à bosser avec ces héroïnes de jeux vidéo : jolies sans jamais sourire, sèches, violentes et autant de sex-appeal qu'un gilet pare-balles. Encore, le sex-appeal, il s'en fichait : il n'avait ni l'âge, ni le physique, ni l'envie de s'adonner au jeu de la séduction avec les nouvelles recrues, et il ne passait pas non plus son temps, comme ses collègues masculins plus jeunes, à se demander si oui ou non la sexualité d'Eleanor Savage – nom de code dans la maison : « Irongirl » – se résumait à un combat de kick-boxing ou, au mieux, à un coït mensuel à heure fixe sur Internet. Il secoua la tête pendant qu'Ellie refermait le sac et ils s'approchèrent du médecin légiste.

– Salut Shirley, dit Ben. Alors ?

– Salut Ben.

Elle se contenta d'un signe de tête à l'attention d'Ellie, qui attendait patiemment que la légiste réponde à son collègue. Shirley haussa les épaules et se tourna vers Ben.

– Une femme d'environ trente-cinq ans, latino, ni blessures anciennes, ni hématomes... En revanche, des traces d'injection sur les avant-bras. Bizarre, l'allure ne colle pas avec celle de la junkie du coin. En tout cas, un vilain trou entre la sixième et la septième côte et une balle sans doute logée sous le cœur, au-dessus de l'estomac. Pas morte tout de suite, la pauvre fille, mais grosse, grosse hémorragie. On a fait des prélèvements sanguins à la recherche de substances toxiques, drogues, médicaments..., dit-elle en agitant un sachet rempli de tubes.

– Qui l'a trouvée ? demanda Ellie Savage.

Le médecin se redressa, les yeux écarquillés et la main sur le cœur.

– Mon Dieu ! Vous parlez ! Tu le savais, toi ? demanda-t-elle à Ben.

Il sourit tandis qu'Ellie glissait allégrement sur le sarcasme.

– Ce sont ces deux hommes, là, de la NYPD, répondit Shirley.

– Merci Shirley, dit Ben.

Il se dirigea vers les flics, suivi de sa collègue.

– Agent Washington et agent Savage, du Bureau fédéral, les gars. C'est vous qui êtes tombés sur cette fille ?

Le plus âgé des deux les salua d'un signe de la main.

– En fait, on nous avait appelés pour nous dire qu'un type avait rendez-vous ici avec une fille qui prétendait s'appeler Inès Ribeiro et qui le faisait chanter, et que ça pouvait mal tourner, bref, on a préféré faire un crochet pour tirer ça au clair. Quand on est arrivés, la fille était étendue sur le sol et le type était à genoux devant elle.

– Qui est cette fille ? demanda Ben.

– On a juste retrouvé son permis de conduire sur elle. Elle s'appelle bien Inès Ribeiro. Pas de casier. On n'en sait pas plus pour l'instant. Peut-être une affaire de drogue ?

– Quel est le nom de l'homme ? demanda l'agent Savage d'une voix monocorde digne d'une opératrice des premiers temps du téléphone.

– Byrne. James Edward Byrne. Toubib – chirurgien, plus précisément. Quarantaine, allure sportive, brun, cheveux courts, yeux clairs, je crois. Beau gosse, beau costar.

– J'appelle les gars au bureau, décida Ben. S'il existe un lien entre ces deux-là, ils vont le trouver.

– Pourquoi vous ne l'avez pas arrêté ? demanda froidement Savage au policier.

Ce dernier la dévisagea, agacé.

– Parce que c'est bien connu, dit-il, il n'y a que les agents du FBI qui sont compétents. Nous, on est des buses…

Ellie Savage se grandit un peu plus sur ses talons. Ses yeux s'étaient transformés en perceuses qui obligèrent le gars à détourner le regard. Son collègue crut qu'elle allait toucher le toit du hangar.

– Vous faites actuellement obstacle à mon enquête, dit-elle sans élever la voix, et ça m'incommode.

– Non mais je rêve ! s'exclama le policier. Ça *l'incommode* ! Vous êtes qui pour me dire ça ?

Ben Washington leva les yeux au ciel et soupira. Cette fille était vraiment faite pour l'entente cordiale entre les différents corps de police.

– Tu as déjà entendu parler d'humanité, Ellie ? lui avait-il demandé un jour. T'es pas une chaise ou une arme, bon sang !

Elle s'était tournée vers lui et l'avait fixé de son regard bleu pâle, aussi pâle que sa peau. Elle détestait ce « petit nom » et n'y répondait jamais, sauf lorsqu'il s'agissait de Ben. Il avait d'ailleurs pris cette concession pour ce qu'elle était : la plus grande marque de sympathie dont Ellie puisse faire preuve.

– Si j'étais plus humaine dans mon boulot, lui avait-elle répondu en détachant chaque syllabe, ces types qu'on arrête alors qu'ils ont encore le sang d'une gamine de douze ans sur une main et le rasoir dans l'autre, je les aurais déjà tués. *Tous*.

Ça avait eu le mérite d'être clair. Au bout du compte, la cohabitation se passait bien : comment se disputer avec une fille aussi glacée ? Même Emma Washington s'en réjouissait, lorsque son époux rentrait le soir.

– Je ne la connais pas mais je l'aime, cette fille : mon mari ne sort plus du boulot avec de la fureur plein les yeux et une tension au plafond.

Ce n'était pas faux.

Ben entraîna le flic à l'écart, pendant que Savage toisait sévèrement l'autre.

– Ne vous énervez pas, tempéra l'agent du FBI. Elle est un peu… rigide, mais gentille, vous savez ?

– Un peu « rigide » ? On dirait le croisement d'une lampe halogène et d'un nazi !

Ben sourit et jeta un œil sur sa collègue longiligne et son chignon blond. Une lampe halogène : il n'y avait pas pensé, et c'était plutôt bien vu.

– Bon, et moi, je ressemble à un hippopotame qui aurait avalé un pot de peinture noire, et je suis un amour. Alors dites-moi ce qui s'est passé.

Le flic l'observa du coin de l'œil. L'agent fédéral n'était pas tout à fait le genre d'« amour » qu'on avait envie de prendre dans les bras. Question hippopotame, c'était déjà plus réaliste. Il obtempéra malgré tout.

– Le type a refusé de se rendre, il s'est échappé par l'escalier. J'ai tiré, mais il a réussi à s'enfuir par une fenêtre... Il y a le train qui passe tout près, ça tombait mal, vous comprenez ?

Ben tapa amicalement sur son épaule.

– Bien sûr, je comprends très bien. Est-ce que vous avez envoyé une équipe chez lui, au cas où il tenterait de s'y rendre après s'être enfui d'ici ?

– On... disons qu'on a tout de suite prévenu les autres au bureau, faut voir avec eux...

Ben acquiesça.

– Vous avez bien fait.

Il tourna la tête vers la porte d'entrée. La silhouette de sa collègue se découpait à contre-jour. Campée sur ses talons vertigineux, jambes aussi écartées que l'y autorisait sa jupe droite, bras croisés.

– Une voiture est en route vers son domicile, dit-elle en repliant son téléphone.

– Qu'ils nous attendent et se contentent de surveiller, précisa Ben. Sauf si Byrne se pointe.

Ellie haussa les épaules.

– Évidemment.

Elle agita la clef de leur voiture et fit volte-face pour sortir du hangar. Ben la suivit. Heureusement que c'était elle qui conduisait : il fallait se dépêcher et il n'avait plus l'âge pour ça, vraiment.

11

MANUEL RIBEIRO claqua la porte sans écouter sa secrétaire et s'enferma dans son bureau. Il savait qu'il aurait droit à un répit mesuré, puis qu'elle reviendrait sous un autre prétexte. Tout à l'heure, c'était un courrier à dicter en urgence. Ensuite un coup de fil qu'il fallait donner à un connard dont il se fichait complètement – et elle aussi d'ailleurs. Et dans quelques minutes, il y aurait autre chose. Quelque chose qui nécessiterait absolument qu'elle vienne en personne et qu'elle ondule sous son nez. Il l'ignorerait et elle insisterait péniblement ; puis il serait désagréable, voire grossier. Elle aurait les larmes aux yeux et sortirait. Puis reviendrait, sans plus d'amour-propre qu'une chaise. Au bout du compte, il allait devoir la renvoyer. Dommage, elle était efficace – moins depuis qu'elle voulait lui mettre le grappin dessus – et jolie – moins depuis qu'il avait couché avec elle. Comme avec la précédente. Et encore la précédente.

Il se servit un verre de gin – à vingt heures et avant de prendre le volant, c'était peu recommandé, mais il tenait mieux le gin que le whisky ou la bière. Et il fallait au moins ça pour supporter cette fille ; comment s'appelait-elle, déjà ? Genna, un truc comme ça. Inutile de retenir le nom de toute manière, puisqu'il s'apprêtait à la virer, même si elle ne comptait pas les heures supplémentaires. Finalement, il recrutait des filles qu'il abîmait en couchant avec ; il était temps de tirer une leçon de cette série de gâchis.

Il posa les pieds sur la table laquée et se regarda dans une glace, juste en face de son bureau : un immense miroir dégoulinant de dorures qui lui renvoyait l'image d'un type grisonnant, trop bronzé, qui rentrait le ventre pour porter ses costumes bien taillés qui ne lui allaient pas, des chaussures qui brillaient autant qu'elles coûtaient cher. Tout ça méritait qu'il se paye des petites jeunes qui lui fassent oublier ce qu'il était : un vieux beau, un playboy sur le retour.

Cela dit, les affaires marchaient bien depuis plusieurs années. Il avait réussi à s'introduire dans le marché des pièces détachées rachetées pour rien à ces types, dans le nord du Bronx. Un truc pas con, ils volaient et dépeçaient les centaines de bagnoles qui disparaissaient dans l'État de New York pour les revendre en kit. Lui-même les rachetait pour les refourguer aux Sud-Américains qui se laissaient encore avoir – il n'en restait plus beaucoup, la plupart faisaient maintenant le même commerce que lui, une rude concurrence. On le connaissait bien aujourd'hui, il s'était installé sur la 125e Rue, à deux pas de l'Apollo, en plein Harlem, celui qui bouge, le Harlem décrassé et branché – presque trop d'ailleurs, avec la réhabilitation obsessionnelle et ces jeunes couples friqués mais pas trop qui avaient envie d'être près de Central Park pour moins cher que dans le Village, sans compter Clinton qui n'avait rien trouvé de mieux à faire que de prendre ses quartiers pas loin avec fondations, business et tout le bazar. Ça mettait un coup d'éclairage sur un district dont beaucoup se seraient passés.

Bref, ça marchait plutôt bien et il avait du blé à claquer. Pourquoi se priverait-il des filles qui s'intéressaient à lui, quelle qu'en soit la raison ? Si elles avaient la mauvaise idée de coucher avec lui alors qu'elles bossaient pour lui, ça ne le regardait pas. À elles de faire le bon choix – et d'adopter la bonne attitude, ensuite.

Le téléphone sonna. Il ignora l'appel et le téléphone capitula.

Pas Genna : une seconde plus tard, elle frappait à la porte.

– Non, répondit-il.

Genna prit sur elle et ouvrit la porte :

– Monsieur Ribeiro…

– Je crois que j'ai dit *non*, coupa son patron sans lever les yeux d'un papier qui traînait sur le bureau. Si j'avais dit oui, vous auriez pu ouvrir la porte et entrer, mais comme j'ai dit non, vous allez faire marche arrière et…

Il ne finit pas sa phrase.

Genna s'était effacée devant un Black massif d'une cinquantaine d'années qui entra d'une démarche empesée, suivi d'une femme blonde tout droit sortie d'un film sur le KGB.

– Désolé, monsieur Ribeiro, nous on a compris oui, alors on s'est permis d'entrer, dit Ben.

– Qui êtes-vous ? demanda Ribeiro en se levant d'un bond.

– FBI, répondit Ellie d'une voix d'ordinateur.

– Agent Savage et agent Washington, compléta Ben. Merci de nous recevoir, poursuivit-il avec un sourire fatigué.

On a des questions à vous poser, si vous voulez bien nous accorder quelques instants.

Il s'effondra dans l'unique fauteuil de la pièce, face au bureau de Ribeiro, tandis qu'Ellie se plantait à côté de la porte. Ribeiro l'observa, intrigué : elle dépassait le linteau.

– J'apporte une chaise, proposa Genna, sourire radieux et regard satisfait. Ces gens vont sûrement rester un moment…

Le FBI, dans le bureau de son patron. Jouissif. Une chose était certaine : dans le lit de ce salaud, elle n'avait pas autant pris son pied qu'à cet instant. Elle sortit et Ellie Savage ferma la porte derrière elle. Ribeiro prit place dans son siège de ministre.

– Je vous écoute, dit-il sans faire de vagues.

Parce que, avec le FBI, ça n'était pas la peine de faire de vagues. D'ailleurs, il n'était pas de ceux qui ont besoin de s'agiter et de monter sur scène pour jouer les durs. Professionnellement – et uniquement professionnellement –, il avait eu cette intelligence d'opter pour une extrême discrétion. C'était à cela, il le savait, qu'il devait d'être un des seuls à ne pas s'être fait pincer dans son commerce.

Ben se redressa sur sa chaise.

– Monsieur Ribeiro, nous avons une mauvaise nouvelle à vous apprendre.

– Rien qui concerne mon travail, je suppose, répondit Ribeiro avec un sourire et un geste qui désignait l'espace du bureau. Tout ce qui est ici est propre et transparent, agent Washington. Vous pouvez fouiller, ouvrir, tout ce que vous voulez. Vous êtes ici chez vous.

Une voix métallique lui vrilla l'oreille.

– Vous êtes bien le père d'Inès Ribeiro ?

La voix venait du fond du bureau, près de la porte, de la bouche de cette blonde. C'était curieux : elle avait tout pour être belle, en fait elle *était* belle, mais pas désirable, ça, non, il n'aurait pas eu envie de se retrouver au lit avec elle. Il aurait fallu une dizaine de bouillottes pour réchauffer les draps. Manuel Ribeiro la dévisagea : elle s'était rapprochée et, maintenant, elle était devant lui, les bras toujours croisés. Elle le mettait infiniment mal à l'aise. Il n'avait pas souvent dit ça de quiconque, mais elle lui faisait presque peur. Presque.

Il joua un instant avec son verre avant de répondre.

– Oui, c'est ça. Inès. Mais…

– Votre fille est morte, monsieur.

Un bris de verre déchira le silence qui s'était ensuivi. Ribeiro observa sa paume sanglante et les éclats de verre comme s'il s'agissait de la main d'un autre. Il serra les mâchoires.

Genna entra au même instant avec une chaise. Il lui suffit de croiser le regard de son patron pour comprendre que c'était grave, mais pas comme aurait pu l'entendre le businessman pourri : les flics qui fouillent dans ses affaires, le fisc qui fouine dans ses revenus, un pot-de-vin qui tourne au vinaigre ; non. Grave *autrement*. Elle n'eut même plus envie de se réjouir de ses déboires et de futurs démêlés avec les autorités. Elle sortit sans un mot et revint en courant avec une trousse de premiers soins. Ribeiro la repoussa, mais elle insista et lui tendit une compresse et du désinfectant. Il obtempéra tandis qu'elle quittait le bureau. Sur son visage, Ben ne lut plus rien : on aurait dit qu'un match avait eu lieu et que la fille et son boss étaient quittes. Balle au centre.

Ce fut lui qui récupéra la balle.

– Nous sommes désolés de vous annoncer cela, monsieur.

Quand il put parler, Ribeiro ne reconnut pas sa propre voix, beaucoup plus grave d'habitude.

– Vous… vous en êtes sûr ?

– On a retrouvé son permis de conduire sur elle, répondit Ellie en le tendant au père décomposé. Elle était dans un entrepôt de Port Morris, sur la 136e Rue Est. Ça vous dit quelque chose ?

– Oui, finit par répondre Ribeiro. C'est à moi. L'entrepôt m'appartient, mais il ne sert pas en ce moment.

Ellie faillit objecter le contraire, Ben l'interrompit du regard et se leva péniblement.

– Monsieur Ribeiro, quand avez-vous vu votre fille pour la dernière fois ?

Ma fille, se répétait l'homme sans plus écouter. *Morte*. Il lui semblait qu'une voix étrangère s'était infiltrée en lui pour lui asséner la disparition de sa fille jusqu'à ce qu'il y croie.

– Monsieur, dit Ellie sans impatience, nous avons besoin de vos réponses pour comprendre ce qui s'est passé.

Presque humaine, s'étonna Ben. *Elle est droguée ou quoi ?*

– C'est la procédure habituelle, précisa Ellie.

Ben souffla. Non, c'était bien elle : les règles, les textes, les faits. Comment vivait-on ainsi ? Ce qui le surprenait, aussi, c'était qu'il se posait encore la question après des années de cohabitation.

– Je ne l'ai pas vue depuis plusieurs mois, répondit enfin l'homme d'affaires. On se parlait peu.

– Vous ne vous entendiez pas ? demanda Ellie.

– Peu importe. C'était ma fille, c'est tout, répliqua agressivement Ribeiro. Qui a fait ça ?

– C'est pour le savoir qu'on vient vous voir, précisa prudemment Washington. Elle avait rendez-vous dans cet entrepôt.

– Avec qui ? insista Ribeiro en triturant son bandage de fortune.

– Son ex-mari, répondit Ellie qui venait d'obtenir l'information.

Ribeiro ferma les yeux un court instant. Il aurait voulu réfléchir pour déterminer quelle attitude il devait adopter devant ces deux-là, s'il était plus malin de jouer à l'idiot, celui qui sait ou qui ne sait pas, à l'indifférent... Mais cela lui était impossible. Tout simplement impossible. On venait de lui coller une gifle monumentale, et, sans avoir tendu l'autre joue, il en recevait une autre.

Inès, mariée.

Il ne l'avait jamais su. Ou plutôt elle ne le lui avait jamais dit entre deux disputes, entre deux insultes échangées, entre deux hurlements, deux portes qui claquent, entre les larmes de l'une et la rage de l'autre. Quand il y songeait – c'était la première fois qu'il le faisait, justement, alors qu'on venait aujourd'hui lui dire qu'elle était morte et qu'y songer ne la ramènerait pas –, il ne parvenait pas à se souvenir d'un moment paisible avec elle. Toujours furieuse, toujours amère, jamais satisfaite, Inès oscillait entre le calcul froid et la fureur. Ce qu'il n'avait jamais accepté – et qu'il n'accepterait jamais, jusqu'à ce qu'il crève – dans tout ce que sa fille avait pu lui dire pour se défendre ou pour le faire souffrir, c'était le fait qu'elle le tenait responsable de la mort de sa femme, la mère d'Inès. C'était faux, et même si elle avait besoin de s'en convaincre pour justifier sa haine de tout et tous, y compris lui, ça, non, il refusait de le lui accorder. À quiconque, d'ailleurs. Rosalinda était morte de son cancer et il avait tout fait pour l'en sortir.

Il se débattait avec cette avalanche de pensées quand la voix du gros Black l'en arracha :

– Savez-vous où on pourrait trouver cet homme, monsieur Ribeiro ? Que pouvez-vous nous dire sur lui ?

– Je ne sais rien sur lui. Je n'étais même pas au courant qu'il existait.

– Savez-vous pourquoi elle lui avait donné rendez-vous ?

– Je vous dis que je ne savais même pas qu'elle était mariée ! Elle ne me disait rien, cette... cette...

Il ne finit pas sa phrase et ferma les yeux de toutes ses forces. Quand il les rouvrit, rien n'avait changé ; au contraire : la gigantesque blonde était toujours devant lui, imperméable à ses émotions, comme si sa rage et sa peine glissaient sur elle telle une pluie sur une vitre. Il n'y avait pas de cruauté – il connaissait ça, il était expert en la matière et elle était absente de cette femme – mais pas de compassion non plus. Et elle allait parler. Il se contracta.

– Elle avait besoin d'argent, semble-t-il, précisa la femme.

Elle observa autour d'elle le luxe insolent du bureau. Elle ne sembla pas porter de jugement, mais Ribeiro se sentit obligé de se justifier.

– Elle ne voulait pas de mon argent. Ma fille était fière, fière à en crever.

Les deux agents échangèrent un bref regard et Ben conclut.

– Si par hasard, le plus grand des hasards, monsieur Ribeiro, vous appreniez quelque chose au sujet de cet homme ou s'il entrait en contact avec vous pour une quelconque raison, ou encore – qui sait ? – si quelque chose vous revenait au sujet de votre fille ou même de cet homme, appelez-nous. À n'importe quelle heure du jour et de la nuit. Enfin, la nuit, appelez plutôt ma collègue. Elle ne dort pas.

Ribeiro saisit les cartes que lui tendait la femme et les jeta sur le bureau.

– Encore toutes nos condoléances, monsieur, lâcha Washington avec nonchalance.

Ribeiro acquiesça vaguement et attendit que le couple sorte pour prendre appui sur le plateau en verre qui recouvrait sa table imitation Art déco. Il se laissa glisser à genoux sur la moquette dorée à bouclettes. Il serra les poings, frappa contre le bois et du sang apparut à travers le pansement.

12

PAR CHANCE, le train se dirigeait dans le bon sens : j'avais alors sauté de ma plateforme sur la voie au niveau du croisement suivant, puis j'avais dévalé la petite pente qui me séparait de la rue.

Je courus récupérer mon véhicule en bénissant l'intuition que j'avais eue en le garant un peu plus loin et je démarrai en trombe.

Je n'étais même plus dans un cauchemar mais hors de moi, dans la peau d'un inconnu complètement fou qui s'était échappé alors que la police lui intimait l'ordre de ne pas bouger et de se rendre, je me blottissais dans la tête d'un dingue résolument en cavale. Qu'aurais-je pu faire d'autre, de toute manière ? Tout m'accusait et, visiblement, c'était un piège, puisque la police avait été prévenue et s'était rendue sur place pour m'y cueillir. Personne n'aurait misé un dollar sur mon innocence.

Mais à vrai dire, pour l'instant, j'avais en tête une seule chose, obsédante : les mots qu'Inès avait eu l'ultime force de prononcer. Et un prénom.

Teresa, sa fille. *Notre* fille, avait-elle dit.

Je connaissais Inès, et je n'envisageais pas un instant qu'elle ait menti. Elle m'avait révélé ce qu'elle aurait peut-être monnayé en d'autres temps, mais il n'était plus question d'argent à l'heure où une mère au seuil de la mort ne songe qu'à son enfant. Elle m'avait parlé de notre fille qu'il fallait protéger.

Et depuis, je n'entendais rien d'autre que cela : *ma* fille. En danger.

Mais où ? Quel danger ? Comment retrouver une enfant que je ne connaissais pas ?

Je savais maintenant qu'il n'y aurait plus de répit, que tout allait devoir se dérouler vite, que le moindre faux pas me serait fatal et que je serais seul. Je ne voyais pas du tout ce que j'allais entreprendre ni par quel bout commencer, mais au moins avais-je clairement déterminé mes deux objectifs vitaux : prouver mon innocence et trouver Teresa, une petite fille issue de ma chair et mon sang que j'aimais déjà.

J'avais roulé comme un automate et la voiture s'était faufilée seule dans la circulation. Jamais je n'avais été si heureux d'être cet anonyme au milieu de la masse grouillante new-yorkaise : elle me préservait des ennemis qui, j'en étais convaincu, allaient surgir de toutes parts.

Arrivé à proximité de Central Park, je pris la même précaution qu'à Port Morris : garer mon véhicule à quelques rues de chez moi. La tête rentrée dans les épaules, je me mis à marcher d'un pas rapide en évitant de croiser un regard quelconque. L'attitude parfaite du hors-la-loi – ce que j'étais depuis une demi-heure, en l'occurrence.

La distance me parut interminable. Je m'arrêtai à une centaine de mètres, crispé : devant la maison, une voiture était stationnée et je distinguais trois têtes derrière les vitres. J'inspirai profondément et bifurquai vers la 111e Rue où je profitai d'une ouverture pour me glisser dans le jardin d'un voisin. Je sautai par-dessus deux clôtures basses et me retrouvai chez nous, à l'arrière de la maison et à l'abri des regards. Je grimpai les quelques marches jusqu'à la porte de service et entrai aussi calmement que possible.

Meredith sortit du salon et se jeta sur moi.

– J'étais folle d'inquiétude ! s'écria-t-elle. Pourquoi tu ne répondais pas à...

Elle fit un pas en arrière sans finir sa phrase et perdit ses couleurs.

– Jamie ! Ce... ce sang ! Tu es blessé !

Je lui pris les mains, puis son visage entre les miennes.

– Calme-toi, je n'ai rien.

Je préférai m'éloigner de l'entrée. Un de nos fils pouvait apparaître et me voir dans ce piteux état. J'entraînai Meredith dans le séjour, fermai la porte et courus rabattre les rideaux avant de revenir auprès d'elle.

– Jamie, qu'est-ce qui s'est passé ? Pourquoi tu ne m'as rien dit ? Tobey m'a appelée, c'est lui qui m'a tout raconté !

– Qu'cst-cc qu'il t'a dit ? demandai-je avec méfiance.

– Il voulait avoir de tes nouvelles, il n'avait pas réussi à te joindre. Je lui ai dit que tu rentrais plus tard et lui ai parlé de ta visite. C'est à ce moment que j'ai vu ton papier sur le bureau, avec l'adresse dans le Bronx. Quand je lui ai dit où tu te rendais, il était fou de rage contre toi et m'a tout expliqué.

Je comprenais mieux la démarche de mon ami, qui n'avait pas avalé le mensonge que j'avais servi à ma femme. Une patiente de chirurgie plastique dans le Bronx ! Il s'était inquiété et c'était probablement lui qui avait prévenu les flics. En somme, son excès de zèle m'avait mis dans de beaux draps.

Meredith tenta de se ressaisir et caressa mon visage.

– Jamie, pourquoi tu ne m'en as pas parlé ? Est-ce qu'on ne peut pas partager ce genre de choses ?

– Je voulais t'épargner des angoisses inutiles.

Elle se redressa, sombre.

– Des angoisses inutiles ? Parce que pour toi, une femme qui ressurgit du passé et qui agite votre contrat de mariage sous ton nez, c'est une angoisse inutile ? Ça ne se partage pas avec la femme que tu aimes ? Mais qu'est-ce que tu racontes ?

– Chérie, c'est trop tard pour regretter quoi que ce soit. Quand je suis arrivé sur place, Inès était morte, et la police que Tobey a envoyée là-bas m'a pris pour le meurtrier.

– Elle était... morte ? répéta Meredith, horrifiée.

– Les flics savaient pourquoi je me rendais à ce rendez-vous. Pour eux, je suis forcément coupable.

Meredith se prit le visage entre les mains, effondrée.

– Jamie... c'est moi qui ai prévenu la police. Tobey m'a dit que tu ne voulais pas et tenais à respecter ton souhait, mais j'ai paniqué, et j'ai appelé, j'ai tout expliqué... Mon Dieu, Jamie, c'est ma faute !

– Calme-toi, lui dis-je. Je vais appeler Ally, elle va me sortir de là. Mais en attendant, je ne peux pas rester ici.

Elle se leva d'un bond.

– Quoi ? Tu vas partir ? Tu ne vas pas te rendre à la police ? Tu es fou ! Tu te désignes toi-même comme coupable !

– Avant qu'on retrouve le meurtrier, il peut s'écouler des jours, des semaines – que sais-je ? Je ne compte pas croupir en prison pendant tout ce temps.

– Mais on va te faire libérer sous caution ! Je t'en prie, sois raisonnable, moi non plus je ne veux pas te voir en prison, mais tu es innocent et on va le prouver, on va prendre les meilleurs avocats, je…

– Il n'y a pas que ça, Meredith.

Elle se tut et me dévisagea, comme si elle tentait de trouver une réponse dans mon regard ou mes traits.

– Tu me caches encore quelque chose, c'est ça ? Je veux que tu me parles, Jamie. Je l'exige.

– Oui, il y a autre chose, mon amour. Il y a une petite fille, elle s'appelle Teresa. Et c'est… c'est ma fille.

– *Ta* fille ?

Elle ferma les yeux, incrédule.

– Vas-y, dis. Dis tout.

Je souris malgré moi et malgré la situation.

– Comment ça, « dis tout » ?

– Balance tout, allez, me dit-elle en inspirant profondément, tout ce que tu me caches. J'ai déjà eu droit à la première épouse en titre qui me relègue au rang de concubine, puis voilà la fille qui déboule, alors si la famille s'agrandit encore, dis-le, que j'aménage la chambre d'amis pendant que tu te bats tout seul avec un tournevis et un fil de suture contre la police de New York et bientôt le FBI, j'imagine.

Ma femme ne manquait visiblement pas d'humour en situation critique. Je la pris tout contre moi, et elle s'abandonna dans mes bras. Au loin, j'entendis des sirènes de police ; je pensais qu'elles m'étaient déjà destinées dans toute la ville. Je fermai les yeux pour emmagasiner toute la chaleur humaine et la tendresse dont je m'apprêtais à me priver pendant un temps indéterminé, quand la sonnerie de la porte d'entrée retentit.

Nous nous redressâmes comme une seule personne. Meredith se leva et essuya ses larmes.

– Attends, dis-je à voix basse, n'ouvre pas encore, laisse-moi monter.

– Monter ? Mais qu'est-ce que tu racontes ? Si c'est la police, tu seras coincé là-haut !

Sans l'écouter, je grimpai les marches quatre à quatre et la laissai pester à voix étouffée.

Je me précipitai sur la pointe des pieds dans les chambres à coucher pour embrasser mes fils. Je caressai leurs visages. Je savais que Meredith saurait faire face et leur expliquer mon départ sans les inquiéter, mais la séparation me rongeait déjà de l'intérieur. J'eus envie de les prendre et de les emmener, de ne pas m'en séparer ; il me semblait qu'on m'arrachait une partie de moi-même. La sonnerie retentit avec plus d'insistance. Je me relevai.

– Bientôt, leur dis-je à voix basse, bientôt, mes amours.

Je sortis de la seconde chambre. Meredith m'attendait dans le couloir. Elle m'enlaça avec force puis s'écarta. Je lus en elle la détermination et la force de caractère, et découvris une femme sensible et entière qui savait aussi affronter la tempête avec courage.

– Pars, maintenant, me dit-elle. Il faut que j'aille leur ouvrir, ou ils vont enfoncer la porte et réveiller les petits.

Je tournai la tête une dernière fois vers les chambres des garçons. Elle me rassura.

– Ne t'inquiète pas pour eux et trouve le moyen de me donner des nouvelles. Il me faudra ça pour tenir le coup. Mais promets-moi une chose : si dans deux jours, tu n'as rien trouvé, rends-toi. Je ne veux pas d'une traque qui te mettrait en danger. Promets-le-moi, Jamie. Regarde-moi bien en face et fais ce serment.

– D'accord, promis-je. Quarante-huit heures. Sinon, je me rendrai et tu sauras où me trouver pour m'apporter des oranges et des photos des gamins.

Elle me frappa gentiment.

– À moi de te demander quelque chose, dis-je.

– Quoi ?

– Je suis innocent, Meredith. Je ne l'ai pas tuée. Est-ce que tu me crois ?

J'insistai sur chaque mot de ma question.

– Parce que si tu ne me crois pas, ajoutai-je, alors c'est déjà fichu pour moi.

– Oui, dit-elle d'une voix claire : oui, je te crois. Je sais que tu es innocent et que tu vas le prouver.

– Alors on va s'en sortir. Et se retrouver. Bientôt.

– Pas « bientôt » : dans deux jours, Jamie.

On tambourinait maintenant à la porte et une sirène de police retentissait devant la maison, comme pour signifier l'identité des visiteurs. Je descendis l'escalier avec elle et m'échappai par la porte qui donnait sur le jardin.

Je vérifiai que j'avais sur moi mes cartes bancaires – si les vingt-cinq mille dollars que j'avais en poche ne suffisaient pas, il fallait que je puisse retirer des espèces avant que mes cartes soient bloquées ou que mes retraits soient repérés –, mon téléphone et mon chargeur, même si bientôt il serait judicieux que je ne l'utilise plus. Je jetai le tout ainsi que le sac à main d'Inès dans un sac de sport et revins sur mes pas. J'embrassai une dernière fois ma femme, qui retenait ses larmes, avant de me glisser dans la nuit qui tombait.

13

LORSQUE MEREDITH ouvrit la porte, elle se trouva face à un couple digne d'une bande dessinée. Ce qui la frappa avant tout, ce fut la taille de la femme : elle dut lever les yeux puis la tête pour atteindre le visage de porcelaine, les lèvres rouge sombre et serrées, le regard gris bleuté et les cheveux emprisonnés dans un chignon, quelque chose comme ça, mais c'était trop haut pour qu'elle puisse voir – alors qu'elle-même était plutôt grande. À côté, son compagnon, celui des deux qui brandissait péniblement une plaque professionnelle, ressemblait à un sharpeï, ce chien trapu aux innombrables replis de peau depuis le visage jusqu'à l'arrière-train. Il était vêtu d'une veste informe de couleur indéfinissable sur un pantalon lustré qui tombait mollement sur ses chaussures.

La fille bougea imperceptiblement dans son tailleur ultra-ajusté et ses lèvres se dessoudèrent :

– Madame Byrne ?

– Oui.

– FBI. Nous avons quelques questions à vous poser, déclara la femme.

– Agent Washington, et voici l'agent Savage, précisa l'homme avec plus d'empathie. On peut entrer ?

Meredith hésita puis s'écarta pour les laisser passer.

Tous trois restèrent immobiles au milieu du hall. Meredith brisa le silence.

– Que se passe-t-il ?

– Votre mari est-il présent ? demanda la liane blonde.

– Non, il rentre tard. Ça dépend des jours. Pourquoi ?

– Savez-vous où il se trouve actuellement, madame ? intervint l'agent noir.

– Non… Vous me faites peur, qu'est-ce qu'il y a ? demanda Meredith. Est-ce qu'il lui est arrivé quelque chose ?

Le glacier en tailleur la fixa intensément. Meredith se sentit mise à nu, elle eut l'impression que les yeux de la femme faisaient office de scanner et qu'elle lisait dans ses pensées. Elle résista tant bien que mal. Son visage se transforma en celui, très crédible, d'une épouse désemparée qui imagine le pire.

– Vous… vous… il lui est arrivé quelque chose et vous me le cachez ! dit-elle d'une voix tremblante. Où est-il ? Dites-moi où est mon mari !

– Nous aimerions le savoir, madame, répondit calmement l'agent Washington. Pour qu'il ne lui arrive rien de grave, justement.

– Mais qu'est-ce que vous voulez dire ? Je n'y comprends rien !

Meredith avait presque crié. La fille continuait à la dévisager sans trahir le moindre sentiment – ni doute, ni complaisance – et finit par parler :

– La dernière fois qu'on l'a vu, c'est sur les lieux d'un meurtre. Il faudrait qu'on lui parle, qu'on lui pose quelques questions, à lui aussi.

– Un… un meurtre ? Mais qu'est-ce qu'il a à voir avec ça ? Écoutez, je ne sais pas de quoi vous parlez, vous devez faire erreur.

– Pourtant une personne qui s'est présentée comme son épouse a prévenu la police, poursuivit la femme. Si c'est bien vous qui avez appelé, vous devez avoir une idée de ce qu'il faisait en se rendant à son rendez-vous. C'est avec la victime qu'il avait rendez-vous, justement, et c'est là-bas qu'elle est morte. En sa présence.

– Mon mari n'est pas un meurtrier ! D'ailleurs, je n'ai plus rien à vous dire ! Je vais appeler notre avocat et c'est à lui que vous parlerez ! Sortez ! SORTEZ !

Meredith leva les yeux : un mouvement avait attiré son attention, en haut des marches. Elle se précipita dans l'escalier pour prendre Noah, réveillé par le bruit.

– Maman, c'est qui ? dit-il d'une voix pâteuse.

– C'est rien mon chéri, va te recoucher.

Elle serra l'enfant contre elle et fusilla les deux agents du regard. Ben Washington s'avança.

– Madame, si votre époux prend contact avec vous ou s'il vient ici, dites-lui de nous appeler, dit-il en posant une carte de visite sur le guéridon. Ou faites-le, vous. Ce serait bien mieux pour tout le monde. Surtout pour lui. Bonne soirée, Mrs Byrne.

Meredith se pencha sur le lit de Noah. Le petit garçon dormait profondément.

Elle n'avait pas bougé, elle était resté près de lui jusqu'à entendre le souffle régulier et paisible du sommeil. Elle songea alors à une petite fille qu'elle ne connaissait pas, qui surgissait de nulle part et qui allait sans doute prendre une place importante dans la vie de son père. Et dans la leur, à tous. Leur famille chamboulée.

Elle caressa la tête de Noah, inquiète mais courageuse. Saurait-elle faire face ? Il le fallait. Elle passa encore un long moment au pied du lit avant de se lever et d'envisager une longue nuit, seule et sans sommeil.

14

JE SAVAIS que ce serait mon dernier trajet dans ce 4 × 4 : le numéro de la plaque minéralogique serait bientôt diffusé et transmis à toutes les patrouilles.

Je contournai Central Park par l'ouest tout en guettant le moindre uniforme. Alors que j'étais d'habitude plutôt fier des regards qu'attirait ma voiture, je m'inquiétais chaque fois qu'un visage se tournait vers elle. Je sentais mon cœur battre jusque dans mes tempes, et un méchant mal de crâne s'emparait progressivement de moi. Je roulai jusqu'à atteindre un point raisonnablement à l'opposé de ma destination et laissai ma voiture dans le Lower East Side sur une place autorisée, histoire de ne pas être repéré trop vite.

Je retirai ensuite d'un distributeur bancaire tout l'argent que ma carte American Express Platinum voulait bien me délivrer, puis je fis de même sur mes autres comptes avec les trois autres cartes que j'avais sur moi. Je pris soin de ne pas dégarnir le compte commun, pour que Meredith n'ait pas de soucis financiers pendant ma cavale.

Je sautai ensuite dans la bouche de métro d'East Broadway et m'installai discrètement au fond d'une banquette, le regard vers le sol, tandis que la rame filait vers Flushing Meadows et l'est du Queens.

Après un trajet qui me sembla interminable, je descendis à Roosevelt Island.

Je sortis sur le quai sinistre et me dirigeai sans traîner vers le sud de l'île.

En passant sous le Queensborough Bridge, il me sembla qu'un poids terrible s'abattait sur mes épaules. C'était là, à l'entrée du pont, qu'Inès et moi avions eu cet accident qui ne se lassait pas de se rappeler à mon bon souvenir – en me privant de mémoire ! – et de faire des victimes six ans plus tard. Si j'avais décidé de venir ici, c'était parce qu'à mon sens, et après un brillant exercice de logique, il fallait partir du point de départ : l'accident.

Quand j'arrivai devant le Goldwater Memorial Hospital, à la pointe sud de Roosevelt Island, la nuit était déjà tombée.

J'entrai dans le hall en évitant le regard du vigile et l'objectif des caméras et fonçai vers les urgences. Les deux ambulances qui m'avaient dépassé sur la route vomissaient leurs malades, gyrophares allumés. Des brancards encombraient l'espace, les infirmières couraient avec tubes et radios en main, une famille éplorée attendait le médecin et moi, au milieu de tout cela, je prenais conscience de ce qu'était un hôpital la nuit quand on n'a pas une blouse sur le dos et qu'on est de l'autre côté de la barrière.

Je me tournai vers le bureau d'accueil : deux filles, noyées sous les patients, les ambulanciers et les accompagnants, passaient frénétiquement d'un ordinateur à un autre, tandis qu'une troisième restait très concentrée sur un écran. Ses ongles travaillés et bariolés cliquetaient sur le clavier. À côté d'elle, une pile de feuilles d'admission qu'elle semblait saisir au milieu de l'hystérie collective. Je m'approchai.

– Bonsoir.

– Il faut vous adresser à mes collègues, monsieur, dit-elle sans lever les yeux. Ce sont elles qui enregistrent les entrées.

Je me penchai : sur l'écran, je reconnus le logo d'un site de rencontres qui étalait ses publicités sur tous les panneaux de la ville très régulièrement. J'insistai sans le moindre scrupule, cette fois.

– Dr Byrne, dis-je. J'ai besoin d'un renseignement, s'il vous plaît. Vous vous marierez dans cinq minutes, les petites annonces vous attendront.

Les deux filles débordées se tournèrent comme une seule personne. Leur collègue vira au pourpre – tout à fait assorti à son maquillage. Elle fit pivoter son écran – c'est en général dans ce type de situation que le pied de la machine ne veut pas bouger – et tenta désespérément de faire disparaître la page. À court de manœuvre, elle se leva pour cacher l'écran de son corps flasque et se tourna vers moi.

– Qu'est-ce que vous voulez ? dit-elle avec une évidente envie de coopérer.

La revanche semblait inévitable. Je tentai le coup malgré tout.

– J'ai besoin d'une petite information concernant les admiss…

– Ah, ça, ça ne va pas être possible, me dit-elle avant même que j'aie eu le temps de lui dire ce que je cherchais. Le système est bloqué. Revenez demain ?

Elle plissa les yeux et sourit, satisfaite de son coup. La vengeance est un plat qui se mange immédiatement, même brûlant, et je pouvais faire un trait sur ma recherche. J'avais cependant senti le coup venir : j'avais presque crié en posant mon embryon de question, et une des deux filles, reconnaissante de ma délation, se porta à mon secours.

– Attendez, je finis cette admission et je suis à vous, dit-elle. Si vous comptez sur les collègues célibataires, v'n'êtes pas rendu, précisa-t-elle à l'attention de miss Fond-de-teint.

Elle devait avoir un peu moins de quarante ans, comme moi, mais ses traits tirés et les fils gris qui striaient sa queue-de-cheval en rajoutaient quelques-uns. Elle était à l'opposé de la tire-au-flanc : sans apprêt, presque négligée. L'hôpital guérit les malades et abîme les soignants, c'était une vérité prouvée sur le terrain.

Une minute plus tard, elle s'approchait de l'écran rempli d'annonces romantiques rédigées par de gros dragueurs déguisés en princes charmants. Elle fit enfin disparaître la page du site et leva un visage fatigué.

– Je vous écoute.

– Pourriez-vous retrouver une admission par ambulance dans les dossiers archivés ? Un accident de la route tout proche, une voiture qui a piqué une tête depuis le Queensborough Bridge ?

– Bizarre, ça ne me dit rien... Pourtant, ça n'arrive pas tous les jours. Les malades sont encore hospitalisés ?

– Non. Je vais suivre le type à Manhattan pour autre chose, mais j'aimerais savoir ce qu'il a subi.

– Vous avez une date ?

J'hésitai. Pour obtenir des renseignements sur un accident d'il y a plus de six ans, mon passeport – à savoir un chirurgien très pressé qui déboule à vingt et une heures trente entre deux urgences – risquait de ne pas être béton. Tant pis : il fallait tenter le coup.

– Oh, c'est pas tout frais…

– C'est un peu vague, ça… Un nom, alors ?

– J'ai honte, je suis venu sans le nom du type, dis-je.

C'est ça qui est bien avec le ridicule, c'est un peu comme un verre : quand on a fait le plein, on peut en rajouter, ça déborde et ça coule, on ne risque plus rien.

– Ah, forcément, ça se complique, Dr… ?

– Barnes, dis-je dans un stupéfiant élan d'imagination.

Bravo, je m'impressionnais moi-même, j'avais réussi à changer deux lettres de mon patronyme. Une prouesse. *Comme ça, si la police interroge cette fille, elle mettra huit secondes au lieu d'une pour faire le lien entre le type qu'ils cherchent et moi.* Je me serais tapé la tête contre le premier barreau de lit. D'un autre côté, je craignais qu'elle m'ait entendu me présenter sous mon vrai nom quelques instants plus tôt à sa copine en chasse sur le Net ; autant choisir un pseudonyme ressemblant.

Gentille, elle m'encouragea :

– Bon, on va peut-être trouver. Quand on archive les admissions, on les classe par catégorie : accident domestique, de la route, agression humaine, animale, etc.

– Parfait, soupirai-je, reconnaissant vis-à-vis des informaticiens des hôpitaux qui avaient même pensé aux crétins comme moi.

La fille chercha sans succès.

– Vous n'avez rien de plus pour m'aider ? demanda-t-elle. Parce que là, je n'ai pas grand-chose.

– Ah, remarquez, c'est peut-être un peu plus vieux… Essayez en… 2004 ?

Elle haussa les sourcils et chercha à déceler ce qui pouvait relever d'une plaisanterie.

– Non, vraiment, insistai-je. Ça me revient, c'est en 2004. J'ai… j'ai un peu de mal avec le calendrier, qu'est-ce que vous voulez, le temps passe tellement vite ! Surtout au bloc, sous la lumière artificielle, on… on ne voit pas les jours passer.

Elle acquiesça poliment et je me tus.

– Je ne suis pas certaine de pouvoir remonter aussi loin… Kelly, tu as le code pour le fichier des archives avant 2007 ?

La pauvre Kelly en question interrompit sa conversation animée avec un alcoolo convaincu qu'il était dans un centre d'accueil et qu'on lui refusait une chambre pour « délit de sale gueule », comme il le braillait depuis dix minutes. Elle s'approcha de l'ordinateur, entra un code sans piper mot et le fichier de recherche apparut tandis qu'elle regagnait sa place.

– Alors, dit l'infirmière en s'asseyant devant l'écran, voyons ça. On a dit : accident de la route, je vais entrer aussi le nom du pont… Dites-moi si je vous demande un truc fou, ajouta la femme avec un sourire espiègle, mais le *mois*, ça serait vraiment trop, ou j'ai une chance de l'obtenir ?

Je lui rendis son sourire et songeai à la conversation que j'avais eue avec Tobey la veille.

– Vous avez bien fait de vous asseoir, précisai-je, parce que vous allez avoir un choc : c'était en avril.

– Formidable, dit-elle. Je ne vous ferai donc pas hospitaliser de force pour Alzheimer fulgurant. Ça y est, je crois que je l'ai. Attention, concentrez-vous, vous allez faire un truc *encore* plus fort : reconnaître le nom de votre patient. Je sais, c'est une folie, mais je *suis* folle. Vous êtes prêt ?

– Prêt.

– Byrne, dit-elle. James Byrne, né le 12 juin 1972. Tiens, c'est drôle : Barnes, Byrne. Vous n'acceptez que des patients dont le nom est proche du vôtre ?

– Voilà, c'est ça, répondis-je : plus facile à retenir. Vous savez, avec ma cervelle d'oiseau…

– Bien sûr.

– Mon patient était le seul admis ou ils étaient plusieurs dans la voiture ?

Elle fouilla avant de répondre.

– Peut-être que les autres n'ont pas été blessés, en tout cas je ne trouve pas d'autre admission sous le même registre et à la même heure. Vous savez, les accidents, on n'est pas obligés de les faire en groupe ou en famille, hein, on peut se planter en solo.

Et parfois, on les fait à deux mais il n'y en a qu'un qui morfle et l'autre se fait la malle, ma grande, eus-je envie de lui répondre.

– Mon patient est resté ici ? demandai-je encore.

– Non, la sortie a été enregistrée le lendemain, ça ne devait pas être bien méchant…

Pas bien méchant ? Moi, il me semblait qu'un coma n'était pas parfaitement anodin. À moins qu'on ne m'ait pas tout dit, une fois de plus ? Décidément, Tobey me devait quelques explications. Méfiez-vous toujours dcs amis qui veulent vous protéger des chocs psychologiques – surtout si ces amis sont psychologues.

– Pardon, rectifia la fille, je dis des bêtises : transféré le lendemain en réanimation au Mount Sinaï.

Elle leva la tête et haussa les épaules.

– Un peu snob, le monsieur, non ?

Elle tourna sur elle-même et balaya du regard la salle bondée et gémissante.

– Pourtant, on n'est pas bien, chez nous ? Mmmh ? En plus, dans le coma, pour ce qu'on profite de Central Park…

Je la regardai en riant, soulagé d'apprendre que le récit de Tobey était exact. Elle était naturelle et drôle, et je finis par lui trouver une certaine beauté.

– Si, on y est bien, chez vous, confirmai-je avec sincérité, et c'est sûrement grâce à des gens efficaces et serviables comme vous.

– Pour la peine, vous méritez même que je réponde à votre question, dit-elle en parcourant le dossier : votre patient était *seul* dans la voiture.

Je fermai les yeux. La femme qui était morte dans mes bras ce soir n'était pas un imposteur. Mon cœur se serra douloureusement. Quelque part, il y avait *vraiment* une petite fille désemparée, *ma* fille, qui venait de perdre sa maman et qui m'attendait.

15

MANUEL RIBEIRO repoussa la bouteille et ferma les yeux. Les mots du FBI revenaient en boucle dans son esprit comme des coups de poing. *Inès, ma fille, morte.*

La matinée lui revint comme un film terrible dont on ne parvient pas à effacer les images. Elle était entrée ici comme on entre dans un magasin, provocatrice, comme à son habitude.

– Ça me fait plaisir de te voir, ma chérie. Après huit mois, ça me touche de voir que tu n'oublies pas ton vieux père.

Elle avait ignoré le sarcasme.

– J'ai besoin de toi, pour une fois, dit-elle.

– Tu as toujours eu besoin de moi, Inès. Toujours. Tu n'as jamais su te débrouiller toute seule, avec tes airs de fille révoltée et indépendante. Indépendante mon cul, oui !

Il avait parlé sans la regarder.

Elle fulminait, mais cette fois il fallait qu'elle se contrôle, elle n'avait pas le choix. Personne n'était disponible pour l'aider aujourd'hui et, de toute manière, quand il s'agissait de Teresa, elle ne faisait confiance à personne. Sauf à son père, contre toute attente.

– J'ai un rendez-vous important. Je te laisse Teresa cet après-midi, dit-elle, glaciale. Ça va ? Ce n'est pas trop te demander ?

– Tu n'as personne pour la garder ? Tu me prends pour une baby-sitter ? J'ai du travail, Inès. Je travaille, moi, je gagne du fric pour que tu puisses venir mendier dans ce bureau.

Inès ravala son amour-propre.

– Tu as une secrétaire, non ? Elle s'occupe d'un vieux comme toi la nuit, elle peut bien garder une enfant trois heures en journée !

Elle s'approcha de son père jusqu'à l'effleurer.

– Pour une fois que je te demande de passer quelques minutes avec Teresa, ça ne va pas te tuer et peut-être qu'avoir un grand-père quelques minutes dans l'année, ça peut lui faire du bien, figure-toi !

Ribeiro s'était levé et avait frappé du plat de la main contre la table.

– Tu n'as rien à exiger de moi ! Et avant de vouloir un grand-père, tu aurais pu faire en sorte qu'elle ait un père au lieu d'en faire une petite *bastarda*...

Inès avait failli lever la main. Mais non, pas aujourd'hui. Elle avait rêvé pendant tant d'années de le battre, de le battre jusqu'au sang, elle avait retenu ses coups et sa haine, et aujourd'hui il fallait qu'elle résiste. Il fallait qu'il accepte de garder la petite et qu'elle aille à son rendez-vous. Après, elle aurait de l'argent, elle pourrait voir venir, faire face, elle n'aurait plus à mendier, comme disait son ordure de père.

Il avait fini par céder et elle était partie.

Mais elle n'était pas revenue.

S'il avait su ce dont il s'agissait, il ne l'aurait jamais laissée y aller. Mais les regrets n'étaient plus de mise.

Manuel Ribeiro consulta l'heure. Il était tard, mais ça n'avait pas d'importance. Il décrocha son téléphone.

– *Oui* ? répondit Genna qui n'avait pas quitté le bureau.

– Dites à Roberto de venir.

On frappa à la porte, il ouvrit lui-même.

Un homme brun aux cheveux ras et d'une extrême maigreur, perdu dans son T-shirt et son jean, se glissa dans le bureau. Il passa la main sur son visage tranchant, comme si la fine cicatrice qui tordait la peau de son menton, sa joue droite et les paupières de l'œil droit le démangeait.

– Vous m'avez demandé, monsieur ?

Il avait une voix aussi grave que son visage était adolescent – peut-être était-ce l'absence totale de barbe. Une certaine douceur émanait de ses traits. De son corps sec et noueux, beaucoup moins.

– Ma fille, commença Ribeiro.

Il hésitait. Roberto anticipa.

– Vous voulez que je la suive ? Que je la protège ?

Ribeiro secoua la tête nerveusement.

– Elle a été mariée. Je veux savoir qui c'cst. Trouvc-moi le nom de son mari, Roberto.

Roberto acquiesça et ouvrit la porte.

– Discrètement, précisa son boss.

– Toujours. Juste son nom… ou lui, en chair et en os ?

– Ce serait encore mieux, mais tu auras du mal. Il se planque.

Roberto ne répondit pas. Manuel Ribeiro l'observa : ils se connaissaient bien, très bien même. Roberto savait décrypter les demandes de son boss, et Ribeiro savait que, pour son homme de main, rien n'était impossible, surtout quand on lui annonçait une difficulté.

– Si tu le trouves, précisa Ribeiro, je ne veux pas qu'il lui arrive quelque chose. Je veux… lui parler. Et je veux qu'il puisse me répondre, Roberto. D'accord ?

Roberto s'éclipsa. Ribeiro le suivit dans le couloir et attendit qu'il s'éloigne pour passer la tête dans le bureau de sa secrétaire.

– Faites venir la petite.

Genna entra dans une pièce qui communiquait avec son bureau. Elle se pencha par-dessus l'épaule d'une enfant de six ans, brune, les cheveux tressés, très concentrée sur sa tâche.

– Ton dessin est magnifique, ma chérie, dit Genna. Qui c'est ?

La petite leva ses grands yeux noirs et Genna lui sourit.

– Maman, dit la gamine.

– Et lui, là ? L'homme à côté d'elle ?

La petite ne répondit pas et rangea les feutres de couleur.

– Viens, lui dit la jeune femme. Ton grand-père veut te voir.

Teresa la regarda, inquiète.

– N'aie pas peur, chuchota la secrétaire, il veut te voir parce que ça lui fait plaisir, c'est tout.

La petite semblait dubitative.

– De toute façon, je suis ici, juste à côté de son bureau, d'accord ?

La fillette lui tendit un autre dessin : une femme rousse comme elle, au décolleté plongeant et assise devant un écran d'ordinateur. Genna rajusta son bustier, la gorge nouée. C'était un peu ça, sa vie : le boulot et, de temps en temps, les seins dehors. Elle plia le dessin, sourit à la petite et l'entraîna vers le bureau de Ribeiro.

Lorsqu'elle entra dans la pièce, Teresa éprouva immédiatement ce que déclenchait toujours cet homme lorsqu'elle le voyait : de l'appréhension et un peu de dégoût. Pas envie de lui faire la bise, pas envie d'être près de lui – en fait, pas envie de le voir. En général, elle restait collée aux jambes de sa mère et soupirait de soulagement quand elles partaient. Heureusement, ça ne se produisait pas souvent. C'était même rarissime.

– Viens, lui dit son grand-père quand elle fut seule devant lui.

Elle tourna la tête vers la porte : Genna était juste de l'autre côté, mais ça lui paraissait loin.

– Viens, insista l'homme. Viens, Teresa.

Son grand-père avait une drôle de voix, tout d'un coup. Et elle ne se souvenait pas qu'il l'ait appelée une seule fois par son prénom. Elle obéit.

Quand elle fut près de lui, assez pour qu'il puisse la toucher, il l'attira à lui et la serra contre elle. Son premier réflexe fut de se dégager, puis elle attendit que l'étreinte se desserre. Elle avait un peu mal aux côtes, mais ce qui l'intriguait et lui faisait peur, en fait, c'était de voir cet homme agir ainsi. Elle regarda autour d'elle, inquiète. Où était sa mère ? Quand viendrait-elle la chercher ?

Son grand-père se détacha enfin d'elle et la fixa. Elle crut qu'il avait pleuré. Décidément, elle ne comprenait pas du tout ce qui se passait. C'était la nuit, elle voulait rentrer chez elle avec sa mère, se coucher. Elle était fatiguée.

– Maman, elle revient quand ?

Manuel Ribeiro la dévisagea comme s'il la voyait pour la première fois. *Le pire,* se dit-il, *c'est que c'est vrai : c'est la première fois, ou presque.* Il contrôla le tremblement de ses mains, de ses lèvres, et ferma les yeux un court instant.

– Pas tout de suite, répondit-il, la gorge nouée. Pour l'instant, tu vas rester avec moi... on va rentrer à la maison tout à l'heure et on va... on va s'amuser ensemble, hein ?

La fillette ne répondit pas. Comment le lui reprocher ? Il n'avait jamais joué avec elle. Pas plus qu'il ne l'avait fait avec sa propre fille. Il la regarda encore : elle ressemblait terriblement à Inès, si ce n'était la peau plus claire. Il la prit à nouveau contre lui et lui parla à l'oreille avec une douceur nouvelle, une douceur qu'il n'avait jamais manifestée à sa propre fille.

– À partir de maintenant, on va jouer ensemble. Et on va se voir souvent. Tu verras. Souvent.

16

JE M'ÉVEILLAI en sursaut et mis quelques secondes à tout mettre en place dans ma tête.

D'abord, la chambre d'hôtel où j'avais atterri en pleine nuit, en rentrant de Roosevelt Island, dans la 100e Rue Est, au sud de Harlem. L'hôtel m'avait semblé propre, tenu par un couple hispanique plutôt chaleureux. J'avais payé en espèces et personne ne m'avait demandé de présenter une quelconque pièce d'identité.

Puis les événements de la veille, en cascade. Inès morte. Les flics, ma cavale. Ma femme et mes garçons dans la tourmente. Et une petite fille prénommée Teresa, quelque part dans cette ville – ou ailleurs.

Je m'assis sur le lit et regardai la montre : 7 h 47.

Je me levai et me dirigeai vers la petite table, seule pièce de mobilier avec une chaise et le lit. Je contemplai un long moment mon sinistre trophée, celui que j'avais précieusement gardé sur moi depuis hier soir : le sac d'Inès.

Je me décidai enfin à l'ouvrir, le vidai sur les draps froissés et fis l'inventaire : un téléphone, un étui bourré de reçus bancaires, une carte de crédit, une carte de fidélité d'une station d'essence, sa carte d'identité. Je m'attardai un instant sur la photo : c'était précisément le visage que j'avais connu puis retenu malgré les années et celui que je m'attendais à voir hier, au Tsar. Un visage dur, déterminé, une beauté distante et exagérément fière, un air presque buté. Inès. Morte. Elle avait disparu de ma vie depuis des années, puis ressurgi dans un cauchemar, un téléphone et un café. J'avais du mal à concevoir qu'elle n'était revenue qu'une journée pour finir dans une flaque de sang.

Je rangeai la carte et m'emparai du téléphone : il était allumé. Je m'apprêtai à l'éteindre, puis me ravisai : peut-être qu'un appel m'aiderait à progresser. Je poursuivis mon exploration. Un chéquier vide, un feuillet jauni plié en deux avec trois numéros de téléphone. Le premier était précédé des initiales RK. Les deux suivants étaient regroupés sous les initiales MR. L'un commençait par 212, celui d'une ligne fixe à Manhattan, et l'autre débutait par 646, peut-être un portable. Enfin, je dénichai la carte du Beauty's sur la 150e Rue, à la limite de Washington Heights.

Je pris la carte d'identité, le feuillet et la carte du bar et mis le reste de côté.

Je me douchai en vitesse, m'habillai et descendis pour rendre la clef.

– Le petit-déjeuner est compris, me cria la femme alors que je quittais l'hôtel.

– Merci, pas le temps, marmonnai-je en lui donnant le dos.

Je m'échappai et hélai le premier taxi. J'hésitai avant de donner l'adresse, puis optai pour la prudence : si on diffusait mon signalement, inutile que ce type se souvienne de l'endroit où je m'étais rendu.

– À l'angle de la 110e Rue Ouest et de Broadway, s'il vous plaît.

Le chauffeur me toisa de façon fugace dans son rétroviseur et démarra.

Il remonta Madison Avenue et contourna Central Park par la 110e Rue vers l'ouest. Mon cœur s'emballa au moment où nous passâmes devant ma maison. Le visage de Meredith puis ceux de mes enfants m'apparurent. Hier matin, ils étaient heureux de prendre le petit-déjeuner avec moi et de m'entourer de leur affection, et en moins de vingt-quatre heures j'avais bouleversé leur vie. Je me tassai dans le siège mais risquai un coup d'œil sur la façade de brique. Quelque chose se serra douloureusement en moi. Comment avaient-ils passé la nuit ? Quelle explication Meredith trouverait-elle pour excuser mon absence ?

Avec un peu plus de conviction encore qu'au réveil, si c'était possible, je me jurai de m'en sortir. Pour eux avant tout.

– Accélérez, dis-je avec brutalité.

Le chauffeur leva les yeux vers le rétroviseur.

– Il y a un truc qui s'appelle limitation de vitesse, vous connaissez ?

– Je suis… pressé, répondis-je, pas très fier de mes angoisses de père et d'époux.

Le type haussa les épaules sans changer d'allure.

J'eus tout de même le sentiment qu'il fit l'effort de se faufiler au mieux dans la circulation du matin et, en moins de vingt minutes, on atteignit le point de chute que j'avais désigné en montant dans la voiture. J'attendis que le taxi ait disparu de mon champ de vision pour rejoindre la station de métro la plus proche et finir mon trajet en transport en commun.

Je sautai dans une rame à Cathedral Parkway Station et descendis quelques stations plus loin sur la 145ᵉ Rue Ouest. Je marchai ensuite pour longer les blocs qui me séparaient de l'adresse indiquée sur la carte : 614, 150ᵉ Rue Ouest.

J'arrivai tout près de Riverside Drive. La rue était plutôt déserte et triste, mais la proximité de l'Hudson River et la liberté que j'éprouvais dès que j'approchais de l'eau me réconfortèrent.

Je m'arrêtai, surpris, en face d'une devanture de salon de beauté coincé entre une benne à ordures et une agence immobilière qui avait dû vendre autant d'appartements que le salon de beauté en question avait écoulé de crème antirides. Sans doute une façade pour couvrir l'activité réelle de l'établissement.

Je frappai sur le volet métallique. Une minute s'écoula et je recommençai avec plus de vigueur. Je perçus du bruit et une présence de l'autre côté du volet. Un grincement retentit et la moitié droite du volet s'éleva. Un visage marqué, au maquillage défraîchi, apparut à travers les barreaux de protection d'une fenêtre découpée dans une porte vitrée. Une fraction de seconde, il se superposa à un visage très ressemblant, mais resplendissant. Comme s'il s'était agi de la même femme, mais à un moment faste de sa vie. Je fermai les yeux, pris de court par ce nouveau mirage, et le double se désagrégea dans ma mémoire.

– Qu'est-ce que vous voulez ?

Aucune agressivité dans la voix, juste une immense lassitude, un peu comme vous répondent les gens qui sont en train d'en baver avec une atroce migraine. Je rouvris les yeux : ne persistait que la première apparition.

– C'est bien le Beauty's, ici ? demandai-je, mal assuré.

– C'est fermé.

La fille refermait déjà le battant, je passai ma main entre les barreaux pour l'en empêcher.

– Attendez, je viens pour une fille…

– Il n'y a plus personne, à part moi. Remarquez, malgré les apparences du matin, je suis aussi une fille.

Son grand corps était légèrement voûté, et lorsqu'elle se redressa – sans doute sous l'effet de mon regard – je réalisai qu'elle était plutôt bien faite, peut-être un peu trop maigre. Elle essaya de dompter sa tignasse brune et bouclée, puis, de guerre lasse, elle passa la main sur son crâne et fit glisser sa perruque vers l'arrière. Ses cheveux châtain, très courts, étaient en bataille.

– De toute manière, je sens que vous n'êtes pas du genre à vous asseoir dans ce bar miteux pour que je vous fasse consommer…

– C'est vrai, dis-je avec un sourire. Je viens juste prendre des nouvelles d'une amie.

– Dommage, vous êtes plutôt beau. Même carrément, mais j'arrête : les mecs qu'on trouve beau à haute voix, ça s'envole en quelques secondes tellement c'est fier. C'est qui, la fille ?

– Elle s'appelle Inès. Inès Ribeiro.

Le visage s'éteignit un peu plus.

– J'ai rien à vous dire, écoutez, faut que je referme, le patron n'aime pas, les flics l'emmerdent malgré la façade du salon de beauté. D'ailleurs, si ça se trouve, les flics, c'est vous ?

– Non, insistai-je, et je n'en ai pas pour longtemps, je suis juste inquiet, elle ne m'a pas appelé depuis hier alors qu'on… on avait rendez-vous.

Je me payais le luxe de ne pas mentir, question rendez-vous. La fille hésita puis ouvrit la porte et leva le volet à moitié. Je passai en dessous et les lamelles descendirent à nouveau, plongeant l'accueil dans la pénombre.

17

ELLE ÉTAIT VÊTUE d'un jean, un T-shirt trop grand qui tranchait avec ses faux ongles. Elle alluma une lumière très jaune au-dessus du comptoir et posa deux verres et une bouteille. L'ongle de l'index était cassé.

– Je ne sais même pas ce que je sors de ce gourbi, dit-elle en plissant les yeux pour y voir quelque chose sur l'étiquette. On s'en fout, non ? Ouais, on s'en fout.

J'acquiesçai, pas rassuré de commencer ma matinée avec un alcool anonyme.

– On se connaît ? demandai-je en gardant à l'esprit le visage qui m'était apparu de façon fugace quelques instants plus tôt, si ressemblant avec celui de la jeune femme.

– Vous draguez très mal. Trouvez autre chose.

Je pris le verre qu'elle me tendait et jouai avec du bout des doigts.

– Allez, ça va, dit-elle, faites pas semblant… Vous voulez que j'aille voir s'il y a du lait ?

Je me mis à rire. Ça ne s'était pas souvent produit depuis vingt-quatre heures.

– Non, ça ira. Il est juste un peu tôt.

– Vous êtes qui pour Inès ? demanda la fille en collant le verre contre sa joue, les yeux fermés. Si je m'endors, vous me secouez gentiment, s'il vous plaît. Mais *gentiment*, d'accord ? Y'a tellement de brutes, ici, le soir, c'est fatigant. Inès a dû vous le dire.

Je comprenais gentiment, moi aussi, quelle avait été la vie d'Inès. La réalité crue me giflait littéralement. Comment était-ce possible ? Comment avait-elle pu s'éclipser de notre vie facile, fuir l'aisance financière que mon travail lui assurait, même si on ne s'aimait plus, pour atterrir dans ce bar sinistre ? Au fond de moi, la culpabilité me rongeait ; je me demandais quelle était ma part de responsabilité dans sa chute. Je ne pouvais pas imaginer qu'elle avait agi de son plein gré. Et si elle subissait des pressions depuis longtemps ? Ça pourrait expliquer sa fin brutale, qui me retournait un peu plus chaque fois qu'un nouveau pan de son existence se révélait, plus triste que le précédent.

– On s'est rencontrés ici, dis-je enfin, et on s'est revus quelques fois, et ça… ça a bien marché entre nous. C'est toujours chez moi, mais elle n'est pas venue hier, j'ai pas eu le choix, je suis passé ici avant d'aller au boulot.

La fille opina vaguement du chef et fit monter le volet.

– Ben ce soir je lui dirai que vous êtes passé.

– Savez-vous si elle a besoin d'argent en ce moment ? Si elle a des dettes ?

– Non, vous pensez, on est toutes milliardaires, ici – d'ailleurs c'est pour oublier notre fric et nos diam's qu'on tient le coude des gentlemen qu'on rencontre dans ce bar pendant qu'ils sirotent un cognac et nous parlent philosophie.

Elle poussa un soupir.

– Vous êtes sûr que vous ne voulez pas un verre ? Un mec ivre, on peut parfois penser qu'il est intelligent, juste derrière l'alcool.

Elle avait raison : le matin, j'étais bon pour opérer, pas pour parler.

– Est-ce que… d'autres gens sont venus l'attendre après le boulot ? Je sais pas, des gens pas cool, elle se serait disputée avec eux ?

– Attendez, dit-elle, méfiante. Ça, c'est pas des questions qu'on pose quand on avait rendez-vous avec une fille qui vous a posé un lapin.

– Pardon, je suis juste inquiet pour elle, c'est tout.

– Soit vous êtes un angoissé, soit vous lui collez aux fesses comme une hémorroïde, mais dans les deux cas, faut que vous vous calmiez.

Elle sembla regretter la dureté de ses mots. Il faut dire que j'avais composé un masque impeccable d'amant malheureux. Elle se reprit :

– Écoute, mister Univers, on peut pas s'attacher à tous nos clients, tu comprends ? La vie n'est pas très simple ici, dans notre vie, partout, même pour toi, t'es d'accord ? On a besoin d'un peu plus parfois, mais ça ne veut pas dire qu'on veut vous épouser ! On est des filles bien, de bonne famille et on est très distinguées, dit-elle en souriant, et surtout, on a des principes : on n'est pas du genre à vous épouser le premier jour. C'est comme ça. Coucher, d'accord, mais vous épouser, non. Ne rêvez pas.

Elle était drôle et touchante, au fond. Je décidai de jouer carte sur table.

– Écoutez… comment vous vous appelez, déjà ? Moi, c'est James.

– Tu peux pas le savoir, je ne te l'ai pas dit. Disons que je m'appelle miss Monde, pour qu'on soit assortis.

– Alors… miss Monde, donc… j'ai une mauvaise nouvelle à vous annoncer : Inès est morte hier.

– T'en as d'autres comme ça ? Aussi drôle qu'intelligent, dis donc… Si en plus tu avais eu une sale gueule, tu aurais dû te suicider, je t'assure.

– On l'a retrouvée dans un entrepôt, continuai-je, sérieux. Elle avait mon numéro sur elle, la police m'a prévenu.

Elle se redressa. En quelques secondes, elle avait perdu toutes ses couleurs malgré les restes de fard.

– Qu'est-ce que vous racontez ? C'est pas possible…

J'acquiesçai et elle me crut. Elle tomba sur un tabouret haut, incrédule, le regard perdu.

– Inès… Merde, c'est pas vrai.

– J'ai envie de savoir ce qui s'est passé, ajoutai-je. C'est pour ça que je vous pose ces questions. J'ai peur que les flics s'en fichent sous prétexte qu'elle bossait dans un bar et que ce n'était pas la fille d'un gouverneur ou d'une rock-star.

J'avais honte de jouer sur la corde sensible de la solidarité entre filles malheureuses. J'avais envie de lui dire la vérité, de lui demander pardon de la prendre pour la gourde qu'elle n'était pas. Mais il fallait que je sache.

– Est-ce que des gens lui en voulaient ? Elle avait peut-être des problèmes avec des types qui auraient pu le lui faire payer cher ?

– Non, dit-elle, encore sous le choc. Je crois pas. Enfin, pas au point de…

Je la laissai parler, aux aguets.

– Y'avait bien ce con, ce pourri qui lui filait de la C.

– … De la cocaïne ?

– Oui. Stone.

– C'est son nom ?

– C'est celui qu'on lui donne. Vous imaginez pourquoi : il est le premier à consommer sa came. Son vrai nom, c'est Joe Forsten. Mais je ne sais même pas où il traîne. La coke, moi, c'est pas mon truc. Pas du tout.

Je la croyais. Elle leva les yeux sur moi, inquiète, comme si elle regrettait déjà ses confessions.

– Soyez tranquille, je ne vais pas vous trahir. Vous pensez qu'il aurait pu la tuer ?

– Elle lui devait du blé. Vous savez ce que c'est, un dealer en manque perpétuel qui veut récupérer son blé ?

Non, je ne savais pas. C'était un autre monde, j'étais à des années-lumière de ce que cette fille me racontait. Joe Forsten. Je gravai ce nom dans ma mémoire, en priant pour qu'elle ne me lâche pas.

– Elle n'avait pas que des cons sur le dos, précisa la jeune femme.

J'avais le sentiment que cette conviction la réconfortait.

– Il y avait ce client, aussi, qui venait souvent la voir. Lui, c'était pas un dealer, ni un gars du coin. Plutôt gentil, comme toi, pas aussi beau mais gentil avec elle, lui aussi. Elle en parlait peu, il devait être marié, un truc comme ça. Il lui faisait miroiter des trucs, bon… Comme tous les mecs mariés qui ont envie de croire qu'ils ne trompent pas leur femme pour le sexe…

Elle se mit à rire, puis se tut. Elle joua un long moment avec une entaille dans le revêtement du bar avant de reprendre.

– Elle aussi, elle avait envie d'y croire, à ces conneries qu'on nous débite tous les soirs. On se sent un peu seules, alors tu vois. Je pense qu'elle… qu'elle était un peu amoureuse de lui.

Elle me prit la main affectueusement.

– Tu m'en veux pas de t'avouer ça ?

Elle trouvait encore le moyen de se préoccuper de moi. Je secouai la tête.

– Elle avait de la famille ? demandai-je.

– Non… À part son salaud de père contre lequel elle se battait toujours et qui l'humiliait. Il est plein de blé, il aurait pu lui donner de quoi sortir d'ici en tout cas. Il a une maison ici, à Manhattan, et une autre dans les Hamptons, je crois. Le genre de type merdique qui croit qu'on a le titre avec l'adresse. Une merde, je te dis. Pas comme nous deux, dit-elle avec un demi-sourire.

Sa tentative d'humour s'effilocha.

– Elle avait sa fierté. Mais elle allait le voir de temps à autre, quand vraiment c'était trop dur. Elle n'avait vraiment pas le choix, de toute manière, ajouta la jeune femme, il y avait la…

Elle se tut et me jaugea. Elle se mit à marcher, hésitante, entre les tables basses et les poufs en Skaï rouge et noir. Je devinai la suite et l'encourageai.

– Il y avait la *petite*, c'est ça ? Teresa.

Mon cœur s'était mis à battre plus fort. Mon émotion était sincère, et peut-être miss Monde l'avait-elle ressenti.

– Elle vous en a parlé ? Alors vous n'étiez pas n'importe qui pour elle, se rassura-t-elle en passant à nouveau du « tu » au « vous ». Décidément, soit vous cachez bien vos autres qualités, soit vous étiez un super, mais alors un *super* coup.

– J'ai pas osé vous le dire tout de suite, mais c'est ça, répondis-je. Je suis *vraiment* un super coup. Mais pas le premier soir, bien sûr.

– Bien sûr, comme tous les hommes. Nous, le premier soir, on est intraitables sur le mariage, vous c'est le sexe.

Elle s'assit sur une banquette de traviole et me fit signe de la rejoindre.

– N'ayez pas peur, je ne veux pas de preuve. Je suis juste... usée. Oui, c'est ça, usée. Tiens, je te vouvoie de nouveau, remarqua la jeune femme. Ça a dû m'impressionner, cette histoire de bombe sexuelle.

Je la rejoignis. Elle se pencha et posa sa tête sur mon épaule. Elle la redressa un instant, posa la main sur mon cou.

– Tu es gelé ! dit-elle, stupéfaite. Tu m'étonnes que notre Inès, elle ait pas voulu passer sa vie avec une glacière !

Je me mis à grelotter un court instant, comme si un vent polaire m'enveloppait de la tête aux pieds. Puis, une fois de plus, la sensation disparut comme elle était venue.

– Tiens, c'est mieux, brusquement, remarqua Miss Monde en reposant la tête, moins surprise que moi. C'est même tiède et ferme comme j'aime.

Je restai immobile, comme on le fait pour une gosse qui s'endort contre soi et qu'on ne veut pas réveiller.

– Tu vois ? dit-elle. C'est comme ça que je juge un mec : au confort de son épaule. Tiens, à propos de mec, il y en a un autre qui ne lui a pas fait que du bien : son mari. Ou son ex-mari, si j'ai bien compris. Elle n'cn a presque jamais parlé, de celui-là, mais je sentais bien que c'était pas l'amour fou... Un truc compliqué.

Elle haussa les épaules, le regard absent.

– On s'en fiche, de l'amour fou. Qu'est-ce qu'elle pouvait être niaise, parfois, Inès ! Vous alliez bien ensemble, tiens.

– Je peux encore poser une question ?

– Si tu ne bouges pas, oui. J'ai un mal de crâne atroce, ça me fait du bien, cette position.

– Teresa, qui la gardait ? Inès ?

– Elle était à l'école dans la journée et les soirs où Inès bossait, la petite allait chez une voisine. Maintenant, va savoir ce qu'elle va devenir… Si elle échoue chez ce salaud de grand-père, je vais porter plainte chez les flics, je vais à la Maison Blanche s'il le faut ! Je tortille des fesses ici pour des tocards, alors je peux bien le faire pour une orpheline de six ans devant un président… Dommage que ce ne soit plus Clinton, j'aurais eu mes chances, non ? Je peux même porter une petite robe noire de stagiaire, si ça l'excite…

Elle se redressa brutalement.

– … Mais pour l'amour du ciel, qu'on retire cette gosse à ce type !

– Tu sais où il habite ? Où il bosse ? On va lui faire sa fête…

Elle leva les yeux sur moi.

– Et voilà : on pose la tête sur une épaule et le type te tutoie et joue les cowboys. J'avais presque cru que j'étais une dame, figure-toi.

Elle fit la grimace, les mains sur les tempes.

– Non, je ne sais pas où il est. Il porte le même nom, Ribeiro, bien sûr, mais pour le trouver, c'est une autre affaire : il a un faux job, une fausse adresse, un faux bureau, bref, il n'apparaît nulle part officiellement, comme toujours dans tous ces business pourris.

– Je vais me débrouiller. Et si j'ai besoin de toi pour « argumenter » à Washington…

Elle se leva, faussement gaie.

– Je serai prête, t'inquiète ! Tu sais où me trouver.

Je lui souris en guise de réponse et me dirigeai vers la sortie.

– Hé, mister Univers !

Je me retournai.

– T'es un mec bien, me dit-elle encore avec un sourire triste. Elle est conne, Inès, on est connes avec nos principes de filles de bonne famille : elle aurait dû t'épouser le premier soir. Maintenant, c'est un peu tard.

Une sirène de flics – ou de pompiers ? Je ne savais jamais faire la différence – me sauva. Je n'aurais pas su répondre.

– Au fait, moi c'est Rachel, conclut la jeune femme.

Quelques secondes plus tard, le volet retombait et je courais vers le métro.

18

RACHEL KANE, alias miss Monde, cessa de s'acharner sur la manivelle : le volet était bloqué et un espace de dix centimètres persistait entre la dernière lamelle et le sol. Jamais il ne s'était coincé comme ça, il fallait que ça se produise quand elle était crevée et qu'elle n'avait qu'une envie : se doucher et rentrer chez elle. Elle soupira et se baissa pour tirer sur le volet.

Elle fut incapable de se redresser : deux mains saisirent les siennes et les serrèrent avec violence. Elle crut qu'on allait lui broyer les phalanges et poussa un cri de douleur. Évidemment, elle était seule et le type, le beau gosse, était sans doute déjà loin.

– Tais-toi, dit une voix d'homme, ou c'est ton cou que je serrerai comme ça dans une minute.

Il libéra une main de la jeune femme et souleva le volet sans lâcher l'autre.

Rachel recula tandis que le type entrait et fermait la porte derrière eux. Il la dominait de deux têtes, il avait la corpulence d'un taureau et sa main gigantesque et rugueuse avait autant de force que le bras de sa victime.

Elle n'eut besoin que d'une fraction de seconde pour comprendre dans quel état il se trouvait. Et dans quel état il la mettrait, très bientôt. Elle essaya d'oublier la peau grêlée, les conjonctives injectées et les tremblements de son agresseur, et tenta de le raisonner.

– Qu'est-ce que tu veux, Joe ? Pourquoi tu viens ici ce matin ?

– Parce que j'ai soif, dit le dealer d'une voix rauque.

– Je vais te servir un verre, si tu me lâches.

– J'ai soif de mon fric.

Tu as soif de la merde qui coule dans ton sang, oui, songea Rachel.

– Mais moi je ne te dois rien, dit-elle en essayant d'oublier la douleur qui lui vrillait le poignet jusqu'à l'épaule.

– Mais ta copine, elle, elle m'en doit. Et hier soir elle m'a pas payé. Elle m'a menti, Rachel, c'est pas bien, ça.

– Non, c'est pas bien. Mais qu'est-ce que tu attends de moi, Joe ?

– Quand une copine ne peut pas payer, c'est l'autre qui le fait ; c'est ça, la solidarité.

– Mais j'ai pas d'argent, tu sais bien qu'on n'a pas plus de fric que toi pour payer ta saloperie…

Elle regretta immédiatement son mot. C'était trop tard. Elle avait enflammé quelque chose en lui, et elle en vit la lueur dans ses yeux. Elle se débattit et finit par se dégager de la poigne du type. « Stone » l'avait simplement lâchée, elle n'en doutait pas, sinon elle n'aurait jamais eu la force de s'en défaire.

– Je vais trouver du fric, Joe, d'accord ? Laisse-moi du temps pour en trouver. Je vais te rembourser l'argent qu'Inès te doit.

– Elle m'a dit la même chose, dit l'homme entre ses dents. J'ai été gentil, je l'ai crue.

Elle sentit la fureur déborder de Joe Forsten. Elle aurait beau dire, beau faire, ça ne servirait à rien. Était-elle clairvoyante ou tout simplement épuisée et sans illusions ? Elle ne chercha pas à faire la différence. Elle s'en moquait. Le visage de son amie lui apparut. Inès était morte. Elles étaient toutes à la merci d'un malade rempli de drogue jusqu'aux cheveux qui soulèverait un volet et qui n'en ferait qu'à sa tête – s'il avait encore une tête.

– Non, tu ne l'as pas crue et tu l'as tuée, ajouta Rachel, qui ne se contenait plus. Tu vas toutes nous tuer, Joe, pour payer ta came ? Tant mieux, vas-y, et j'espère que tu vas t'en acheter assez pour crever !

Elle vit la main s'élever et le coup partir, mais elle n'essaya même pas de l'éviter. Elle sentit le poing s'écraser sur son visage, le petit fracas en bouche et le mal fulgurant jusque dans la nuque, et elle ferma les yeux. Elle pensa au type, l'autre, celui d'avant, plein de douceur et qui venait de partir, elle y pensa de toutes ses forces pour oublier ce qui l'attendait.

19

JE M'INSTALLAI à l'extrémité d'un wagon et remontai le col de ma veste. La promiscuité et les odeurs de transpiration me soulevèrent le cœur au bout de quelques secondes. Je réalisai alors que je portais moi-même les mêmes vêtements que la veille. Je n'avais pas le souvenir d'avoir eu la même tenue sur le dos deux jours de suite et, bien que je me sois douché une heure plus tôt, l'idée m'était assez insupportable. J'évitai de penser aux sous-vêtements – qu'à mon sens il convenait de brûler, je ne voyais pas d'autre solution sanitaire. Il devenait urgent d'acheter de quoi me changer, ce que je ferais dès que je serais arrivé à Brooklyn.

Bercé par le roulis du train, je songeai à ma fille. Il était temps de remonter la piste jusqu'à elle. Je ne voyais qu'une solution – et un seul endroit où me rendre, pour l'instant.

Je n'avais pas oublié la promesse faite à ma femme : quarante-huit heures. Il était déjà dix heures trente. Ce soir, les premières vingt-quatre heures seraient écoulées, et demain, à vingt heures, je me rendrais à la police si j'avais échoué. Je refusai cette idée. Pour eux, Meredith, Loris, Noah et Teresa – ma *famille* – autant que pour moi. Une bouffée d'angoisse m'envahit. Il fallait faire vite au lieu de me laisser submerger.

La rame s'arrêta. Perdu dans mes pensées, je ne savais même plus où je me trouvais. La sonnerie retentit pour annoncer le départ quand je lus le nom de la station :

CHAMBERS St.

Je sortis du wagon *in extremis.*

Je sinuai nerveusement dans les couloirs souterrains pour trouver le quai de la ligne 2 qui m'emmènerait de l'autre côté de Prospect Park, à l'est de Brooklyn – le bout du monde, en somme pour un golden boy bohème des abords de Central Park.

Un choc assez violent m'arracha à mes pensées – et au sol, puisque je tombais à la renverse. Quand je levai les yeux, je vis un mur d'uniformes. Mon rythme cardiaque s'accéléra comme si on m'avait demandé d'atteindre les cent kilomètres-heure en cinq secondes. Je me relevai sans saisir la main qu'on me tendait.

– Pas de mal ? me demandait pour la troisième fois un agent.

Je secouai la tête sans un mot, le regard ailleurs. Je sentis la sueur perler un peu partout sur ma peau, signe infaillible de stress haute tension chez moi, et une ligne glacée se tracer le long de ma colonne.

– Contrôle des titres de transport, monsieur. S'il vous plaît, ajouta la jeune femme.

Je respirai un peu mieux : il ne s'agissait pas de la police. Mais peut-être mon portrait robot circulait-il déjà sur les ordinateurs, dans les bureaux de ces contrôleurs. Je fouillai dans mes poches, en vain. Je ne savais plus ce que j'avais fait de ce maudit ticket. Mes gestes désordonnés finirent par attirer l'attention de ses collègues. L'un d'eux interrogea la fille d'un signe de tête. Elle le rassura :

– Monsieur cherche, c'est tout, dit-elle en essayant de capter mon regard.

Je trouvai enfin le ticket dans la poche de poitrine de ma chemise. Je le tendis d'une main tremblante, malgré mes efforts. Pour compenser, je fixai la jeune femme droit dans les yeux.

– Tout va bien ? demanda-t-elle en vérifiant le compostage.

– Oui, oui, c'est juste la chute… Ça va.

Elle me dévisagea. Je ne désarmai pas, et c'est elle qui décrocha la première, déjà concentrée sur un autre ticket qu'on lui tendit.

Je m'éloignai sans précipitation et marchai jusqu'au quai, espérant que mes traits s'étaient déjà effacés de sa mémoire. J'attendis un virage dans un couloir pour me retourner. Deux contrôleurs parlaient entre eux et l'un d'eux se retournait lui aussi dans ma direction. Je me cachai une fraction de seconde trop tard, puis repris mon chemin en me fondant dans la foule nerveuse jusqu'à la ligne 2.

Le train mit trois minutes pour s'arrêter devant moi, et j'entrai dans un wagon, le cœur battant, guettant le moindre mouvement brusque, la moindre agitation qui signerait un sursaut de conscience des contrôleurs. Lorsque les portes automatiques se refermèrent, je me laissai tomber sur un siège vacant, les yeux fermés.

Je sortis du métro à l'angle de Nostrand Avenue et Winthrop Street.

Je regardai autour de moi comme un gosse qui va au zoo pour la première fois. Immeubles de deux ou trois étages, brique anonyme, escaliers de secours qui zigzaguaient sur les façades comme partout dans New York, des petits commerces de toutes nationalités. Ben oui, mon grand, c'est ça, Brooklyn Est. Rien d'autre.

Je vérifiai l'adresse : 1200 Nostrand Avenue. Je levai les yeux dans la direction que je devais prendre. La porte d'entrée était à cent cinquante mètres, à peine plus. Je réfléchis une dernière fois. La police pouvait tout aussi bien y être passée bien avant moi… ou s'y trouver – même si, en commençant par le job d'Inès, j'avais espéré aller à contre-courant des flics. Au mieux, je trouverais des scellés, au pire, un régiment de flics armés jusqu'au dernier cheveu. Moi qui perdais toujours aux jeux de hasard, aujourd'hui il fallait que ce soit mon jour, mon bon jour, celui frappé du sceau de la bonne étoile. J'inspirai à fond et j'avançai.

Très vite, je compris qu'il serait inutile de jouer au loto aujourd'hui.

J'étais à quatre-vingts mètres de l'immeuble quand j'aperçus le type immobile, dehors, fumant sa cigarette, adossé à une voiture sombre dont les vitres étaient fumées. Je levai les yeux. L'appartement du premier ne pouvait pas être celui que je comptais visiter : une femme âgée, à la fenêtre, criait je ne sais quoi à l'attention du type d'en dessous qui tenait le magasin de primeurs. Au second étage, en revanche, régnait une agitation suspecte des ombres passèrent à plusieurs reprises derrière les voilages. Je continuai cependant à marcher en direction du numéro 1200.

Et je m'immobilisai à mon tour. Les yeux rivés à la fenêtre. Magnétisé.

En moi, tous les systèmes d'alerte se mirent en marche en même temps, et une voix intérieure me hurla de dégager, aussi vite que possible, si j'avais un tant soit peu l'intention de rester en vie.

20

ELLIE SAVAGE s'attaquait aux tiroirs de la commode comme on renverse des verres d'eau dans un évier : elle les sortait des deux mains, les poignets pivotaient, le contenu tombait sur le sol, elle remettait en place les tiroirs vides. Puis elle inspectait le contenu du bout de son escarpin pointu, les yeux baissés, sans incliner le quart d'une vertèbre cervicale.

– J'aime bien ta méthode, reconnut Washington. Efficace. Et après, tu rembobines et ça remonte dans les tiroirs ?

Ellie plia le genou pour la première fois. Elle saisit une photo et la lui tendit.

– On connaît, non ?

– Oui, elle est morte, on cherche à savoir pourquoi.

La jeune femme haussa les épaules.

– Le type à côté d'elle, à sa gauche.

Il prit la photo de la main de sa coéquipière et l'examina avec plus d'attention.

– La photo n'est pas récente mais tu as raison, on connaît : Byrne.

– Et à droite ?

Ben secoua la tête. Elle récupéra le cliché comme si un minuteur venait d'annoncer la fin du temps accordé et la glissa dans une pochette avant de poursuivre son exploration.

– Pas d'autre trace de lui, dit-elle, déçue. Il a peut-être eu le temps de passer avant nous.

– Avant de la tuer, alors, parce qu'on a envoyé une patrouille dès qu'on a trouvé le corps et personne n'est entré, depuis.

– Il nous grille chaque fois, j'en suis certaine. C'est comme l'hôpital, hier soir… Si on n'avait pas supposé qu'il était blessé, et qu'on n'avait pas fouillé dans les hôpitaux new-yorkais…

Ben se remémora les mots de l'infirmière de l'hôpital de Roosevelt Island : ce type s'était présenté sous un faux nom et avait demandé des renseignements sur l'accident dont il avait été lui-même victime six ans plus tôt. En l'occurrence, il voulait savoir s'il était seul, ce jour-là, dans la voiture… Pourquoi ?

– Il faut qu'on reprenne un temps d'avance, insista Ellie.

– Tu crois ? railla Ben. On a envoyé une équipe surveiller sa maison, le Mount Sinaï Hospital et même son ami, là, le psychologue. Son signalement a été diffusé dans tous les aéroports et les gares de l'État.

Ellie ne répondit pas, un peu vexée. Son collègue ouvrit un placard et l'inspecta, songeur.

– Quelque chose m'échappe…

– Byrne, dit-elle.

– Pas seulement lui : son attitude. Son ex-femme lui fait du chantage, on la retrouve morte dans ses bras, tout l'accuse, et il nie son crime.

– Comme beaucoup de meurtriers.

– Plaçons-nous de son côté. Pourquoi l'aurait-il tuée ?

– Pour mettre fin au chantage, dit Ellie, catégorique.

– Qu'est-ce que tu ferais si tu étais dans sa situation et qu'on t'accusait injustement du meurtre de ton ex-femme ? insista son coéquipier.

– Je me rendrais à la police sans résister.

Il l'observa. Évidemment ; raide comme la justice.

– Alors s'il ne se rend pas, qu'est-ce qui a pu se passer ? se demanda le policier.

Ellie haussa les épaules. Elle avait concédé une minute à cet exercice absurde, il ne fallait pas trop lui en demander.

Ben se tourna vers deux agents qui passaient l'appartement au peigne fin.

– Du neuf ? dit-il au plus jeune, un rouquin très agité. Doucement, mon garçon, tu vas te faire mal.

Le gars mit son zèle de côté un instant pour répondre.

– Rien de très intéressant. On a retrouvé des extraits de comptes bancaires dans le rouge, elle avait besoin d'argent visiblement. On prend des empreintes, mais bon…

– Du courrier ?

– Rien de marquant, pas de menaces. Il y a un vieil ordinateur mais même pas de connexion Internet, donc pas de dossier de mails à éplucher. Rien dans les fichiers non plus. Elle ne devait pas beaucoup s'en servir.

– Elle non, intervint une collègue, mais quelqu'un d'autre, oui. Venez.

Ellie cessa de repousser les choses du bout du pied dans le séjour et les rejoignit dans une toute petite pièce.

– Une chambre d'enfant, poursuivit la jeune femme aux airs de garçon manqué qui venait d'apparaître. J'ai trouvé des jeux sur l'ordinateur.

Ben se pencha sur la table de nuit recouverte de figurines Hello Kitty et posa sa grosse main sur un cadre photo. Un portrait d'Inès Ribeiro et d'une petite fille dans ses bras.

– On sait où est cette gosse ? Qui est le père ?

– Aucune idée, répondit Ellie. Je vais interroger les voisins.

Elle sortit de la pièce et se figea.

– Byrne.

Ben se retourna.

– Tu crois que c'est lui, le père ? Qu'est-ce qui te fait dire ça ?

Il entendit le bruit d'un revolver qu'on arme. Il sortit, intrigué.

– Non, Ellie, ça c'est une télé. Il ne suffit pas de prononcer un nom pour que la personne apparaisse à l'écran. Tu peux ranger ton arme. C'est décevant, concéda-t-il en soupirant, mais c'est comme ça.

– Dehors, dit Ellie, regardant fixement à travers la vitre. Sur le trottoir, en face. *James Byrne.*

Elle avait découpé les syllabes comme elle l'aurait fait avec le corps de sa proie. Elle sortit de l'appartement en deux enjambées. Ben ouvrit la fenêtre et cria :

– Smith ! Couvre Savage ! Elle descend !

Le type affalé contre la voiture se redressa en une fraction de seconde et dégaina son arme, lui aussi. Au même instant, Ellie Savage faisait irruption hors de l'immeuble, bras tendu. Au bout de son canon, dans son viseur, un type brun, grand, qui lui donnait le dos.

Un type en train de courir comme un fou.

21

IL M'AVAIT SUFFI de croiser ce regard, de l'autre côté de la vitre pour prendre mes jambes à mon cou. Je traversai la rue au beau milieu du flot de voitures dans le hurlement des pneus. J'entendis un fracas de tôles et un concert de klaxons, mais je ne m'arrêtai pas avant d'atteindre la bouche de métro de Winthrop Street.

Je descendis les premières marches, hors d'haleine, et me retournai une fraction de seconde. Le spectacle qui s'offrit à moi me paralysa malgré mon élan et le danger.

À quelques dizaines de mètres de là, se détachait du sol une immense chose sombre et surmontée d'une auréole jaune. Une femme, une gigantesque femme blonde en tailleur. Et en mouvement. Elle avait retroussé sa jupe jusqu'à la naissance de ses cuisses interminables – et musclées, du béton armé, peut-être, à en juger par les lignes et les bosses que dessinaient ses muscles en plein effort.

Cette femme courait comme je n'avais jamais vu une femme courir, surtout montée sur talons aiguilles. Derrière elle, un type déboulait en renfort, mais elle l'avait déjà distancé.

Je m'arrachai à ma contemplation horrifiée et dévalai les marches en renversant deux personnes. Je courus vers les bornes et sautai par-dessus le tourniquet sans me soucier de la présence éventuelle d'un vigile.

– Hé, vous ! Attendez !

J'entendis dans mon dos une cavalcade, puis la voix du type qui s'était mis à crier à nouveau. Sans doute mon prédateur avait-il fait la même chose que moi. Ça ne dura pas : on avait dû brandir sous le nez du type une plaque professionnelle – ou un flingue.

De toute manière, je ne perdis plus de temps à me retourner pour admirer l'athlète en action : je bousculai tout ce qui se présentait sur mon passage et courus dans les couloirs en direction du quai, laissant derrière moi un sillage de cris qui redoublèrent ensuite au passage de la femme.

Quand j'arrivai sur le quai, hors d'haleine, la rame s'apprêtait à repartir.

Je retins les portes *in extremis*, mais sans parvenir à les écarter. Je tournai la tête : la femme mettait elle aussi le pied sur le quai et fouillait la foule du regard. Elle me reconnut enfin, à trois wagons d'elle, et je croisai à nouveau son regard, mais de plus près cette fois ; encore un peu plus terrifiant, d'un bleu très clair, couleur glacier. Il produisit sur moi l'effet d'une décharge électrique. Je redoublai d'efforts et m'acharnai sur les portes automatiques alors que la sonnerie du départ résonnait. Je lançai un regard suppliant à l'intérieur ; un type réagit et me prêta main-forte. L'espace fut suffisant pour me glisser dans le wagon et m'écrouler contre la porte opposée, le souffle coupé. Les portes claquèrent avec violence dans mon dos – un bruit métallique étrange.

Je regardai derrière moi : entre les portes, cette fois, s'était intercalé le canon d'une arme. Et, derrière la vitre, je découvris le visage contracté de la femme.

Tous ceux qui m'entouraient hurlèrent et se précipitèrent entre les sièges pour se mettre hors du champ de tir. Moi, je restai tétanisé face à ce démon platine campé de l'autre côté des portes, tandis qu'elle s'acharnait à les écarter, elle aussi. Logiquement, elle ne tirerait pas – elle ne prendrait pas ce risque. Mais tant que son arme resterait coincée entre les deux panneaux, le train ne partirait pas. Sur le quai, j'entendis un sifflet – sans doute la sécurité alertée par un voyageur ou un employé. Je sentis la sueur ruisseler sur mon visage, le long de mon dos, et tremper mes vêtements. Dans quelques instants, cette femme ordonnerait de faire ouvrir les portes et c'en serait fini de moi.

Alors, sans plus réfléchir – d'ordinaire logique et pondéré, je savais que réfléchir me priverait de l'inconscience dont j'avais besoin pour garder courage –, je me redressai, pris mon élan et tendis ma jambe très haut.

Le talon de ma chaussure frappa avec violence contre le canon qui dépassait à l'intérieur du wagon. Le choc me projeta en arrière et je retombai sur le sol. Mais j'avais pu voir l'arme, libérée de l'étau, jaillir de l'autre côté, et la femme esquiver de justesse avec un mouvement de la tête sur le côté. Le revolver fut projeté au loin derrière elle et glissa sur le béton. Mais ma version suédoise de Grace Jones ne s'en préoccupa pas : elle pesta et tambourina sur les vitres, alors que les portes venaient – enfin – de se refermer et que le train repartait, me laissant épuisé et en nage, et elle folle de rage sur le quai.

22

– LÂCHE-MOI, merde !

Stone – alias Joe Forsten – dégagea vivement son bras de la poigne du type.

Ce bar, c'était une idée débile. Mais il n'avait plus de poudre, même plus de shit, plus rien. Il avait raclé les fonds de tiroir, les derniers microgrammes étaient passés dans ses veines la veille. Et il avait soif, atrocement soif – l'eau ne servirait à rien. L'alcool ne faisait pas le même effet que la drogue, mais c'était mieux que rien. Greg le connaissait bien, il le laisserait picoler à crédit, il savait qu'il reviendrait et qu'il finirait par payer sa note, de toute manière il traînait forcément dans le quartier quand il n'était pas camé ou en train de refourguer sa saloperie à des filles encore plus paumées que lui.

– Lâche-moi, je te dis, j'ai pas de blé.

– Ça tombe mal, dit le type qui le rattrapa nerveusement. Moi, je veux récupérer celui que tu me dois.

– On devait me payer, répondit Stone d'une voix pâteuse. Une fille, une pute du Beauty's. Elle m'a planté, et la copine n'avait rien sur elle.

Il songea à la copine en question. Il l'avait bien amochée. Au début, il n'en avait pas l'intention, mais elle s'était braquée, ça l'avait énervé. Elle avait pas besoin de ça, vu la gueule en biais qu'elle avait déjà après sa nuit, mais c'était sans regret, finalement. Ces salopes passaient leurs soirées à tirer du fric à ces mecs qu'elles faisaient boire, et elles voulaient lui faire croire qu'elles n'avaient pas un dollar. Mais pour sniffer la came qu'il leur avançait, ça, il n'y avait jamais de problème, toujours prêtes. La copine avait trinqué pour l'autre, Inès. Elles s'arrangeraient entre elles. Et puis c'est comme ça qu'il avait une chance de récupérer son fric.

Le type resserra sa poigne. Stone eut le sentiment que des serres d'aigle lui broyaient le biceps. Un second type apparut dans la pénombre du bar.

– Calmez-vous, les gars, intervint Greg. Ou allez régler vos comptes dehors.

– Bonne idée, dit le premier, faut qu'on parle, Stone. Faut qu'on t'explique quelques trucs.

– Je crois pas, dit une voix calme derrière eux.

Stone tourna la tête. Le manque le faisait trembler et troublait sa vue, il était incapable de concentrer son regard. La réponse était venue du renfoncement, près de la petite table, où il distingua vaguement une ombre plus marquée – rien d'impressionnant. Le type en question se leva, et le soulagement de Stone fondit aussitôt : une silhouette gracile apparut sous un spot jaune. Un ado qui flottait dans ses vêtements, pas de quoi le défendre, ça c'était certain.

Ce dernier avança encore dans la lumière. Les ombres

creusèrent un peu plus ses joues. Stone fit glisser son regard vacillant le long d'une méchante cicatrice qui barrait le visage inconnu. Le genre de balafre qui indique que le type ne passe pas ses nuits à bouquiner. Peut-être pas si jeune. Les épaules voûtées et osseuses dans un sweat-shirt trop grand, de petits yeux enfoncés. Peut-être pas inoffensif non plus ; même un junkie comme lui s'en rendait compte. Stone eut un mouvement de recul et, curieusement, ses agresseurs se raidirent, eux aussi.

Un bruit métallique claqua.

Stone baissa les yeux sur la main noueuse serrée autour du cran d'arrêt. Les deux types lâchèrent leur proie et reculèrent.

– On va revenir, dirent-ils. Et t'auras pas tes copains pour te défendre.

Ils disparurent. Stone souffla et rajusta son blouson. Il adressa un vague signe de remerciement à son allié inconnu et se cala contre le bar pour replonger dans les brumes de l'alcool et du manque.

– Je t'offre à boire, proposa le jeune homme en rangeant son arme avec adresse.

Stone leva péniblement les yeux.

– Qu'est-ce que tu me veux ?

– J'aime pas les règlements de comptes pas équilibrés. T'étais seul, ils étaient deux. Maintenant, dit-il d'une voix très calme, presque douce, on est deux.

Il sourit et adressa un signe au barman qui fit glisser devant eux deux verres.

Stone le dévisagea un instant. La douceur, ça n'existe pas dans un bar. Ni dans sa vie de dealer. Une voix douce, ça augure le pire. Dans un sursaut de lucidité, il se redressa et s'éloigna d'un pas mal assuré vers la sortie.

Ne rien partager avec ce type. Même pas un verre.

Il sinua dans la rue en s'agrippant aux réverbères. Qu'est-ce qui le rendait si malade ? Le manque ? L'alcool merdique qu'il avait ingurgité ? Les deux ? Ou le sentiment étrange que son protecteur inconnu lui était plus hostile encore que les deux merdeux qui voulaient récupérer leur fric ?

Il n'eut pas le temps de trouver une réponse. Une poigne de fer crocheta son bras, et il lui sembla voler dans les airs et disparaître dans une impasse. Lorsqu'il voulut crier, sa mâchoire heurta le rebord en béton du trottoir et il sentit en même temps le goût du sang et l'arête tranchante de ses deux incisives supérieures, cassées au ras de la gencive.

Lorsqu'il rouvrit les yeux, le monde était rouge sombre. Il voulut passer la main sur ses yeux poissés par le sang, mais son bras, qui formait un angle curieux, ne répondait plus. Il tenta de redresser la tête, juste la tête – en vain : une chaussure taille 39, une basket de gamin écrasait son visage contre le macadam avec la force d'un géant adulte. Il saisit la cheville de sa main valide et tenta de faire bouger le pied compresseur sans succès. Il se contenta alors de regarder de côté, vers le ciel, et rencontra le visage adolescent et balafré. De près la cicatrice était plus effrayante encore.

– Réponds, ordonna le jeune homme.

– Pas… pas… entendu…

– Alors je répète, concéda avec douceur Roberto. Tu connaissais Inès Ribeiro ? Elle bossait au Beauty's.

– J'ai… rien… fait…

– Tu mens. Tu l'as tuée ?

– … pas moi…

– Je sais que tu mens, insista Roberto.

– J'ai vu… la copine… pas Inès. Un autre type… venu… avant moi… Je l'ai… vu… la copine… m'a dit… il… cherchait… Inès…

– À quoi il ressemblait ce type ? demanda le jeune homme en accentuant la pression, le couteau sur la gorge de Stone.

– Br… brun… sportif… bien… sapé…

– Tu connais son nom ? Si tu as parlé à la copine, elle t'a dit son nom…

Le dealer émit un gargouillis.

– Ja… James.

Roberto se redressa. Son visage se ferma comme on tire un rideau. Ses petits yeux enfoncés passèrent de l'épave sous son pied à la rue, au loin. Le temps de l'enquête était presque fini. Il allait devoir dire des choses douloureuses à son mentor. Il détestait ça.

Ensuite, il faudrait punir.

23

MEREDITH enclencha l'alarme de la maison et claqua la porte.

Elle baissa les yeux sur sa montre : dix-sept heures.

Elle avait pris de l'avance au cas où des événements inattendus la retarderaient. Comme ce type qui la surveillait nuit et jour depuis hier soir – depuis la visite des deux agents du FBI – et qui pourrait avoir la mauvaise idée de l'interpeller et l'empêcher de partir à temps. Quant aux enfants, elle s'était arrangée avec Jennifer qui passerait les prendre à la maternelle et les garderait jusqu'à son retour.

Elle descendit les quelques marches qui la séparaient du trottoir. Elle sortit le bip de son sac, déverrouilla les portières et s'installa au volant sans empressement. Dans son rétroviseur, le flic avait lui aussi disparu dans sa voiture pour en ressortir quelques instants plus tard. Elle démarra en vitesse, espérant qu'il ne la suivrait pas.

Elle longea la 110e Rue, le regard rivé au rétroviseur, dépassa le Frederick Douglas Circle et bifurqua sur Columbus Avenue vers le sud de Manhattan, toute à ses pensées. Elle songea aux six années de bonheur qu'elle venait de vivre. Elle eut même envie de rire en se remémorant ce grand brun aux yeux étonnamment clairs planté dans son magasin de fleurs, au cœur du Village, un sac de sport sur l'épaule, qui lui avait demandé de composer un bouquet sans autre précision.

– Pour une jeune femme que je ne connais pas, avait-il ajouté pour justifier sa neutralité.

Stéréotype du beau gosse qui filait à un premier rendez-vous. Elle avait composé le bouquet passe-partout et le gars était parti.

Il était revenu une semaine plus tard, peu de temps avant la fermeture de la boutique. En demandant cette fois un bouquet pour une jeune femme qu'il connaissait à peine – ils n'avaient échangé que quelques mots, semblait-il.

Elle en avait ri.

– « Pas du tout » ou « à peine ». Je ne sais pas si ça va changer radicalement la façon de choisir les fleurs…

– Elle est très différente des autres, surtout de celles que je connais très bien.

– Alors, on va essayer de faire différent, promis.

N'était-elle pas assez romantique ou était-elle un peu idiote ? Elle se posait encore aujourd'hui la question, mais toujours est-il qu'elle ne s'était pas attendue à le trouver le soir même, le bouquet au bout du bras devant le magasin, alors qu'elle fermait le volet métallique.

– Au moins, lui avait-il dit, je suis certain qu'elles vous plairont.

Ensuite tout était allé très vite. La semaine suivante, ils emménageaient ensemble, et six mois plus tard elle épousait sans angoisse ni scrupules ce type magnifique et qu'elle aimait comme elle n'avait jamais aimé personne, un gars qui savait se moquer de lui-même, drôle et tendre, entier et humain derrière ses allures de golden boy. Il avait trente-deux ans, il avait déjà vécu l'amour, la déception et le chagrin, il en avait même gardé quelques traces et des trous de mémoire, mais elle s'en fichait. Au contraire, ça faisait de lui un type décidé. Elle-même avait vingt-huit ans, tous deux savaient ce qu'ils faisaient. Et, quelques mois plus tard, elle tombait enceinte de Loris.

Un coup de klaxon la fit sursauter et l'arracha à ces souvenirs. Elle avait roulé comme une machine, sans s'en rendre compte, la circulation s'était densifiée. Elle avait failli caresser l'aile arrière d'une voiture qui ralentissait. Elle se concentra sur la route : devant elle s'élevait le Lincoln Center, déjà. Elle tourna le volant et s'engagea sur Broadway.

Le souvenir du mail qu'elle avait reçu une heure plus tôt et qui l'avait poussée hors de chez elle l'envahit à nouveau. Elle tâcha de maîtriser la tension qui monta telle une vague. Il était dix-sept heures vingt-deux, et elle ne pouvait pas se permettre d'être en retard. Elle ne *pouvait pas* manquer ce rendez-vous.

Les gratte-ciel ne cessaient de se rapprocher et s'élever, les New-Yorkais quittaient les bureaux de Manhattan et se déversaient sur les trottoirs, les voitures s'agglutinaient en un magma tacheté de *cabs* jaunes. Elle étouffait. Elle appuya sur l'accélérateur et fit ce qu'elle refusait de faire d'habitude : jouer le jeu et entrer dans la bataille des dépassements, coups de freins et queues-de-poisson. Un quart d'heure de rage et de stress plus tard, elle tournait dans la 50e Rue, croisa l'avenue des Amériques et repéra le parking qu'elle cherchait.

Elle y roula au pas, sortit du véhicule et confia les clefs au gardien. Elle jeta un coup d'œil au fond du parking et reconnut la Chevrolet cabossée qui pointait sa calandre. Elle sortit d'un pas nerveux et traversa la rue puis l'esplanade de la Rockfeller Plaza pour entrer dans le hall du 30 Rock.

Meredith n'était pas venue ici depuis des mois, peut-être des années. Le GE Building, tour emblématique du Rockfeller Center, mêlait aux studios de la NBC et aux étages de la famille Rockfeller une foule de bureaux, tandis que le sous-sol était réservé aux boutiques. Elle regarda autour d'elle, inspira profondément et se dirigea d'un pas déterminé vers les escalators, au fond du lobby, pour accéder à la galerie marchande. Elle traîna une dizaine de minutes dans un magasin ou l'autre, les nerfs à fleur de peau, et, lorsque sa montre indiqua que dans cinq minutes il serait dix-huit heures, elle remonta précipitamment au rez-de-chaussée puis à l'étage en mezzanine.

Elle tendit son ticket à un contrôleur et traversa au pas de course l'exposition multimédia pour atteindre au plus vite l'ascenseur en verre.

Elle entra dans la cabine et ne vit même pas les images et les explications sur la tour assénées pendant la montée. Les portes s'ouvrirent sur le soixante-septième étage. Elle se laissa emporter par la masse de touristes qui empruntaient l'escalier pour atteindre enfin le soixante-neuvième étage.

Elle était maintenant sur le toit du Slab, l'autre nom que les New-Yorkais donnaient à l'un des immeubles les plus hauts d'une des plus impressionnantes villes du monde.

Elle avança à ciel découvert, et fut saisie un instant par la vue qui s'offrait à elle sur trois cent soixante degrés. Mais très vite, elle quitta le panorama. Elle n'était pas venue pour admirer New York. Elle tourna sur elle-même et fit semblant de s'intéresser au spectacle.

Alors, elle se figea et son cœur se mit à battre plus fort.

Le vent balaya la terrasse et fit voler les pans de son blouson en cuir ajusté. Ses cheveux lui voilèrent le regard. Elle sortit un élastique de son sac à main et les attacha rapidement, comme si rien ne l'avait perturbée. Elle s'approcha le plus calmement possible d'un des panneaux de verre qui entouraient la plateforme et sourit à un homme de taille moyenne qui se retournait au même moment. Elle l'embrassa furtivement sur la joue et tous deux firent face à la ville, de l'autre côté du verre, tandis qu'il la prenait par les épaules d'un geste très intime. En guise de réponse, elle passa la main autour de sa taille.

– Ça va ? demanda Tobey en essayant de discipliner ses cheveux déjà en bataille et maltraités par le vent.

Meredith acquiesça avec un petit sourire.

– J'ai cru que tu me planterais là, dit-il. On m'a déjà pris en photo trois fois ; tu crois que c'est pour mon physique de rêve, ou parce que je ressemble vraiment à l'Américain de base ?

– Les deux, répondit évasivement la jeune femme sans un regard pour le visage disgracieux du psychologue, son nez trop fort, ses petits yeux malicieux et son sourire en biais.

En fait, elle avait du mal à se concentrer sur ses mots. Elle était partagée entre son effort pour contrôler les coups qui résonnaient dans sa poitrine comme dans un tambour, et celui qu'elle devait fournir pour feindre l'émerveillement face à la vue stupéfiante.

Elle ferma les yeux et se souvint mot pour mot du mail qu'elle avait reçu le matin même. Elle était à la boutique, la messagerie était ouverte et le sujet était apparu :

« Un inconnu vous offre des fleurs. »

Elle avait cru à un mail publicitaire et failli l'effacer quand l'adresse électronique l'avait saisie à la gorge : mjln@gmail.com.

Mjln.

Les initiales de leurs quatre prénoms : Meredith, Jamie, Loris et Noah. Sa famille, sa raison d'être – en fragile équilibre depuis vingt-quatre heures. *Un inconnu vous offre des fleurs...* Elle s'était assurée que son employée n'était pas dans l'arrière-boutique avant d'ouvrir le mail.

Six ans c'est bien, mais ce n'est pas assez, alors on va continuer. Et si on touchait le ciel ensemble, à 18 h ? Colle-toi avec tendresse tout contre le divan, je vous retrouverai. Je monterai ensuite dans ta charrette, c'est si romantique...

Elle n'avait pas hésité un instant : c'était bien sûr un mail de Jamie mais, pendant quelques secondes, elle avait été tellement secouée qu'elle n'était pas parvenue à le décrypter. Puis les clefs lui étaient apparues, évidentes, comme autant de petits détails de leur intimité et connus d'eux seuls : ils s'étaient rencontrés et mariés six ans plus tôt, il s'agissait donc bien de son époux ; le divan, c'était le nom de code pour parler de Tobey, et la charrette, c'était ainsi que Jamie avait baptisé la vieille voiture qu'elle continuait à conduire alors qu'il lui avait proposé à plusieurs reprises un monstre neuf comme le sien. En revanche, il lui avait fallu creuser dans sa mémoire pour comprendre le lieu du rendez-vous, puis la solution avait jailli sous la forme d'un flash : ils avaient passé leurs premiers jours à se promener dans la ville qu'ils aimaient et où ils avaient grandi – lui à Manhattan, elle à Brooklyn – pour découvrir à deux les lieux que chacun préférait. Jamie s'était arrêté devant un des plus hauts gratte-ciel de New York :

– Celui-ci, je l'aime bien. C'est la forme la plus humaine de cette folie qu'ont les hommes : vouloir toucher le ciel.

Ils avaient alors baptisé le GE Building de cette façon, depuis : « sous-le-ciel ». Ils avaient évoqué ce souvenir deux jours plus tôt, quand elle avait voulu raviver sa mémoire. Elle en était certaine : c'était au 30 Rock qu'il lui avait donné rendez-vous ce soir.

Elle ouvrit les yeux et se rapprocha de Tobey avec plus de tendresse. Mais sans pouvoir dominer l'émotion qu'elle éprouvait au simple effleurement de sa main par son voisin de *droite*.

24

JE PENCHAI LA TÊTE en direction du couple, pour que le vent porte ma voix dans la bonne direction.

– Tobey, murmurai-je en regardant ailleurs, n'en fais pas trop, mon salaud. Je te rappelle qu'il s'agit de *ma* femme.

– Forcément, répondit mon ami. Si tu liquides tes épouses en titre dans des hangars de la ville, la seule survivante est effectivement *ta* femme…

Je réprimai mon rire, Meredith aussi. Seul Tobey avait le pouvoir de nous amuser dans une situation aussi désespérée.

– Je n'ose pas te demander comment tu vas, mon amour, dis-je plus bas.

Meredith voulut se rapprocher de moi, mais je m'écartai et Tobey la serra un peu plus contre elle.

– Il a raison, dit-il. Restons prudents… *chérie.* Dis donc, on pourrait s'embrasser sur la bouche, pour faire plus vrai ?

– Tu me le payeras, répondis-je entre mes dents pendant que Meredith pinçait notre ami à la taille.

Je connaissais l'infatigable séducteur qu'était Tobey : je savais qu'il n'aurait eu aucun mal à jouer la comédie jusqu'au bout…

– Bravo, c'était intelligent de nous donner rendez-vous ici, reprit Tobey. Comme ça, si on se fait repérer par les flics, on est coincés comme des rats dans un cul-de-sac.

– Après une journée passée à tenter de leur échapper, répondis-je, on finit par se dire que c'est dans les endroits les plus évidents et les plus publics qu'on est à l'abri.

– Et toi, comment tu te sens ? demanda Meredith.

– Ça va, dis-je pour la rassurer. Ça va. J'avance.

– Ça veut dire quoi, « j'avance » ? insista ma femme.

– J'ai une piste.

– Une piste ? Une piste vers où ? Vers qui ?

– Vers un type pas recommandable, mais qui… qui a *quelque chose* qui m'appartient.

– Jamie, tu peux encore te rendre, la police peut faire le reste, tu n'es pas un commando à toi tout seul, tu es chirurgien, d'accord ?

Je sentais toute l'inquiétude du monde dans la voix de ma femme. J'avais envie de la serrer contre moi pour l'apaiser et je ne le pouvais pas. J'en étais malade.

Une vague de touristes nous obligea à nous coller les uns aux autres. J'en profitai pour prendre la main de Meredith et la serrer. Elle me rendit le geste et tourna la tête vers moi pour la première fois. Dans son sourire confiant, je trouvai la force dont j'avais peur de manquer.

– Ne t'inquiète pas, dis-je en lâchant sa main. Je serai prudent. J'ai juste besoin de temps…

Elle baissa les yeux sur sa montre, tandis que Tobey

l'enlaçait et la tripotait de plus belle, le regard vissé sur les vigiles, près de la porte.

– Il te reste vingt-six heures, Jamie. Exactement vingt-six heures pour faire ce que tu as à faire. Tu t'en souviens ?

– Je sais, tentai-je, mais…

– Pas de mais, dit-elle catégorique. Il y a une chose sur laquelle on pourra toujours compter, c'est notre parole. N'est-ce pas ? Je veux te l'entendre dire.

Je capitulai.

– Oui. Toujours.

– Alors dans vingt-six heures, si tu n'as pas obtenu ce que tu cherches, tu te rendras, parce que tu me l'as promis. Et cette fois, c'est moi qui partirai en guerre pour te sortir de là. Et rien ne me résistera, dit-elle en prenant à nouveau ma main alors que la foule s'était dispersée sur la terrasse. Fais-moi confiance.

– Ah, mais c'est une manie, ça ! s'écria Tobey en essayant de retirer la main de Meredith de la mienne.

Meredith se rapprocha du psychologue et ce dernier regarda autour de lui avant de parler.

– La police est venue m'interroger, dit-il.

– Et qu'est-ce que tu lui as dit ?

– Où tu te cachais, bien sûr.

– C'est tout ?

– Non, dit-il plus sérieusement. J'ai violé le secret professionnel et leur ai expliqué que tu souffrais de troubles de la mémoire après un traumatisme violent. J'ai préféré poser mes premières pierres si jamais ils t'arrêtent. Il faudra que ton avocate plaide la défaillance psychologique : ta femme est morte, tu pensais que cette fille usurpait son identité pour te faire chanter, et tu as perdu les pédales.

Je laissai mon regard se perdre dans la ville et glisser sur

Central Park et l'Hudson River. J'essayai d'imaginer notre maison, juste derrière la limite verte des arbres, tout au fond.

– Tobey ?

– Quoi ?

– Je n'ai pas tué Inès. Je ne l'ai *pas* tuée !

– Oui, on a compris… Mais on utilisera quand même ta fragilité mentale pour expliquer ton mouvement de panique et ta fuite, même si tu ne l'as pas tuée. Pendant ce temps, ton pitbull d'avocate et ta femme remueront la terre pour trouver le véritable coupable.

– En attendant, j'ai besoin de deux choses, dis-je.

– Prends ton temps, ironisa Tobey, on ne risque rien ici.

– La première : que tu me rassures. J'ai la nette impression de reconnaître des gens, de revivre des choses déjà vécues, j'ai même des hallucinations. Des bruits, des odeurs, des sensations physiques. Mal, froid. Qu'est-ce que c'est ?

– Des paramnésies, répondit Tobey sans hésiter.

– C'est quoi ? insistai-je.

– C'est très commun, désolé de te décevoir. Ton cerveau s'arrête de fonctionner une fraction de seconde, au beau milieu d'un événement. Un trou noir, puis hop, reconnexion. Quand il reprend, tu as l'impression d'avoir déjà vécu ça, d'avoir déjà vu un visage, entendu un son ou perçu quelque chose, c'est tout. Ça arrive à sept personnes sur dix, s'impatienta le psychologue, tu ne vas pas nous faire des histoires pour ça. Et la deuxième chose ?

– Il me faut une voiture, dis-je, alors qu'une horde de touristes japonaises déferlait sur le toit.

Les jeunes filles se groupèrent autour de moi et l'une d'elles, la plus agitée, m'adressa la parole tandis que Meredith et Tobey s'éloignaient.

– *Are you... Jude Law ?*

Je secouai la tête et cachai comme je le pouvais mes traits sous la visière de ma casquette, mais les filles se faisaient de plus en plus insistantes, attirées par mon attitude de rock-star qui cherche à conserver l'anonymat. Toutes jacassaient et riaient dans leurs mains, folles de joie d'être à moins d'un mètre d'un acteur célèbre. Je ne savais plus comment m'en sortir et l'attroupement venait d'attirer l'attention des vigiles.

Tobey me sauva. Il brisa le cercle de mes fans hystériques et me poussa discrètement en dehors.

– *Oh my god, you recognised me !* dit-il dans une pose théâtrale, la main sur le cœur.

De sa main libre, il avait au préalable glissé dans ma poche quelque chose que je reconnus du bout des doigts : les clefs de sa voiture. Je le regardai entraîner la basse-cour à l'autre bout de la terrasse sous la surveillance amusée des gardiens, et j'en profitai, dans un élan d'inconscience, pour embrasser Meredith. Cette fois, elle ne me repoussa pas : elle aussi avait *besoin* de ne plus penser au danger, de se moquer du risque.

– La voiture est dans le parking proche du traiteur indien, dit-elle.

Ses derniers mots étaient ceux d'une complice ; c'était sa façon de me soutenir.

– Vingt-six heures, mon amour, lui répétai-je : c'est promis.

Elle sourit pour me faire oublier les larmes qui naissaient dans ses yeux et j'en profitai pour graver ce beau visage dans mon esprit et m'éclipser.

25

– JE N'AURAIS JAMAIS PU être une icône hollywoodienne, vraiment. C'est épuisant. Figure-toi qu'elles...

Tobey, de retour de son immersion nippone, laissa sa phrase en suspens et jeta un coup d'œil autour d'eux.

– Pouf, disparu ! Ton mari, c'est David Copperfield... Tant mieux, je n'étais pas tranquille de le savoir ici, à la merci d'un flic ou d'un gardien qui se serait méfié de notre manège.

Meredith acquiesça sans un mot et ferma les yeux. Le vent s'était renforcé et, en l'absence de Jamie, le toit du building, les gens, même les éléments lui paraissaient maintenant hostiles. Son angoisse se libéra avec les larmes. Tobey la prit dans ses bras sans jouer la comédie : comme un ami. Il l'entraîna à l'écart de la foule et saisit le visage de la jeune femme entre ses mains.

– C'est un type intelligent et droit, dit-il d'une voix profonde et convaincante. Comme il est droit et qu'il te l'a promis, il va revenir dans vingt-six heures, et comme il est intelligent, il va même revenir avant. Alors arrête de pleurer, rien ne m'énerve plus qu'une fille qui pleure : j'ai l'impression de la rendre malheureuse. Ce serait bien la première fois en trente-huit ans, je te le promets.

Meredith releva la tête, honteuse d'avoir craqué.

– Mais toi, dit-elle en s'essuyant les yeux, tu n'es pas un mec droit, alors quand tu promets…

– Tu dis n'importe quoi. Je ne comprends pas pourquoi les filles se font toujours de mauvaises idées à mon sujet. Allez viens, on va prendre un verre, j'ai plein de choses géniales et très vraies à te raconter sur moi – sous le sceau du secret, bien sûr.

Ils descendirent jusqu'au niveau de l'ascenseur.

– Cela dit, même si tu ne crois pas un mot de tout ce que je vais te dire, fais semblant et restons amis, parce que je te rappelle que je n'ai plus de bagnole et que tu dois me ramener chez moi.

Les portes de l'ascenseur s'ouvrirent, ils se calèrent au fond de la cabine. Elle s'adossa à la paroi sans accorder la moindre attention au décor.

– Tobey, pourquoi mon mari s'est-il foutu dans une telle merde ? Qu'est-ce qui s'est passé ? J'ai l'impression qu'on vit dans un cauchemar, et…

– Toi aussi ? Mais c'est une obsession, dans ce couple ! Dès que la vie ne va pas comme vous voulez, vous refusez d'admettre qu'il s'agit de la réalité.

Elle le dévisagea : pour la première fois, elle ne savait pas s'il plaisantait.

Ils se turent pendant la descente et, lorsqu'ils furent attablés dans un café proche, elle reprit la conversation là où ils l'avaient laissée.

– Qu'est-ce que tu as voulu dire avec ce refus de la réalité ? Tu ne crois quand même pas que Jamie a *vraiment* tué cette femme ?

Tobey se borna à soupirer profondément. Meredith reposa sa tasse, stupéfaite.

– Hé, réponds vite parce que là, je crois que je suis effectivement en train de me faire de très mauvaises idées à ton sujet…

– Bon, tu veux qu'on parle sérieusement ? Sans détour ?

Elle se redressa et fit un simple signe de tête pour l'engager à poursuivre. Les mots de Tobey, ceux qu'elle venait d'entendre et ceux qu'elle redoutait, déstabilisaient ses fragiles remparts et l'obligeaient à se ressaisir. Finies, les larmes et la tête posée sur une épaule réconfortante. Tobey sentit sans doute qu'elle était prête et se lança.

– Avant tout, prit-il la précaution de dire, je te rappelle que Jamie est mon ami. Ami, ça n'est pas un mot en l'air, c'est quelque chose de…

– Abrège, coupa Meredith. Je ne suis ni débile ni en porcelaine. On a dit qu'on parlait franchement et sans détour, alors vas-y.

– Écoute, dit-il, tu sais comme moi que Jamie a vécu un traumatisme terrible il y a six ans, et que…

– Tobey ! s'emporta Meredith, à bout de patience. Tu te fous de moi !

Ce fut le tour de son ami de s'emporter.

– Tais-toi et écoute ce que j'ai à dire. Son traumatisme est loin d'être résolu, tu es bien placée pour le savoir : pas plus loin qu'avant-hier, il ne t'a pas reconnue, Meredith. Ce n'est pas anodin, tu comprends, ça ? Ne pas reconnaître sa femme et ses propres gosses ! Ça veut dire que les tentacules de son choc peuvent s'étendre loin dans le champ de son cerveau, et que l'amnésie peut frapper un peu partout.

Meredith eut peur de comprendre.

– Partout… tu veux dire… il pourrait avoir oublié ce qu'il a fait ? Même…

– Même ça, oui, confirma Tobey.

Il ne la quitta pas des yeux pendant qu'elle enregistrait le message et enfonça le clou.

– Même un meurtre. Il *peut* avoir oublié qu'il a *tué*.

La jeune femme ferma les yeux et lissa lentement ses cheveux vers l'arrière.

– Si c'est le cas, reprit le psychologue, on aura des arguments solides pour le protéger devant un tribunal et…

– … Et éviter le pire, c'est ça ?

Tobey chercha à se rattraper. Il était peut-être allé trop loin et avait surestimé ce qu'une épouse était capable d'accepter.

– On n'en est pas là, dit-il. Et je peux me tromper. Pour l'instant, on lui fait confiance, d'accord ?

Elle se pencha vers lui. Son beau visage, d'habitude doux et souriant, s'était mué en un masque de colère.

– Pas « pour l'instant », Tobey : jusqu'au bout. Tu fais ce que tu veux, tu penses ce que tu veux, mais moi, je lui fais confiance depuis le début et jusqu'au bout. C'est normal : je suis sa femme. Son alliée. Un peu comme devrait l'être son ami, ajouta-t-elle sans le quitter des yeux.

– Ça va, dit-il, j'ai juste essayé de jouer au psy pendant deux minutes, tu pourrais faire semblant d'y croire, non ?

Pour une fois, la plaisanterie ne prit pas. Elle enfila son blouson et ils se levèrent sans un mot de plus.

– Tu sais quoi ? finit-elle par dire au moment où ils sortaient du café. Tu as raison : on se fait des idées fausses à ton sujet. Et pas seulement les filles. Allez, dit-elle en marchant devant lui, viens, je te ramène.

26

MANUEL RIBEIRO verrouilla les portières de sa berline rutilante et longea Marcus Garvey Park jusqu'à la 124e Rue Est. Il monta les marches d'une belle maison en briques sombres, une de ces *brownstones* du dix-neuvième siècle qu'on trouvait plutôt du côté d'Audubon Terrace, Hamilton Heights ou Strivers Row. Après avoir fait l'élégance du Harlem du siècle dernier, elles étaient à nouveau prisées depuis la *gentrification* de Harlem, cette réhabilitation qui avait attiré les classes aisées. Aisé, il l'était, Manuel Ribeiro, et il avait réussi le tour de force d'acheter cette demeure dans le district sans s'expatrier au nord de la 130e Rue, dans le West Harlem ou le Central Town. Il ne voulait même pas d'Astor Row, non, il voulait être près du parc, le plus près possible de l'Upper East Side mais sans y être, à la limite de l'argent propre, comme si la respectabilité allait déborder les frontières pour marquer d'un sceau lumineux sa maison et ses activités.

Il gravit les quelques marches en deux enjambées nerveuses, ouvrit la porte et entra chez lui. Maria descendait de l'étage. Elle s'approcha de lui.

– Elle est là ? demanda Ribeiro.

La gouvernante se contenta d'acquiescer.

– Où ?

– En haut, je l'ai couchée. Dans la chambre jaune, précisa-t-elle.

La chambre jaune. Celle de sa propre fille, il n'y avait pas si longtemps. Ribeiro chassa l'image d'Inès, il n'était pas prêt à l'affronter, pas plus que ses remords, ni le bilan que tenterait de faire tout père à la mort de son enfant. Après la visite des flics, il était passé par tous les stades : l'effondrement, la rage, le refus – et s'était arrêté là. Il s'était figé dans cette position et avait réglé ses affaires comme un automate jusqu'au moment de partir.

Genna avait passé la tête par la porte de son bureau au moment de partir :

– Embrassez la petite Teresa pour moi, monsieur Ribeiro.

S'était-elle livrée à cet exercice par pure cruauté, ou s'était-elle prise d'affection pour la petite ? Sans doute les deux. Il avait alors recommencé à se ronger les sangs, obsédé par le sort de sa fille et celui de l'enfant, qui dépendait maintenant de lui.

Pour l'instant, aucune démarche judiciaire n'avait été entreprise pour Teresa. Peut-être la police et l'administration elles-mêmes ne savaient-elles pas encore qu'Inès était mère et qu'il fallait se préoccuper de l'orpheline. Cela dit, s'il voulait la garder, il fallait anticiper la justice, qui allait sans doute lui enlever la gamine avant de statuer sur son sort. Il avait appelé son avocat dans la foulée qui lui avait promis de s'en occuper séance tenante. En attendant, oui, il avait le droit de garder l'enfant chez lui, il en avait même le devoir puisqu'il en était officiellement le grand-père, seul lien familial connu, et que la mère la lui avait confiée avant de mourir.

– Elle a mangé ? demanda-t-il.

Maria toisa son patron, vexée. Depuis la mort de la *señora* Rosalinda, elle s'occupait de tout, et plutôt bien – alors s'occuper d'une petite fille…

– Vous croyez que je l'aurais mise au lit sans la nourrir ?

Elle haussa les épaules et s'éloigna.

– Heureusement qu'il y a une femme, dans cette maison.

Ribeiro sourit. Sur ce point, il était bien d'accord avec elle. Maria s'arrêta sur le seuil de la cuisine et se retourna.

– Roberto est ici. Il vous attend dans votre bureau.

Ribeiro rejoignit son homme de main. Roberto était immobile, debout, au milieu de la pièce. Dans la pénombre du bureau, dont les rideaux étaient toujours fermés alors que les fenêtres donnaient sur le jardin, à l'arrière, il paraissait encore plus émacié qu'en plein jour. La cicatrice luisait à la seule lumière de la lampe posée sur la table.

– Pourquoi tu ne t'assieds pas, Roberto ? Je te l'ai déjà dit : tu peux t'asseoir, même si je ne suis pas là.

Roberto aurait même pu s'installer dans le fauteuil du boss et feuilleter les comptes de la maison : Ribeiro avait une confiance aveugle en ce type qu'il connaissait depuis l'enfance. Roberto était débrouillard, intelligent et dévoué comme personne – une qualité rare, dans le milieu des seconds couteaux paumés et merdeux qui retournaient leur veste et changeaient de patron pour cent dollars. Roberto n'était ni paumé ni merdeux et c'était plutôt une fine lame, prêt à prendre l'expression au pied de la lettre et l'illustrer au premier degré, sur un simple mot de celui qui l'avait recueilli quand sa famille avait baissé les bras.

Il prit place dans un fauteuil, face à Ribeiro. Son regard fuyait, il semblait mal à l'aise.

– La petite t'a suivi sans problème ? demanda son boss.

– Sans problème, monsieur. Elle est gentille. Elle est juste timide…

Il savait de quoi il parlait.

– Tant mieux, Roberto. Tant mieux, si elle est gentille. Tu n'avais pas besoin de m'attendre, tu aurais pu rentrer, Maria était là pour rester avec elle.

– Il fallait que je vous parle.

– De quoi ?

– De ce que vous m'avez demandé tout à l'heure. Pour votre fille.

Ribeiro se redressa. Décidément, l'efficacité de ce garçon l'étonnerait toujours. Roberto baissa les yeux et se concentra sur le tapis, sans savoir par où commencer.

– C'est triste, ce qui s'est passé, finit-il par dire.

Ribeiro ferma les yeux et serra le poing autour d'un briquet en métal. Dans les mots d'un autre, la mort de la jeune femme reprenait toute son intensité et la douleur en était ravivée.

– Je t'écoute, dit-il dans un raclement de gorge.

Lorsque Roberto eut fini, Ribeiro se leva comme s'il tentait de s'extraire d'un cauchemar. Il fit le tour du bureau et se planta devant celui qu'il considérait comme son protégé. Pas son fils, mais presque. Il l'observa quelques instants avec attention, puis, avec une vitesse stupéfiante, il lui décocha une gifle qui fit perdre son équilibre au jeune homme.

Roberto se redressa sans broncher. Il l'avait mérité, bien mérité. Il avait maintenant la conviction d'avoir blessé son patron et, s'il avait osé, il lui aurait demandé de le gifler une seconde fois.

Ribeiro passa furtivement la main sur la joue cuisante du garçon, puis détourna le regard.

Il avait entendu beaucoup de choses dans sa vie. Et il pouvait en entendre beaucoup, encore. C'est pour cette raison qu'il n'avait pas cillé quand Roberto lui avait rappelé le mariage de sa fille, dix ans plus tôt, puis la naissance de Teresa, dont Inès lui avait toujours caché le nom du père. Il s'était certes crispé en apprenant que sa fille avait été considérée comme morte dans les suites d'un accident, et que le type, un chirurgien, s'était remarié alors qu'Inès végétait au bord d'une seconde existence misérable et « clandestine ».

Puis quelques mots avaient suffi pour basculer dans l'inacceptable. Le rendez-vous dans un hangar. Un chantage exercé sur ce type, parce qu'elle avait *besoin d'argent*. Inès morte, le type en fuite. Tout mais pas ça. On ne disait pas à un père – surtout un père latino et, comble de tout, plein aux as – que sa fille avait crevé parce qu'elle avait eu besoin de fric.

Il s'éloigna vers le portrait d'une femme brune au port de tête altier. Inès en avait hérité. Il contempla son épouse défunte et songea au fait qu'il avait vécu sa mort avec plus de distance que celle de sa fille. Y avait-il un effet cumulatif ? Une peine, plus une peine, plus une peine… Au bout du compte, ça commençe à peser. Sa sœur aussi était morte trop tôt. Les femmes de sa famille, *ses* femmes, mouraient toutes trop tôt, trop violemment, comme si elles s'emportaient une dernière fois contre lui et ses frasques avant de disparaître.

Il se retourna. Roberto le regardait de ses petits yeux, renfoncés, pénétrants.

– Comment il s'appelle, Roberto ? Comment il s'appelle, ce *hijo de puta* ? Tu le sais ?

– Byrne. James Edward Byrne.

– Tu sais où il est, en ce moment ?

– Pas encore. Il se cache. Mais je vais chercher. Je sais qu'il s'est rendu au... bureau de votre fille. Il a parlé à sa collègue, précisa Roberto sans s'étendre sur l'exercice professionnel d'Inès. Je vais encore me renseigner et je vais le trouver.

Ribeiro s'approcha de lui à nouveau. Roberto se leva spontanément. Son patron lui prit le visage entre ses mains.

– Je te fais confiance. Tu vas le trouver. Et tu me le ramènes. Il faut... que je lui parle, tu comprends ?

Roberto se contenta d'acquiescer, le regard brillant, débordant de reconnaissance.

Au même instant, le téléphone portable de Ribeiro sonna. Il s'en empara : le numéro du correspondant ne s'affichait pas. Roberto se retirait déjà vers la porte, son boss lui fit signe de rester.

– Oui ?

– Monsieur Ribeiro ?

Ribeiro hésita.

– Qui êtes-vous ?

– Je suis un ami de votre fille. J'aimerais vous parler.

– Je n'ai pas compris votre nom.

Un silence les sépara.

– Je m'appelle Byrne. James Byrne. Je connaissais très bien votre fille. J'ai... j'ai partagé ma vie avec elle. Je ne sais pas ce que vous savez ou ce qu'on vous a dit de moi, mais je crois qu'il faut qu'on se parle.

S'il avait pu, Ribeiro aurait éclaté de rire, nerveusement. Il n'avait pas l'habitude de ce genre de situation si facile, si ridiculement facile. Dans sa vie, dans son job, tout était au contraire compliqué, une chose en signifiait une autre, il fallait toujours s'attendre à ce que les événements prennent un mauvais virage, jamais comme on s'y attendait. Alors que là, c'en était indécent, tant c'était simple : il parlait d'un homme, cet homme appelle. Il voulait le trouver, cet homme voulait le voir.

Son interlocuteur reprit la parole.

– *Il faut que je voie ma fille. Teresa. Elle a besoin de moi, je suis son père.*

Sa fille. Maintenant, il voulait voir sa fille. Bien sûr.

Fils de pute.

Viens.

– Ça me ferait plaisir de rencontrer quelqu'un qui l'a appréciée et connue, dit-il en se contrôlant autant que possible.

En un instant, le rire avait fait place à la haine.

– *Je peux vous expliquer beaucoup de choses, monsieur.*

– Tant mieux. J'ai beaucoup de questions.

– *Monsieur Ribeiro ?*

– Oui ?

– *Je ne l'ai pas tuée. Je ne sais pas ce qu'on vous a dit, mais ce n'est pas moi, et je vais le prouver. Mais j'ai besoin de vous pour ça, et vous avez besoin de moi si vous voulez aussi retrouver le meurtrier d'Inès. J'ai une piste sérieuse. Moi, ce que je veux, c'est retrouver ma fille.*

Ribeiro acquiesça en silence.

– Venez me voir, proposa-t-il. J'aime votre franchise. On va parler.

– *Demain matin ?*

– Parfait. Ici, chez moi : 12, 124e Rue Est.

– *À neuf heures ?*

– À neuf heures.

– Monsieur Ribeiro ?

– Je vous écoute toujours.

– Vous n'appellerez pas la police, n'est-ce pas ?

– Vous l'avez dit : chacun a besoin de l'autre.

– À demain.

Le type avait raccroché. Ribeiro leva les yeux sur Roberto.

– J'ai encore besoin de toi, ce soir.

Roberto l'écouta, attentif.

– Tu pars dans un quart d'heure. Avec la petite. Je ne veux pas qu'elle reste ici.

– Où ?

– Au bord de la mer.

Il sortit du bureau sans plus d'explication et monta l'escalier.

Il s'arrêta un instant devant la chambre jaune et hésita avant d'entrer. À peine avait-il poussé la porte qu'un froissement de draps se fit entendre.

– Maman ? dit une voix enfantine.

Ribeiro s'avança dans la pénombre et s'assit au bord du lit. Teresa se réfugia contre le mur, le plus loin possible de son grand-père.

– Teresa, dit-il d'une voix aussi douce que possible.

La petite se mit à pleurer.

– N'aie pas peur, c'est moi, ton grand-père.

Ribeiro tendit maladroitement une main, la gamine retira la sienne précipitamment. Ses sanglots redoublèrent.

– Teresa, ça suffit ! s'emporta Ribeiro.

La gamine étouffa ses pleurs dans l'oreiller, terrifiée. Son grand-père regarda autour de lui, comme s'il cherchait une solution. Il se calma et reprit sans élever la voix :

– Viens, lève-toi, il faut que tu t'habilles. Tu vas partir.

– Je vais voir maman ? demanda la gamine, pleine d'espoir.

– C'est ça, finit par mentir Ribeiro, à court d'arguments. Tu verras maman. Mais pas tout de suite.

Teresa s'assit sur le lit. Ses yeux rougis brillaient dans l'obscurité.

– On part maintenant ?

– Oui, répondit-il. Maintenant.

Il redescendit avec la petite enveloppée dans sa propre robe de chambre. Maria déboula dans le hall, inquiète.

– Mais qu'est-ce qui se passe ? dit-elle se précipitant vers l'enfant. Pourquoi tu ne dors pas, ma beauté ?

Ribeiro l'écarta d'un geste.

– Elle s'en va. Elle part avec Roberto dans les Hamptons. Toi aussi, Maria. Tu restes avec elle, là-bas.

La femme s'empressa de prendre la fillette dans ses bras et remonta pour l'habiller convenablement. Elle marmonna jusqu'au premier palier et disparut dans la chambre à coucher.

Ribeiro s'adressa à Roberto, immobile devant la porte du bureau.

– Tu les emmènes, tu les confies à Bill, tu vérifies qu'elles sont bien installées et tu reviens. J'ai besoin de toi ici, ensuite. Demain matin, à neuf heures. On a rendez-vous.

– Je reviens cette nuit, précisa le jeune homme. Je serai là.

27

JE RACCROCHAI, pliai le précieux papier trouvé dans le sac d'Inès et sur lequel elle avait griffonné les numéros de téléphone de « MR », et glissai dans ma poche le portable à carte prépayée que je venais d'acheter. Une carte similaire à celle que j'avais postée cet après-midi.

Je fis démarrer la vieille Chevrolet de Tobey et roulai sur Park Avenue sous l'emprise d'une substance virtuelle – c'était peut-être ce que l'on appelait trivialement le « feu sacré » qui animait un homme prêt à tout pour sauver ce qui comptait le plus au monde pour lui : les gens qu'il aimait et leur unité – jusqu'à ce que les bâtiments du Mount Sinaï Hospital se dressent devant moi au-delà de la 99e Rue.

Je ralentis, tournai à droite et m'arrêtai devant l'entrée du parking souterrain. Le cœur battant, je présentai mon badge devant la borne de reconnaissance électronique. Le maudit panneau métallique me semblait mesurer des kilomètres aujourd'hui et n'en finissait plus de coulisser sur son rail pour me laisser entrer. Il manquait encore un bon mètre pour que le véhicule puisse passer, et je tournai la tête vers l'entrée.

Au moment précis où Faye Collins, l'infirmière en chef de mon service, longeait la 99e Rue. Et se dirigeait droit vers moi.

Je maudissais le zèle et les habitudes professionnelles de cette femme qui trouvait le moyen de quitter son service aussi tard. Je rentrai la tête dans les épaules, fouillai frénétiquement dans la boîte à gants dans l'espoir d'y dénicher une paire de lunettes de soleil – dont personne n'aurait eu besoin au mois d'avril à New York, alors qu'il était plus de dix-neuf heures. En vain, de toute manière. Faye approchait à grandes enjambées et, si je forçais le passage, j'y laisserais un phare, une aile et deux portières, c'était certain. La voiture de Tobey n'avait pas besoin de cela pour être déclarée comme épave, mais la décision d'accélérer les choses ne m'appartenait pas. Je serrai le volant à m'en faire blanchir les articulations.

Faye contourna l'arrière du véhicule sans prêter attention à son conducteur. Je jetai un coup d'œil dans le rétroviseur latéral gauche, le cœur battant : au moment de poser le pied sur le trottoir, elle trébucha. Je réfrénai *in extremis* le réflexe de sortir la rattraper alors qu'elle manquait s'étaler de tout son long. Elle leva alors les yeux sur la voiture qui l'avait obligée à quitter le trottoir. Je croisai son regard une fraction de seconde dans le rétroviseur. L'échange visuel dura un tout petit peu trop longtemps pour que je puisse être certain qu'elle ne m'avait pas reconnu. Je tournai la tête : le portail était à présent ouvert et je démarrai sans tarder.

Je progressai dans les allées du parking, en sueur. Je laissai la voiture tout près de la sortie qui m'intéressait : celle qui donnait sur l'East Building, que je traversai le plus tranquillement possible. Je sortis du bâtiment, courus sur Madison Avenue et profitai de l'ouverture d'une livraison de matériel pour me glisser dans le KCC, le Klingenstein Clinical Center.

J'empruntai la cage d'escalier pour éviter une rencontre inopportune et grimpai jusqu'au septième étage. Je travaillais dans le Guggenheim Pavilion, il était donc peu probable que dans le KCC je croise des visages connus. De toute manière, à cette heure, j'avais peu de chances de rencontrer quiconque d'autre que des infirmières de nuit ou de jeunes médecins de garde pour lesquels j'étais sans doute un parfait étranger, surtout sans ma blouse. Je n'étais pas certain que l'habit fasse le moine, mais la blouse faisait sans l'ombre d'un soupçon le médecin. Et curieusement, on peut alors se trouver à vingt centimètres d'une personne qui travaille dix heures par jour à votre côté et ne pas la reconnaître, simplement parce qu'elle est en tenue civile. Ce soir, ça m'arrangeait particulièrement.

Je quittai la cage d'escalier après m'être assuré que le chemin était libre et longeai le couloir silencieux : les pièces avaient été converties en chambres de garde. Ici, personne ne se soucierait des allées et venues d'un médecin parmi tant d'autres. J'y patienterais quelque temps avant de me faufiler jusqu'à mon bureau, dans le Guggenheim Pavilion.

Je m'arrêtai devant la porte 8 : la chambre dévolue à mon service – à moi, en réalité, puisque presque aucun de mes collaborateurs ne l'utilisait. Il m'était arrivé, en revanche, de m'en servir lorsqu'une opération de chirurgie maxillo-faciale compliquée me retenait au bloc très tard et qu'il me semblait judicieux de rester près de mon malade pendant les quelques heures qui suivaient l'intervention. J'ouvris la porte avec précaution : la chambre était vide. Je m'y glissai et refermai avec soin – et à clef. Je tirai le rideau opacifiant et allumai la lampe de chevet. Je reconnus un lit simple, une table, une chaise et une armoire où je trouvai une couverture supplémentaire, une serviette rêche mais propre, la blouse d'une consœur et un pyjama plié. C'était spartiate, mais je préférais encore cet univers qui m'était familier à la désagréable obligation de dormir dans un hôtel anonyme et triste à quelques pas de chez moi, comme cela avait été le cas la veille. Et pour exécuter mon plan, je n'étais nulle part mieux placé qu'ici, dans cet hôpital.

Je posai sur la table de nuit le téléphone portable, le chargeur et réglai l'alarme pour qu'elle sonne à quatre heures du matin. Je luttai pour ne pas m'allonger immédiatement et enfin détendre mon corps endolori. Je réalisai combien chaque muscle, chaque membre, la nuque, tout était tendu et dur, bien plus que si j'avais passé ma journée penché sur le billard. Mais il valait mieux commencer par faire ce que j'avais à faire, puis prendre un peu de repos et partir bien avant l'arrivée des équipes soignantes de jour, susceptibles de me reconnaître. Je quittai mes vêtements que je fourrai dans le sac, j'enfilai à la va-vite le pyjama et la blouse, ouvris la porte et me glissai prudemment dans le couloir désert.

28

TONY RENO – oui, comme la ville, marmonnait-il régulièrement quand on lui demandait d'épeler son nom – n'en pouvait plus de ce poste. Des jours et des jours, comme ça, assis dans sa guitoune, ce cube de verre au milieu d'un cube plus grand fait de tôle et de béton, à quelques mètres seulement de la lumière du jour mais séparé d'elle par deux cloisons, non, vraiment, ça devenait insupportable. Bien sûr que c'était autrement insupportable de ne pas avoir de quoi nourrir sa femme et ses gosses, mais jusqu'à quand cela justifierait-il qu'il étouffe là-dedans à compter les voitures qui entrent et sortent comme un autre compterait les moutons pour s'endormir ? On n'en était plus à l'endormissement depuis belle lurette : il avait le sentiment de friser le coma tant il s'ennuyait, affalé dans son fauteuil – pivotant, le fauteuil, histoire de pouvoir se bercer du bout de la chaussure, des fois que la tâche ne serait pas assez soporifique.

Ce matin, un événement renversant était venu troubler le déroulement résolument palpitant de sa vie professionnelle : on avait fait circuler une alerte et on réclamait de sa part une vigilance accrue – si c'était encore possible, bien sûr. Quand son responsable avait déboulé dans l'habitacle pour lui tendre la feuille d'alerte, tremblant, il avait failli éclater de rire. L'enjeu était de taille, en plus : il s'agissait d'entrer dans l'ordinateur les coordonnées d'un badge, celles d'un médecin. Un chirurgien, plus précisément. Ordre des flics, va savoir pourquoi. Et on s'en fichait copieusement, mais pour une fois qu'il y avait un peu d'animation, une petite accélération dans le rythme – un bien grand mot… – affligeant de son existence de gardien de parking, il n'allait pas laisser passer ça. Il avait donc entré ces coordonnées dans sa bécane : ainsi, si le badge passait devant une borne à l'entrée ou à la sortie du parking, la machine le signifierait sur l'écran. Un carré rouge qui clignoterait en plein centre, avec le nom et le numéro du badge.

Alors, quand le carré apparut, à 19 h 08, devant son regard mi-clos de batracien qui somnole, il eut du mal à y croire. Il se redressa péniblement sans quitter l'écran du regard.

Un fait inattendu, pour lui, rien que pour lui, à l'instant. C'était inespéré et en même temps peu crédible. Pourtant… Il interrogea la machine par un autre biais avant d'avoir la confirmation : un certain Dr James Byrne, chirurgien maxillo-facial et spécialiste en reconstruction du visage, venait de présenter son badge devant la borne et d'entrer dans le parking. L'alerte informatique avait fonctionné. Tony avait si peu prêté attention à ce que lui avait dit son chef qu'il ne savait même pas ce qui valait à ce toubib d'être surveillé de la sorte. Qui fallait-il prévenir si l'alerte fonctionnait ? Il fouilla au hasard entre les canettes de Coca et les cartons de pizzas et de hamburgers ; rien à faire, la feuille de consignes avait disparu ou sombré dans un flot d'huile piquante et de ketchup. Cette fois, Tony était parfaitement réveillé ; c'était peut-être le moment de faire fonctionner les neurones qui lui avaient servi à enregistrer quelques principes lors de sa formation professionnelle.

Première chose : noter le nom, l'heure et la borne concernée.

Ensuite, appeler le poste de sécurité de l'hôpital, dans le pavillon Guggenheim.

– *Ouais*, lui répondit-on avec courtoisie.

Tony ne connaissait pas un seul des types du poste. Forcément, l'actualité brûlante du parking ne les avait pas souvent mis en contact.

– Bonsoir, je suis dans le box de surveillance du parking, dit-il. Dans la 99e.

– *On sait*, répondit la voix, *ton numéro s'affiche.*

Il ne parvenait pas à distinguer s'il s'agissait d'une homme ou d'une femme à la voix grave – une fumeuse, peut-être.

– On m'a demandé de surveiller les…

– *… c'est un peu ton boulot.*

Tony inspira profondément pour se calmer plutôt que voler dans les plumes de cet âne, à l'autre bout du fil. C'était aussi pour ça qu'il détestait ce job : on finissait par préférer bosser tout seul, ici. Quelques mois de plus ici et il finirait asocial et léthargique.

– On m'a demandé de surveiller les entrées et sorties au cas où un toubib de l'hôpital se pointerait, dit-il d'une traite, lentement, pour marquer son agacement.

Son interlocuteur ne l'interrompit pas, cette fois.

– Il vient de faire passer son badge devant la borne, à l'entrée. Il est dans l'enceinte de l'hôpital.

– *C'était quand ?*

– Il y a moins d'une minute. Bientôt plus, si tu continues à me couper la parole et si tu m'obliges à répéter.

Silence en retour.

– *Le Dr Byrne ?* finit-il par entendre à l'autre bout de la ligne.

– Oui, confirma Tony. Attends, je vois des mouvements sur l'écran 4. Plusieurs personnes reviennent vers leurs voitures, mais une seule est en sens inverse et se dirige vers une sortie piétonne ; c'est un homme. Il est plutôt grand, brun je crois, cheveux courts. Jogging clair, casquette. Il va emprunter la porte du fond pour entrer dans l'East Building.

– *Merci*, conclut la voix en raccrochant.

Dans le poste de sécurité, l'agent se leva d'un bond. Il se précipita vers les écrans de surveillance de l'East Building. D'un bouton, il orienta la caméra vers les portes vitrées. Un œil sur l'image, il composa un numéro.

– Monsieur ? Lenny, au poste de sécurité. Je crois que le Dr Byrne a été repéré. Il a garé son véhicule au parking et… Le voilà, je le vois, il est dans le hall de l'East Building, il va en sortir… Le champ de vision de la caméra ne dépasse pas le trottoir, mais j'ai l'impression qu'il va traverser Madison Avenue.

– *Je préviens la police, ils vont cadrer le quartier,* répondit son supérieur. *Il va peut-être entrer dans le bâtiment principal, de l'autre côté de l'avenue. Restez à votre poste, on ne sait pas s'il est armé, et suivez-le sur vos écrans. Vous m'avez compris, Lenny ? Ne jouez pas à Rambo avec un canif.*

Lenny opina du chef sans hésiter : avec son gabarit de crevette, il n'avait pas eu la moindre intention de neutraliser ce type plus jeune et plus sportif. Le dernier argument de son chef avait probablement fait fondre en lui toute intention belliqueuse, si d'aventure elle avait vu le jour.

– Je viens de l'épingler avec la caméra placée à l'entrée du KCC, monsieur.

– *Contentez-vous de le suivre du regard, d'une caméra à l'autre.*

– Oui, monsieur.

Il raccrocha, se précipita devant l'écran et jura : il venait de le perdre. Il fit pivoter la caméra sur 360e : plus de jogging blanc ni de casquette. Il pivota encore et s'arrêta sur l'ascenseur. Bien sûr. Il zooma et les cristaux liquides, flous, apparurent : l'ascenseur montait, et finit par s'arrêter au quatrième étage. Puis il reprit sa course et marqua encore un arrêt au sixième, puis au septième étage. Au même instant, deux collègues entrèrent dans le box.

– On a eu un appel du chef, dit l'un, massif et le visage luisant. Il paraît que le Dr Byrne est dans la maison ?

Il avait prononcé le nom avec une certaine déférence. Comme beaucoup, ici, il devait probablement l'apprécier – un type sympa, ce Byrne, plutôt souriant, toujours un mot gentil au passage. Pas le profil du meurtrier, vraiment pas. Même si les gueules patibulaires, avec un « TUEUR » en lettres grasses sur le front, ne se rencontraient même plus dans les mauvaises séries policières et qu'il n'y avait plus de profil type, tous avaient eu du mal à y croire quand on les avait informés de la situation.

– Oui, il est revenu il y a quelques minutes, je l'ai perdu dans le hall, mais j'ai repéré les stops de l'ascenseur…

– Parce que tu crois qu'il est assez con pour prendre l'ascenseur ? Même les boutons vont le reconnaître !

– Il a dû prendre l'escalier, mais si on doit fouiller tous les étages…, intervint le troisième, un rouquin mal assuré.

– On n'a pas le choix, dit l'autre : on *va* fouiller tous les étages. Prévenez tout le monde, le chef nous envoie du renfort.

29

Je longeai les couloirs en évitant soigneusement toute rencontre jusqu'au Guggenheim Pavilion et profitai de l'occupation des infirmières de nuit, qui venaient d'arriver, pour me glisser dans mon bureau. Je tentai d'oublier mon estomac qui manifestait bruyamment sa vacuité et m'assis à mon bureau.

Jamais mon ordinateur ne m'avait paru aussi lent. Je contrôlai autant que possible les battements de mon cœur, l'œil rivé à la porte, et me connectai enfin au réseau intranet.

Le fichier inter-hospitalier : voilà sans doute l'unique bonne idée qui avait traversé mon esprit ballotté par les événements durant les vingt-quatre dernières heures. Fouiller dans le fichier qui répertoriait et archivait le parcours médical de tous les patients qui avaient transité par les hôpitaux de la ville de New York et ses principaux districts. Et si je n'y trouvais pas d'informations sur Manuel Ribeiro, dont je ne savais presque rien, il me resterait une dernière chance : depuis mon poste informatique, j'avais accès au réseau de Medical Care, le service de santé publique américain, et les informations individuelles qu'il contenait : état civil, adresses… Le risque de revenir ici en valait la chandelle, par conséquent.

La page d'accueil du fichier apparut. Je m'apprêtais à attaquer le clavier quand une douleur vive me transperça l'avant-bras et un fluide glacial sembla envahir les muscles jusqu'à l'épaule, sans autre explication que celle que m'avait fournie Tobey. Encore une délicatesse de mon cerveau qui ne se privait pas de fouiller dans ma mémoire pour y dénicher le souvenir d'une douleur ancienne, alors qu'il m'avait privé de celui de ma propre famille. Je me massai et dus attendre que le mal disparaisse pour me concentrer sur l'écran.

Je tapai fébrilement les premières lettres du nom, puis je suspendis mon geste. J'hésitai un court instant, effaçai et recommençai pour inscrire un autre nom. Je déglutis péniblement : la nouvelle recherche que j'entamais me semblait soudain plus urgente que tout, et son résultat me promettait le meilleur ou le pire sur mon état mental et la réalité de ce que je vivais. Il pouvait ébranler toutes mes certitudes, me mettre à plat comme il pouvait me soulager d'un immense poids et me donner le courage d'aller jusqu'au bout.

Les lettres s'affichèrent sur l'écran :

Nom : Byrne
Prénom : Meredith

Je cliquai sur *Envoyer.*

Je fermai les yeux et, lorsque je les ouvris, il me sembla que le poids du monde se retirait de mes épaules.

Byrne Meredith – Nom de jeune fille : Lee
Date de naissance : 30 mai 1977
Profession : commerçante

Suivaient ensuite les coordonnées et les antécédents médicaux de ma femme – ma *femme*. C'est tout ce que je retenais des maigres données délivrées par l'ordinateur. Meredith n'était pas une apparition trompeuse, un imposteur, une morte vivante ressuscitée, un ultime faux-semblant de ma vie décomposée. Mon amour n'en prit que plus de force, et je ne rêvai que d'une chose : la retrouver, rassembler les morceaux de ma famille disloquée et oublier ces terribles moments.

Je me rappelai alors le but initial de ma démarche. Je rafraîchis l'écran et entrai le nom et le prénom de l'homme dont il me fallait apprendre et noter tout ce que les fichiers me dévoileraient : Manuel Ribeiro.

Je relevai alors la tête et me figeai instantanément : des bruits provenaient du couloir.

Je refermai l'ordinateur d'un geste vif et m'approchai du seuil. Je distinguai des voix depuis le bout du couloir en L. J'entrouvris ma porte et me glissai jusqu'à l'angle : devant le premier bureau, deux policiers parlaient à un homme. Je rebroussai chemin et refermai sans bruit, tétanisé. M'avait-on reconnu ? Repéré ? Je me coiffai précipitamment d'un bonnet en papier que je trouvai dans un tiroir et saisis mon sac et mon courage à deux mains.

Je fermai les yeux, inspirai profondément et ouvris la porte. Je fis un pas dans le couloir, sans précipitation, et refermai derrière moi. *Tu ne sors pas pour prendre un café, docteur Byrne : tu es de garde, on vient de t'appeler !*

Je tournai alors dans la longue portion du couloir et accélérai en direction de la sortie – et des deux flics, sans les éviter du regard. Mon cœur battait à peu près mille fois plus vite que la fréquence de mes pas.

– Bonsoir, dis-je en consultant mon téléphone comme s'il s'agissait d'un biper.

L'un d'eux me fit un signe, l'autre me dévisagea alors que je baissais la tête. Je les dépassai et poussai la porte vitrée.

– Docteur, excusez-nous…

Je me retournai et fixai le premier droit dans les yeux.

– Je suis de garde, on m'attend au bloc.

Le regard du flic tomba sur le nom imprimé sur la poche de ma blouse que j'avais eu le temps de déchiffrer un instant plus tôt : M. FURTADO MD. Dieu merci, le prénom n'y figurait pas en toutes lettres : j'aurais eu du mal à confirmer que mes parents m'avaient baptisé Myriam, comme ma consœur qui avait laissé sa blouse dans la chambre. Je pris les devants, un peu plus agressif.

– Vite, s'il vous plaît.

– Vous avez votre badge, docteur… ?

– Furtado. Mario Furtado. Non, je ne l'ai pas sur moi, mais vous pouvez me suivre dans les vestiaires du bloc, il est dans mon armoire. Une infirmière vous le montrera, parce que moi, là, j'ai un patient qui est en train de perdre du sang comme vous pisseriez, messieurs.

Le flic me dévisagea encore une seconde. Ma barbe, que j'avais très drue, avait poussé en quarante-huit heures, et mes traits tirés devaient m'éloigner de la photo qu'on avait dû diffuser. J'ajustai le bonnet sur mon crâne et insistai :

– Je peux y aller ?

– Oui, finit par dire le flic, intrigué par mon sac, tandis que son collègue frappait à la porte suivante, la main droite discrètement posée sur son arme.

La porte s'ouvrit au moment où je me retournais pour m'éloigner. J'eus le temps de reconnaître Max Linhard, mon confrère de chirurgie générale et digestive, qui montrait son visage embrumé dans l'encadrement alors qu'on l'arrachait sans doute à son sommeil.

– Jamie ? Qu'est-ce que…

Mon sang se glaça. Max s'était interrompu. Trop tard.

Je fis comme si de rien n'était malgré la bouffée d'angoisse qui me submergeait et je poussai la seconde porte vitrée. Dans le reflet, j'eus le temps d'apercevoir le mouvement du policier : un demi-tour sur soi et une arme qu'on sort du holster.

– Docteur, un instant, s'il vous plaît !

Je n'attendis pas qu'on m'appelle une seconde fois : je fermai la porte, me baissai et me mis à courir. Derrière moi, la vitre vola en éclats dans un fracas terrible.

Je déboulai au beau milieu d'un petit hall qui distribuait plusieurs couloirs, paniqué. Je m'engouffrai dans celui qui était le plus proche et repris ma course, comme un fou. J'entendais déjà les deux hommes pousser les portes du sas et hurler.

– Ne nous obligez pas à tirer, docteur Byrne !

Ils s'étaient manifestement passés de ma bénédiction pour le faire quelques secondes plus tôt, je ne voyais donc pas l'intérêt de tenir compte de leur mise en garde. J'avais raison : une balle pulvérisa le revêtement en plâtre du mur, tout près de moi, tandis que je négociais un virage dangereux sur une surface glissante. Et me retrouvai dans un cul-de-sac.

Je m'écrasai contre la dernière porte : fermée à clef. Je me précipitai contre la plus proche et m'enfermai à double tour. Je regardai autour de moi : j'étais fait comme un rat, acculé dans un placard à balais encombré de matériel, d'armoires métalliques et de cartons pleins de flacons de perfusion. C'était le local de stockage et sans doute le vestiaire des agents de service hospitalier. Je me jetai sur les bouteilles dans un élan désespéré et en saisis deux, armes pitoyables, alors que la cavalcade se rapprochait déjà.

Un policier se posta à gauche de la porte et montra du doigt le plan de l'étage collé au mur dans le cadre du plan incendie et qui indiquait les sorties de secours. La pièce était sans autre issue. Son collègue se tint à distance, arme braquée sur la serrure.

– Docteur Byrne, vous allez sortir, c'est mieux pour tout le monde. Vous avez dix secondes pour le faire, les mains sur la tête. Je vais compter et ensuite je tirerai, vous m'avez compris ?

Ils eurent droit au silence en guise de réponse. Le premier flic, collé contre le montant, serra ses deux mains autour de la crosse. Son visage ruisselait. Le second entama son compte.

– Un, deux, trois…

Ils se fixaient tandis que les nombres s'égrenaient.

– … quatre, cinq, six, sept… je vais tirer, docteur !… huit, …

Le premier ferma les yeux et tenta de contrôler le tremblement du canon de son arme.

– Neuf…

Deux secondes s'écoulèrent, le temps d'interroger du regard son collègue.

– Dix.

La première balle traversa le bois et un bruit de verre brisé retentit derrière la porte. La seconde percuta la serrure, la troisième fit voler la poignée. Le flic donna un coup de pied dans le battant et les deux hommes pénétrèrent dans le local obscur, armes pointées.

Vide. Personne.

Le tireur jura et renversa du pied un carton éventré. Les flacons roulèrent sur le sol humide, au milieu des débris de verre. Les deux hommes pataugeaient dans le sérum physiologique et le glucosé 5 %. Dos à dos, le souffle court, ils inspectèrent les armoires ; pas le moindre mouvement. Un grincement métallique les fit sursauter et le plus nerveux des deux tira deux autres balles dans le panneau entrouvert d'un casier.

– C'est pas possible, s'emporta le premier. Il est entré là-dedans, c'est certain, merde !

Son collègue ne répondit pas, s'approcha du mur et lui fit signe. L'autre le rejoignit et s'arrêta devant un voyant rouge qui clignotait sous deux panneaux métalliques encastrés dans le béton.

– L'enfoiré !

30

LE PANNEAU glissa verticalement et je me dépliai pour sortir de l'habitacle.

Jamais je ne me serais cru capable d'entrer dans un monte-plats – ni assez souple pour cela. C'est fou les prouesses que la peur et l'instinct de survie peuvent vous contraindre à réaliser. Je regardai autour de moi : j'avais atterri dans les cuisines de l'hôpital où je n'avais d'ailleurs jamais mis les pieds. Je me précipitai derrière un gigantesque chariot chargé de plateaux. À l'abri des regards – je distinguai trois silhouettes à l'autre bout de la salle –, je me défis en vitesse de ma blouse, restai en pyjama vert et jetai mon sac sur un chariot que je poussai vers la porte.

– Hé, tu vas où, toi ? C'est le chariot des plateaux du dîner, on les a pas vidés ! Tu le vois pas ?

– Pardon, j'étais ailleurs.

– On se connaît ? demanda une jolie femme de couleur, intriguée.

– Je bosse en chirurgie, je suis juste venu chercher des sachets de thé pour les filles qui font la nuit…

– Il y en a sur le petit chariot du bout, près de la porte. Il y a aussi des tasses et des théières, si tu veux, proposa la fille avec un sourire et un regard appuyé sur ma tenue très ajustée.

Forcément : Myriam Furtado et moi, on n'avait pas la même taille, et mon portefeuilles coincé dans mon caleçon prêtait à confusion. Heureusement, j'avais glissé le téléphone dans la poche arrière du pantalon…

– Je peux prendre le chariot ? Je vous le rapporte dans dix minutes.

– Pas de problème, je t'attends ici, et attention : grosse fessée si tu oublies…

– Des promesses, toujours des promesses, répondis-je avec un clin d'œil appuyé.

Je zigzaguai ensuite dans les couloirs jusqu'au moment où je poussai une porte et me retrouvai dans la cour intérieure, entre les bâtiments du Mount Sinaï Hospital. Je laissai mon chariot près d'une camionnette et longeai les murs jusqu'à l'escalier qui donnait sur Madison Avenue.

Je marchai ensuite jusqu'à l'entrée du parking et fouillai dans mon sac pour y trouver mon badge.

Mon *badge*. Parfait outil d'identification.

Je réalisai alors mon erreur. En revanche, il y avait peu de chance qu'on ait repéré ma voiture, d'autant qu'il s'agissait de celle de Tobey.

J'évitai autant que possible d'exposer mon visage aux caméras et me faufilai jusqu'à la borne. Je retirai un ticket et marchai vers les caisses automatiques. La première heure était gratuite. Heureusement : je n'avais pas de pièces sur moi. Il fallait malgré tout que je glisse le ticket dans la machine.

Je n'en étais qu'à quelques mètres quand je m'arrêtai et plongeai derrière une voiture. Dans le box du gardien, trois personnes parlaient de manière animée – sauf la seule femme présente. Mais elle n'avait besoin ni de parler, ni d'esquisser le moindre mouvement pour que je la reconnaisse : c'était la furie polaire qui m'avait poursuivi jusque dans le métro. Je ne me sentais pas de taille à me mesurer à elle, cette nuit, que ce soit dans un sprint ou un duel au revolver. Je fermai les yeux et m'accroupis, découragé. Comment repartir avec cette voiture ? Comment repartir tout simplement ? Si cette fille était là, c'est qu'ils avaient quadrillé tout le quartier pour me ramasser.

– Si vous vous relevez, la portière est ouverte, il vous suffit de vous glisser dans la voiture et de démarrer.

Je tournai la tête. Devant moi, longue et élégante, Faye Collins farfouillait dans son sac à main comme si elle était seule.

– Faye ! Je… je vous ai vue partir, tout à l'heure…

– Moi aussi je vous ai vu à l'entrée du parking tout à l'heure, dit la chef infirmière d'une voix presque chuchotée mais incroyablement posée, comme si nous étions en train de prendre le thé dans un salon anglais. J'ai cru qu'il s'agissait d'une simple illusion, figurez-vous. Il faut dire que je ne vous croyais pas assez fou pour venir ici. J'ai ensuite réalisé que j'avais oublié mes clefs dans mon bureau, j'ai rebroussé chemin et je suis remontée. J'ai vu les policiers se déployer à tous les étages et j'ai bien pensé qu'il ne s'agissait pas d'une visite guidée de l'hôpital pour les nouvelles recrues de la NYPD. Ils sont partout, ajouta-t-elle.

Elle baissa les yeux sur moi avec un petit sourire, comme ces gens qui donnent l'impression d'être tout à fait ravis de vous annoncer une catastrophe.

– Je sais, dis-je en passant la main sur mon flanc douloureux. Ils se sont manifestés bruyamment.

Je retirai ma main : mes doigts étaient couverts de sang. En palpant plus en profondeur, je sentis cette fois une douleur vive me transpercer. J'avais probablement eu droit à un éclat de verre en souvenir de l'intervention des deux flics. Je tâchai d'oublier et me redressai péniblement.

– Attendez, ordonna Faye. Ils regardent dans cette direction, poursuivit-elle en ouvrant le coffre pour faire mine d'y chercher quelque chose.

Elle s'assura que nous étions à nouveau hors de danger avant de me faire signe de me lever. Elle laissa d'abord tomber les clefs de sa voiture tout près de moi, je n'eus qu'à tendre le bras pour les ramasser.

– Je viens de poser mon badge sur le siège du conducteur. Prenez la sortie à l'autre bout du parking, il n'y a jamais personne dans la cabine de surveillance.

J'ouvris la portière tandis qu'elle s'éloignait.

– Faye ! murmurai-je.

Elle s'arrêta sans se retourner.

– Merci, dis-je simplement.

J'allais fermer la portière quand j'entendis sa voix claire :

– Dépêchez-vous de me prouver que je ne suis pas la complice d'un meurtrier, docteur Byrne.

Je démarrai tandis que, dans mon rétroviseur central, la femme blonde, dans le box, m'accordait un bref regard puis se concentra sur Faye un court instant avant de revenir à son interrogatoire.

Je roulai au pas et sortis du bâtiment sans encombre. Je

repartais bredouille, sans les informations que j'espérais glaner sur Ribeiro, mais libre. Je savais simplement que la providence ne me sourirait pas forcément une seconde fois et j'avais la preuve, s'il m'en fallait une, que l'étau se resserrait inexorablement. J'avais promis à Meredith de me rendre dans vingt-quatre heures à présent ; il était probable qu'on ne m'en laisserait pas une de plus, de toute manière, et que je n'aurais aucun mal à tenir ma promesse.

Il me fallait trouver un refuge pour la nuit et mettre à profit mes derniers instants de liberté.

31

LA TOYOTA BLEU NUIT se gara sur Bleecker Street, devant un immeuble de six étages en brique. Agnès en sortit péniblement. Ses genoux la faisaient souffrir, elle redoutait ces mois de printemps humides, et elle détestait encore plus ses articulations qui avaient le mauvais goût de lui rappeler l'instabilité climatique.

Elle gravit les quelques marches qui conduisaient à la porte d'entrée.

– Bonsoir Edwin, dit-elle au voisin, les bras encombrés par les sacs de courses.

– Bonsoir, Mrs Miler, vous voulez de l'aide ?

– Non, ça ira, merci.

Elle entreprit de monter l'escalier. Trois étages, ce n'était plus de son âge – ou plutôt ce n'était plus celui de ses cartilages. Mais pas question pour autant d'envisager de déménager. Bernard le lui avait proposé à plusieurs reprises.

– Ce serait pire, lui avait-elle répondu : j'aurais la preuve matérielle que je suis une vieille femme qu'on est obligé de mettre au rez-de-chaussée et j'aurais toujours mal.

De toute manière elle savait bien qu'aujourd'hui sa sensibilité était à fleur de peau et que son état actuel modifiait sa perception des choses : les gens qui l'entouraient, le boulot, ses douleurs. Tout était exacerbé, déformé. Mieux – ou pire : elle se fichait de tout, et ses genoux pouvaient bien la jeter au sol, elle s'en moquait. Elle était épuisée, nerveuse, défaite. Elle n'avait pas fermé l'œil la nuit dernière – pas une misérable seconde.

Comment dormir ? Comment trouver le sommeil après ce qu'elle avait entendu à l'hôpital puis à la radio, vu à la télé alors qu'elle se décomposait littéralement en découvrant le visage de James Byrne sur l'écran ? Après le premier flash d'informations, elle avait coupé le son et l'image, d'où qu'ils viennent. Non, ce n'était pas possible, il devait s'agir d'une gigantesque, d'une phénoménale erreur. De toute manière, elle avait beau adorer l'Amérique et les Américains, ici tout pouvait prendre des proportions délirantes à partir de rien. James Byrne, son Jamie, un meurtrier ! Lui qui se consacrait à sa chirurgie avec l'énergie incomparable de celui pour lequel la vie – précisément celle des autres – compte plus que tout… Elle refusait catégoriquement d'y croire.

Sur le troisième palier, elle en profita pour poser ses sacs et souffler. Elle fouilla ensuite dans son sac à la recherche des clefs et glissa la plus petite dans la serrure.

Le silence inhabituel l'alerta instantanément.

Elle poussa la porte du bout des doigts, immobile sur le seuil, sans se préoccuper des légumes, du lait et du pain qu'elle avait abandonnés sur une marche.

– Bernard ?

Une seconde s'écoula qui lui parut durer un siècle.

– Entre et referme la porte.

Elle reconnut la voix de son mari – et la tension extrême qui l'habitait. Elle fit un pas vers le salon, le cœur battant. La pièce était noyée dans une lumière très vive et les rideaux étaient tirés. Son regard courut à toute vitesse sur le spectacle qui s'offrait à elle.

D'abord, le regard pénétrant de Bernard, puis, tout de suite, le tissu taché de rouge et ses mains ensanglantées. Et derrière lui, l'homme qui tenait une lame tout près de son mari et qu'elle connaissait parfaitement. Celui qu'elle avait considéré comme son fils et qui s'était transformé en monstre s'attaquait maintenant à elle – non, pire : à son mari. Mais même à cela, elle refusa de croire.

– Ferme la porte, répéta son mari sur un ton impérieux, et viens m'aider : je suis nul en boucherie-charcuterie, moi !

Elle se pencha et vit enfin le plateau avec l'alcool et la pince, puis la plaie sur le flanc droit de l'homme. Elle soupira, sortit précipitamment, prit ses poireaux et ses sacs sous le bras et referma derrière elle.

– Voilà, dit-elle en couvrant la plaie avec une compresse stérile. Si j'avais su que c'était si simple de faire un point de suture, il y a longtemps que je vous aurais collé derrière mon bureau et que j'aurais pris votre place au bloc opératoire.

– Vous auriez été parfaite, lui répondis-je, admiratif.

– Attendez qu'on retire les fils pour me féliciter, dit Agnès, plutôt fière malgré sa modestie naturelle. Si ça se trouve, vous allez vous retrouver avec le nombril sur le côté quand tout aura cicatrisé !

– Pas grave, la rassurai-je. Et puis je vous dis merci pour ça… et pour tout le reste. Je vous mets dans le pétrin. J'espère que personne ne m'a vu entrer ici.

– Parce que vous croyez que, si c'était le cas, ils attendraient qu'on ait fini de dîner pour venir vous chercher ?

– À propos de dîner, intervint Bernard, maintenant que le sang ne gicle plus de partout, on peut peut-être envisager…

– Je m'y mets, répondit Agnès en se redressant. Prenez un verre tranquillement, il y a du Gewurztraminer au réfrigérateur, c'est la dernière rescapée de notre passage en Alsace.

Elle disparut en cuisine, je la suivis.

– Pardonnez-moi, Agnès. Je m'en voudrais de vous causer des ennuis. Je ne savais pas où aller… mais je crois qu'il vaut mieux que je parte.

Elle leva des yeux pleins de tendresse et de colère en même temps.

– Ne dites plus jamais ça. Si vous ne pouviez pas vous réfugier chez nous, c'est que je ne serais qu'une secrétaire parmi d'autres, à vos yeux. Et j'ai toujours eu la faiblesse de croire que vous me voyiez autrement. En tout cas, pour moi, vous n'avez jamais été qu'un médecin parmi d'autres…

Sa pudeur prit le dessus. Elle se concentra sur les légumes qu'elle venait de sortir du sac.

– Ce n'est que le jour où j'ai fait votre connaissance que j'ai un peu moins souffert de l'éloignement de mes *autres* enfants.

J'étais profondément touché. J'aurais voulu lui dire que sa présence m'avait tant aidé, moi aussi, quand mes parents étaient morts. Le lui avais-je jamais dit, d'ailleurs ? Au lieu de cela, je m'approchai d'elle et me contentai de passer mon bras autour de ses épaules. Elle inclina la tête contre moi, souriante, puis se remit à hacher son céleri.

– Et maintenant, mon fils de cœur va manger et se mettre au lit.

– Je voudrais vous expliquer ce qui s'est passé, Agnès, je vous le dois. Tout ça, c'est…

Elle leva le couteau pour m'interrompre.

– Vous n'avez pas à m'expliquer quoi que ce soit. J'ai confiance, c'est tout, et ce que vous pourriez me dire ne servirait à rien d'autre qu'à me faire commettre un impair si on me posait des questions. Je suis la reine des gaffeuses, parfois, vous savez…

C'était évidemment faux : Agnès incarnait au contraire la subtilité et la discrétion. Elle me prouvait à nouveau qu'elle était la femme la plus sensible et délicate que j'aie jamais connue.

– La police va sans doute vous en poser, cela dit, objectai-je.

– C'est déjà fait : un type de couleur et une fille immense sont venus nous interroger, tous, dans le service. Ils connaissent même la taille de vos gants en latex, je crois.

Je m'approchai de la fenêtre et scrutai la rue, inquiet.

– Alors vous devez être surveillés.

– Ils ne peuvent pas surveiller tous vos proches collaborateurs, répondit Bernard qui nous avait rejoints.

– Non, concédai-je, mais votre ligne est sans doute sur écoute.

– Peut-être, mais je n'ai rien à cacher et vous n'allez pas passer de coup de fil d'ici, décréta Agnès. Le repas sera prêt dans dix minutes. Vous mettez la table, les hommes ?

Ce fut bon, dans tous les sens du terme. La chaleur du couple me fit forcément penser à ma famille, qui me manquait. Agnès dut le sentir : elle me prit la main affectueusement.

– Vous avez sans doute besoin de vous détendre, de vous doucher et de dormir. Je vais vous préparer la chambre d'amis et Bernard vous donnera quelques vêtements. Vous serez juste un peu moins élégant que d'habitude…

– Vous faites allusion à mon superbe sweat-shirt dégoté à Brooklyn ? Et encore, vous n'avez rien vu : j'ai un beau jogging d'ado dans mon sac…

Quelques instants plus tard, Agnès me guidait vers ma chambre.

– Puis-je me permettre une seule question ? demanda-t-elle.

– Bien sûr.

Elle me barra le chemin et me fusilla du regard, poings sur les hanches.

– Que fait la voiture de Faye Collins devant *ma* maison ?

– Elle me l'a prêtée lorsque j'ai dû laisser à l'hôpital celle que je conduisais et m'enfuir, ce soir. Sous ses airs de grande dame, c'est une fille bien, vous savez.

Agnès haussa les épaules, peu convaincue et plutôt jalouse.

– Demain, vous prendrez ma voiture et je rapporterai la sienne à Faye. C'est plus prudent de changer de véhicule, non ?

– Décidément, lui dis-je, les femmes me sauvent la vie aujourd'hui…

– Ça fait des siècles que ça se passe comme ça, pourquoi voudriez-vous que cela change sous prétexte qu'il s'agit de vous ? Bonne nuit, dit-elle en m'embrassant.

– Je partirai tôt demain matin, je ne vous verrai sans doute pas. Merci, merci pour tout, dis-je en posant la main sur ma plaie : pour votre couture et surtout pour votre confiance.

– Je vous fais aussi confiance pour être prudent. Vous me prouverez que j'ai raison, n'est-ce pas ?

Son inquiétude avait pris le dessus.

– Promis, lui répondis-je.

– Revenez vite, qu'on oublie tout ça, tous.

Je repensai alors au va-tout que je jouerais dès le lendemain matin en rencontrant le père d'Inès. Demain, ça passerait ou ça casserait. Je priai intérieurement pour que le sort m'épargne la seconde option.

– Promis aussi : la cavale, c'est sympa deux minutes, mais je préfère la chirurgie.

32

MANUEL RIBEIRO regarda sa montre pour la dixième fois et jura.

– *Hijo de puta* ! neuf heures quarante-cinq... Il ne viendra plus. Il faut que j'y aille, j'ai un rendez-vous important à dix heures trente au bureau.

Roberto sortit de l'ombre.

– Voulez-vous que j'essaie de le retrouver ?

– Non, laisse. Je sais qu'il rappellera. Pars, je te préviendrai.

L'homme d'affaires sortit et le jeune homme le suivit.

Il traversa le hall d'entrée, prit la mallette qu'il avait posée sur un guéridon et en vérifia le contenu. Roberto, toujours en retrait, jeta un coup d'œil discret : son patron venait de prendre une arme au milieu des documents. Ribeiro vérifia le mécanisme du revolver, s'assura que le chargeur était plein et l'enfouit sous les papiers.

– Il rappellera, dit-il à nouveau comme s'il se parlait à lui-même. Et je lui répondrai.

Il avait levé les yeux sur son homme de main en prononçant les derniers mots.

– Je vous accompagne ? proposa le jeune homme.

– Non, répondit Ribeiro. Fais ce que tu as à faire, tu me rejoindras dans la matinée au bureau.

Il s'approcha, gratifia Roberto d'une tape sur l'épaule et se dirigea vers la porte.

À neuf heures quarante-huit, je vis enfin un homme d'une soixantaine d'années apparaître sur le seuil du numéro 12 de la 124ᵉ Rue Est. Cheveux trop noirs coiffés en arrière, costume trop cintré, lunettes de soleil trop branchées. Tout était *trop*, ce ne pouvait être que Manuel Ribeiro. J'en étais convaincu sans l'avoir jamais vu. Même si, comme pour Rachel, la collègue d'Inès, ou d'autres personnes, son visage me sembla familier sans que je sois capable de définir dans quelle circonstance j'avais pu le voir. Je m'étais posté ici, sur Madison Avenue, entre les 123ᵉ et 124ᵉ Rues, à un endroit stratégique. Cela faisait deux heures, donc, que j'espionnais les éventuelles allées et venues.

Personne n'était entré ni sorti de la maison depuis que j'étais arrivé, hélas. En l'occurrence, je n'avais pas vu de fillette de six ans partir pour l'école, ce que j'espérais secrètement. Teresa n'était-elle pas à Markus Garvey Park, dans cette maison étonnamment discrète et anonyme pour un type comme Ribeiro ? J'avais été stupide de croire qu'elle me tomberait dans les bras, servie sur un plateau ; pourtant j'étais déçu.

Je démarrai et m'apprêtai à le suivre jusqu'à sa voiture,

quand je vis un autre homme sortir – ou plutôt un frêle adolescent, du moins c'est ce que j'aurais pensé si je n'avais pas vu, malgré la distance, la cicatrice qui barrait son visage depuis l'œil jusqu'au menton et qui durcissait ses traits. Son corps semblait en même temps maladroit et souple, maigre et nerveux. Il se glissa hors de la maison comme un chat, effleura le sol jusqu'à sa voiture et referma la portière. J'attendis qu'il ait démarré pour suivre la Cadillac de Ribeiro, qui tournait déjà à l'angle de la 124e Rue Est et Madison Avenue.

Quelques dizaines de mètres plus loin, il emprunta la 125e vers l'ouest et roula jusqu'à ce qu'il atteigne l'Apollo, la fameuse salle de spectacles de Harlem. Sa voiture ralentit et s'arrêta devant un parking juste après le cabaret. Il descendit de la voiture, un homme vint prendre ses clefs et Ribeiro disparut dans l'ombre du portail. Je m'arrêtai devant l'Apollo sur une place qui venait de se libérer. Où avait-il bien pu aller ? Et par où était-il passé ? Il était peu probable que le gardien du parking me renseigne, ça ne ferait que lui mettre la puce à l'oreille. Je serrai nerveusement le volant et fouillai dans mes poches.

J'en sortis un bout de papier – un précieux bout de papier : celui sur lequel Inès avait inscrit les numéros de téléphone. Je composai fébrilement le premier des deux numéros associés à « MR ».

– *Oui ?* répondit une femme – à la voix, je devinai qu'elle était très jeune.

– Bonjour, dis-je avec assurance, j'ai une livraison pour monsieur Ribeiro et je suis en bas, devant l'Apollo.

– *Qu'est-ce que c'est comme livraison ?*

Elle n'était pas idiote. Il fallait que je rehausse un peu le niveau de mon cinéma.

– J'en sais rien, j'ai un carton à remettre en main propre et on m'a donné ce numéro à contacter quand j'arrive. Mais si vous préférez, je les laisse au gardien de parking, en bas, là... Vous me dites.

Elle hésita un instant avant de répondre :

– Prenez la porte à droite de l'Apollo et sonnez à HACIENDA au fond du couloir. C'est au troisième étage.

– J'arrive.

Je pris une grande inspiration et poussai la porte.

Je montai les marches en guettant la présence d'un tueur sur chaque palier. J'avais ramassé un carton dans le hall pour faire illusion et le serrais contre moi comme s'il s'agissait d'une arme magique qui me protégerait de tout, même de mon inconscience.

J'arrivai enfin au troisième étage. Je retournai mes manches et ouvris les boutons du haut de ma chemise – ou plutôt celle de Bernard – et je frappai.

Une jeune femme rousse serrée dans une robe vraiment près du corps m'accueillit. Je jetai un rapide coup d'œil à son décolleté excessif et remarquai immédiatement la façon qu'elle eut de se redresser et d'afficher un sourire surpris. Elle était très jolie et *célibataire.* Je n'étais pas expert lorsqu'il s'agissait d'inventer des histoires pour obtenir une adresse précise, mais en détection de femmes en chasse, je n'étais pas mauvais, et celle-ci en faisait partie.

Je pris mon élan pour lui décocher mon sourire le plus ravageur.

– C'est vous qui m'avez répondu ? Vous allez bien avec votre jolie voix, dites...

C'est affreux, mais c'est comme ça : pour séduire une personne qui a envie d'être séduite, n'importe quel compliment fonctionne – *n'importe lequel* ; elle n'entend que le fond musical qui signifie d'une façon ou d'une autre « vous êtes désirable ». Au mieux – ou au pire –, elle espère que vous progresserez dans l'art et la manière de le tourner, ce compliment.

– Oui, c'est moi, dit-elle comme si j'en attendais vraiment la confirmation.

Je lui tendis le colis sans bouger du palier, mais sans cesser de la dévorer des yeux non plus.

– Vous pouvez le poser dans le bureau, tout de suite à droite ? me demanda-t-elle en s'effaçant pour me laisser entrer.

Bingo. Je longeai un couloir sombre et entrai dans un petit bureau qui donnait sur cour.

– Ici ? dis-je en posant le carton sur une table chargée de classeurs, au fond de la pièce, en prenant soin de m'interposer entre le carton et elle.

– Où vous voulez, me dit-elle en passant la main dans ses cheveux pour remettre en place une mèche qui n'avait pas bougé.

La main resta sur la nuque, et son avant-bras, collé au corps, repoussa un sein contre l'autre, dessinant un peu plus la jolie vallée qui les séparait. J'avais droit à la totale et j'hésitai. Que préférait-elle ? Le macho qui s'empare de ce qu'on lui sert ou le faux timide qu'on doit bousculer ? Elle fit mine de regarder le colis, perdue dans la contemplation de mes avant-bras musclés, hâlés et idéalement poilus. Elle en devenait touchante, j'espérais pouvoir écourter le supplice que je lui infligeais.

– Bon, fit-elle sans savoir comment me faire rester, eh bien, merci d'être monté.

– C'est normal, c'est mon travail – et puis on n'est pas souvent aussi bien accueilli, insistai-je, mais…

– Oui ? dit la jolie fille subitement pleine d'espoir.

– … mais je dois remettre mon paquet en main propre…

– Ah, répondit-elle, un poil déçue. Bon, je vais voir si Mr Ribeiro peut vous recevoir.

Je la retins d'une main langoureuse qui glissa le long de son bras. J'aurais pu lui demander sa main (au sens propre comme au figuré), elle aurait accepté. J'optai pour moins engageant.

– Une petite chose avant de le déranger… Non, deux, en fait. Je peux ?

Elle opina du chef. J'enchaînai sans attendre :

– La première, c'est une adresse : j'ai une autre livraison à faire pour Mr Ribeiro, plusieurs caisses, mais pas à Markus Garvey Park, plutôt dans les Hamptons, dis-je en me souvenant des mots de Rachel, au Beauty's. Je ne sais plus où c'est, je crois bien que j'ai perdu le bon de livraison… Si je demande ça à mes patrons ou à Mr Ribeiro, ça va mal se passer pour moi. Vous croyez…

Je m'étais rapproché d'elle pour finir ma question.

– Vous croyez que vous pourriez m'aider ?

Elle me regarda par en dessous, comme si elle s'apprêtait à gronder un enfant qu'elle trouverait craquant.

– Oui, je crois, oui, dit-elle.

– Super. Et la seconde chose : est-ce qu'on pourrait aller prendre un verre pour vous faire oublier mon boulot mal fait ?

– Peut-être, répondit la malheureuse dans un ultime effort pour ne pas paraître affamée.

J'ai cru qu'elle allait se jeter sur son bloc-notes pour tout révéler d'elle, y compris ses mensurations – déjà très librement affichées par sa robe. Au lieu de cela, elle fit le tour de son bureau, ouvrit son carnet et inscrivit soigneusement une adresse sur une feuille.

– Voilà, monsieur l'étourdi, me dit-elle. C'est la seule autre adresse de M. Ribeiro.

J'empochai le papier avec un grand sourire. J'arrivais à peine à croire qu'il était si facile de mentir et de convaincre.

– Appelez-moi Jamie, lui dis-je. C'est plus simple.

– Moi, c'est Genna, précisa la fille. Et votre nom de famille ? tenta-t-elle. Pour que je vous annonce auprès de Mr Ribeiro.

J'hésitai. Mais il n'était plus question de faire marche arrière, et je ne voulais pas que Ribeiro m'envoie balader si Genna lui annonçait qu'un livreur de FedEx voulait le voir en personne.

– Byrne, finis-je par dire. James Byrne.

– Ça alors, monsieur Byrne, je vous attendais ailleurs et plus tôt…

Nous nous retournâmes comme un seul homme, Genna et moi. Elle parce qu'elle se sentait prise en flagrant délit de séduction, sans doute, et moi parce que le point de non-retour était arrivé : Ribeiro nous faisait face dans l'encadrement de la porte.

Il s'écarta pour me laisser passer.

– Venez, allons dans mon bureau, on y sera mieux pour parler.

J'évitai le regard interrogatif de la secrétaire et le suivis dans le couloir.

33

ENFONCÉ dans son siège derrière les vitres teintées de la voiture banalisée, l'agent se redressa. Sans quitter des yeux le type qu'il avait vu sortir d'une Toyota grise, juste devant l'Apollo, il saisit son téléphone portable et composa un numéro en mémoire dans l'appareil.

Ben Washington décrocha.

– Quoi ?

– *C'est Roni.*

– Salut Roni. C'est tout ?

– *Non, c'est pas tout, mais si je te dérange...*

– On s'ennuie un peu alors on fait un Monopoly avec Ellie, mais vas-y, ça va.

Ellie Savage leva les yeux de son ordinateur, où elle faisait défiler la énième page qu'elle avait pu trouver au sujet de Ribeiro, après avoir épluché son dossier dans le fichier du FBI.

– *Le père est arrivé il y a quelques instants.*

– C'est bien, répondit Ben avec douceur. Moi, je viens d'acheter un hôtel et de le placer sur la 5e Avenue. Ça énerve Ellie.

– *Un autre type vient d'entrer,* ajouta Roni.

Ben retrouva instantanément son sérieux.

– Tu l'as identifié ?

– *Je crois que c'est Byrne.*

Ben mit le haut-parleur.

– Tu crois ou tu es sûr ? Il ne faut pas qu'on se plante, Roni. On n'a pas le droit. Ribeiro connaît un peu de monde, ce n'est pas une grosse pointure mais faut quand même faire attention, ça nous ferait une mauvaise publicité.

– *J'en suis sûr*, finit par répondre Roni, les yeux rivés sur les photos qu'il avait éparpillées sur le siège passager. *Oui, c'est lui, c'est le type qui est venu chez Inès Ribeiro et qu'on a laissé filer dans le métro. Enfin, je dis « on », mais bon...*

Ben leva les yeux sur sa collègue, qui se raidit à l'évocation de son échec de la veille. Finalement, le haut-parleur, ce n'était pas une très bonne idée.

– *Tu veux que j'intervienne ?*

– Non, tu nous attends. Ne fais rien, d'accord ?

– *OK.*

Ben se retourna. Ellie était déjà debout, près de la porte, les clefs de la voiture en main.

– Dépêche-toi, dit-elle, encore vexée par le rappel désobligeant de Roni Beavers. Je suis prête.

Ben vérifia son arme en soupirant.

– Tu es *toujours* prête, Ellie. Oui, je me dépêche.

34

RIBEIRO ferma derrière nous la lourde porte insonorisée.

Nous étions dans une pièce rectangulaire dont les deux fenêtres donnaient sur la rue, juste au-dessus de l'Apollo. Je regardai rapidement autour de moi. C'était exactement comme je l'aurais imaginé : des meubles clinquants, des fauteuils en cuir brillant, une tapisserie molletonnée et des tableaux vulgaires aux murs. Et bien sûr, un bar, dans un angle. Les réalisateurs hollywoodiens n'avaient vraiment rien inventé.

– Prenez place, je vous en prie, me dit Ribeiro avec des airs de businessman qui s'apprête à négocier âprement.

Pour ma part, je craignais déjà de ne pas être le vendeur adapté à la situation, mais je m'assis malgré tout. Il s'installa en face de moi, de l'autre côté du bureau. Je tentai d'oublier le cadre, l'homme qui me regardait avec deux lance-flammes et le bruit de la rue.

– Monsieur Ribeiro, dis-je, je voudrais d'abord vous dire que je suis désolé pour ce qui est arrivé à Inès. Même si nous étions séparés depuis longtemps, elle a beaucoup compté pour moi…

Je m'enlisais déjà. Tant mieux : le visage de Ribeiro et ce que je pouvais y lire – de la colère, surtout, peut-être de la haine – me conseillaient de m'en tenir là en matière de condoléances.

– On m'a… on m'a accusé à tort, tentai-je malgré tout. Parce que j'avais rendez-vous avec elle le jour de sa mort. Mais quand je suis arrivé, le drame avait déjà eu lieu. Il faut me croire.

Il me sembla que Ribeiro avait acquiescé, mais je n'en étais pas certain. Je poursuivis :

– J'ai mené mon enquête, dis-je avec plus d'assurance. Inès devait de l'argent à un type, un dealer. Un certain Joe Forsten. Si j'ai bien compris, elle ne l'avait pas payé quand il le fallait, et… et il l'a tuée.

– Vous croyez que c'est lui ? finit par dire Ribeiro d'une voix rauque.

– Je n'ai pas de preuves, avouai-je. Mais c'est la piste la plus probable. Si c'était moi qui l'avais tuée, je n'aurais pas été assez idiot pour venir ici.

Ribeiro se força à sourire et se renversa dans son fauteuil.

– Mais comme ce n'est pas vous, alors vous avez pensé que vous pouviez venir et que nous pourrions traiter, vous et moi. C'est ça ? Qu'on pourrait faire affaire ensemble. Oui, c'est un peu ça, finalement. Mais quelle affaire ? Pourquoi vous êtes venu, exactement ?

Rien de ce que je dirais à Ribeiro ne le satisferait – pas même le nom du tueur présumé de sa fille ; voilà ce que je réalisai à l'instant même. C'était avant tout un Latino qui avait un sens aigu de l'honneur, mais surtout un père blessé qui venait de perdre sa fille. Il voyait sans doute devant lui le type qui l'avait laissée tomber et qui avait très bien pu la tuer – il l'avait déjà fait une fois en l'abandonnant, alors pourquoi pas avec une balle dans la poitrine ? Je sentais déjà la sueur couler le long de mon échine. Je tentai de contrôler ma respiration et mes mouvements, et surtout de trouver une solution alternative à mon premier schéma de négociation. Ou plutôt une échappatoire.

– Je ne suis pas venu faire des affaires, monsieur Ribeiro.

– Pourtant, c'est ce que j'ai compris après notre conversation téléphonique. Vous m'avez proposé un échange, non ? Des informations contre… contre quoi, déjà ?

– Je suis surtout venu assumer mes responsabilités, dis-je.

Ribeiro se redressa. La conversation prenait un autre tour, ça semblait le divertir – au moins le distraire de sa rage.

– C'est votre fille qui m'a quitté, pas l'inverse, précisai-je. Elle m'a caché que nous avions une fille. Je l'ai découvert il y a peu de temps, et je ne compte pas me défiler. Je suis son père, et je veux jouer ce rôle. Vous voyez, je ne suis pas le sale type que vous croyez…

C'en était trop pour lui. Il balaya du revers de la main ce qui s'interposait entre lui et moi et plongea au-dessus du bureau pour me saisir par le col. Sa force me surprit, je décollai littéralement. Son visage congestionné se trouvait maintenant à quelques centimètres du mien. Il empestait l'alcool.

– Donc, si j'ai bien compris, petit merdeux, tu as pensé qu'il suffirait de me dire que ce n'est pas toi qui as tué ma fille, tu as pensé que j'oublierais que tu l'as abandonnée il y a six ans comme une merde au fond d'un caniveau, tu as pensé que tu pourrais t'en débarrasser et rester bien au chaud dans ta nouvelle petite famille, et, comme si ça ne suffisait pas, tu as pensé que tu pourrais venir me donner le nom d'un dealer de merde comme il y en a des milliers dans cette ville et qu'en échange je te donnerais ma petite-fille ? Dis-moi, c'est bien ce que tu as pensé ? Tu sais que tu devrais arrêter de penser, docteur Byrne ?

Je n'avais pas remarqué la porte dérobée qui s'ouvrit alors, au fond de la pièce, derrière le bureau. Je reconnus en revanche sans peine le jeune type qui avait quitté la maison de Ribeiro le matin.

– Roberto ! cria Ribeiro.

L'homme de main prit le relais de son patron autour de mon cou, dégaina son arme et la colla sur ma tempe. Je tentai en vain de me dégager de la main noueuse qui s'était resserrée autour de mon cou.

– Écoutez-moi, dis-je d'une voix étranglée, ce type s'appelle Joe Forsten, ou Stone, vous pouvez aller interroger la collègue de votre fille, dans ce bar de Harlem, elle vous le confirmera.

– J'y suis déjà allé, répondit Roberto à la place de son patron. Elle s'appelle Rachel, et n'est plus en état de confirmer quoi que ce soit.

Il se tourna vers Ribeiro.

– Hier en fin de matinée, j'ai fait mon petit tour, comme je vous l'avais promis, monsieur. Je suis passé au travail de la *señorita* Inès. Juste après lui, dit-il avec un mouvement de menton vers moi.

Ils échangèrent ensuite un regard qui en disait long sur l'état de cette pauvre fille.

– Et j'ai... *parlé* au dealer, ajouta Roberto.

Je songeai à miss Monde et quelque chose se serra en moi.

– Ce... ce n'est pas moi, je ne lui ai rien fait, articulai-je avec peine. Au contraire...

Je ne savais même pas pourquoi je tentais encore de me justifier. Je tournai la tête tant bien que mal pour essayer d'envisager une solution. Hélas, à part le métal glacé de l'arme contre mon crâne et la balle qui promettait d'en sortir, je n'entrevoyais aucune issue.

Puis, tout alla très vite.

Il y eut un piétinement dans le couloir, un vacarme terrible, des cris de femme et une course rapide qui se finit par une porte qu'on ouvre à la volée. Roberto me repoussa violemment et braqua l'arme vers le démon blond dont je n'oublierais jamais le visage et qui venait de faire irruption dans la pièce. La première balle partit, déviée par le coup de poing de Ribeiro sur l'épaule de son acolyte. De l'autre côté, la perche platine du FBI se redressait, encore plus pâle que d'habitude, l'arme au poing. Deux hommes s'engouffrèrent dans le bureau et se mirent à hurler.

– FBI ! Posez vos armes ! POSEZ VOS ARMES !

Sur un signe de son patron, Roberto s'évapora derrière lui et j'eus à peine le temps de voir s'ouvrir la porte camouflée dans le mur. Je ne perdis pas une seconde : je profitai de la confusion ambiante et me précipitai à la suite de l'homme de main. Un coup de feu retentit, puis un second qui fit voler en éclats le bois d'encadrement de la porte. Ribeiro jura et menaçait déjà le FBI de plaintes en tout genre, invoquant ses relations bien placées, tandis que les agents criaient et le repoussaient pour se frayer un chemin.

J'étais dans le couloir et Roberto s'était déjà volatilisé. Je vis apparaître comme un mirage la silhouette de la fille,

Genna. Je me jetai à sa suite et entrai dans son bureau. Elle était décomposée, son regard indiquait le fond de la pièce. Elle finit par tendre une main tremblante.

– Par là ! Vite !

Je courus derrière le bureau et enfonçai littéralement la porte qui se matérialisa comme par miracle entre deux armoires de classement. Je me retournai une fraction de seconde pour découvrir un semblant de sourire sur le visage de Genna, qui se laissait glisser contre le mur. J'aurais voulu lui dire des choses gentilles, n'importe quoi de gentil, mais la course dans le couloir m'en empêcha et je me précipitai dans l'escalier étroit qui s'enroulait derrière la porte.

Je descendis à toute vitesse et déboulai dans le parking. Les cris, en haut de l'escalier, agirent sur moi comme une décharge électrique : je traversai l'espace comme un fou et fis irruption au beau milieu de la rue, hors d'haleine.

Deux hommes en costume noir surgirent d'une voiture, sur le trottoir d'en face. Je courus jusqu'à la mienne et me jetai au volant. Je démarrai en trombe et arrachai au passage l'aile arrière du véhicule qui avait eu la mauvaise idée de se garer trop près de ma voiture. Les pneus hurlèrent sur l'asphalte et couvrirent les détonations. Au même moment, la vitre arrière fut pulvérisée. Je baissai la tête, glissai sur le siège et appuyai sur l'accélérateur. Une fraction de seconde, j'aperçus celui qui accompagnait mon tortionnaire de la veille, dans le box de surveillance du parking du Mount Sinaï Hospital : un Noir ventru et grisonnant, les mains jointes sur son arme, bras tendus, le doigt sur la détente. Son second tir fit exploser le tableau de bord. Je voyais déjà la tête d'Agnès, si minutieuse et délicate, lorsqu'elle verrait la nouvelle décoration intérieure de sa Toyota… Je fis une embardée sur la 125e Rue et parvint *in extremis* à redresser le volant et le véhicule.

Deux autres balles se perdirent dans les hurlements et les klaxons, puis plus rien : j'étais en nage, fou de terreur – et hors de portée des tirs.

Ben Washington baissa son arme, alors que les passants terrifiés se relevaient lentement et que ses collègues le rejoignaient, essoufflés.

– Merde, jura Roni Beavers. Le jeune m'a échappé, celui avec la cicatrice.

Ben leva la tête sur Ellie, qui venait d'apparaître à son côté.

– Ça va ?

En guise de réponse, elle se tint plus droite que jamais. Son regard se perdait au loin, jusqu'à l'angle où la voiture du médecin fuyard avait disparu.

– Tu l'as manqué, dit-elle, impassible.

– Sans blague, répondit l'agent. Ça doit être pour ça qu'il continue à rouler, alors...

– Moi, je ne l'aurais pas laissé filer, ajouta la jeune femme.

Ben la dévisagea. Jamais Ellie Savage ne s'était permis de dénigrer son travail jusqu'ici.

Elle tourna enfin la tête vers lui, comme si une précision s'imposait – ce qui était effectivement le cas, à en juger la réaction de son collègue.

– Je veux dire que je ne l'aurais pas *délibérément* manqué.

Ben lança un regard expressif à l'attention des autres collègues, qui s'éclipsèrent immédiatement. Il s'approcha alors d'Ellie.

– Absolument, j'assume, agent Savage : je fais mon maximum, depuis toujours, pour neutraliser un fuyard de dos et désarmé sans lui coller une balle dans la nuque. J'essaie de trouver une solution moins radicale, et en général j'ai moins de pitié pour une bagnole que pour un être humain, alors je vise les pneus ou le pare-brise. Si mes méthodes ne te conviennent pas…

– Elles me conviennent tout à fait, reconnut Ellie. Depuis qu'on travaille ensemble, il m'arrive même de les copier.

Ben Washington la dévisagea, stupéfait par l'aveu. Il aurait été moins surpris s'il l'avait vue arriver auburn, en jupe rose à volants et en rollers.

Elle s'éloigna puis se ravisa.

– Mais le jour où ce type te fera face, même si tu le sais armé, tu ne tireras pas en plein cœur. Parce que tu ne le crois pas capable de te tuer, *agent Washington*. Comme tu ne le crois pas capable d'avoir tué cette fille. Et ce jour-là, je ne te copierai pas.

35

– IL M'A DIT qu'il avait une livraison pour vous et il m'a demandé à quel étage c'était…

– Alors, petite idiote, répondit Ribeiro entre les dents, tu lui as dit où c'était.

Genna tenta de se défendre.

– Il avait notre numéro, je n'avais pas de raison de croire qu'il mentait.

Il ne répondit pas. Elle le regarda et éprouva un sentiment de répulsion. Comment avait-elle pu ? Comment avait-elle fait pour laisser ce salaud s'approcher d'elle ? Il avait raison, elle était idiote : pas d'avoir laissé monter ce Byrne, mais d'avoir cru qu'elle arriverait à quelque chose de mieux avec Ribeiro en couchant avec lui. Quelque chose de mieux que rejoindre les rangs des putes qu'il se levait sans doute tous les deux jours et des idiotes qui prenaient son baratin pour de l'argent comptant. Elle en aurait chialé. Ben voilà, tout le monde était d'accord sur ce point : une idiote, voilà ce qu'elle était, une idiote finie. D'être tombée dans le panneau de Ribeiro, bien sûr, mais aussi de ne pas être partie avec ce beau mec qui lui avait dit des choses gentilles. Menteur pour menteur, autant retenir la gentillesse.

Ribeiro l'arracha à ses pensées.

– Il t'a demandé quelque chose d'autre ?

Elle se souvint de la question du type, au sujet des Hamptons. Elle hésita.

– Qu'est-ce que tu lui as dit ? insista Ribeiro.

Il y avait une forme d'agressivité, presque une menace dans les derniers mots, et elle eut peur. En même temps, elle eut envie de le braver, et envie, aussi, de tout ce qui pouvait ressembler à une vengeance. C'était peut-être aussi une façon de se mettre du côté de Byrne, à défaut de pouvoir le faire physiquement. Elle se redressa. L'angoisse qui s'était emparée d'elle depuis le départ de la police et le moment où Ribeiro lui avait demandé de venir dans son bureau comme on aurait sifflé un chien, eh bien cette angoisse s'évanouit comme un poids que l'on retire des épaules. Elle dut même retenir un sourire.

– Non, rien, dit-elle presque trop fort. Il ne m'a rien demandé, il a juste posé son carton et vous êtes arrivé.

Ribeiro se leva et fit le tour du bureau. Elle ne put s'empêcher d'avoir un mouvement de recul. Elle connaissait sa vigueur physique et son impétuosité : il était capable de la frapper au moindre coup de sang.

– Non, lui dit-il lorsqu'il fut tout près d'elle. Ce n'est pas comme ça que ça s'est passé.

– Si, dit-elle, je vous assure, il…

– Non, répéta Riberio plus fort.

Elle osa à peine tourner la tête vers lui. Les veines

saillaient sur le cou large, les yeux brillaient. La tempête menaçait de s'abattre ; elle n'en voulait pas, tout comme elle ne comptait pas céder. Il avait eu son corps, certes, elle ne pouvait pas revenir en arrière, mais il n'aurait pas la vérité. Et elle priait pour qu'il en pâtisse, un jour ou l'autre, de ce mensonge. Elle n'aurait pas su dire pourquoi, mais il y avait quelque chose dans ce Byrne, au-delà de l'attirance qu'elle avait pu éprouver pour lui, qui lui disait qu'il était un peu né pour pourrir la vie de son patron, et ça, c'était jouissif, et autrement plus qu'une nuit dans les bras de ce bœuf qui empestait le parfum de luxe.

Elle finit par le regarder dans les yeux.

– Non, dit-il encore : il a posé son carton, il t'a draguée et toi tu étais toute mouillée. Et là seulement, je suis arrivé.

– C'est vrai, il m'a demandé quelque chose..., finit-elle par reconnaître.

Ribeiro se raidit. Elle détourna le regard.

– Mon numéro, dit-elle. Et je le lui ai donné. J'ai le droit, non ?

Elle sourit et attendit. Ribeiro haussa les épaules et la toisa avec mépris.

– Si ça lui plaît...

– Je peux retourner à mon travail ?

– C'est ça. Retourne à ton travail. Tant que tu en as.

Il gara la Cadillac devant la maison et grimpa les marches précipitamment. Il ouvrit la porte avant que la jeune femme ne soit en bas de l'escalier.

– Qui vous êtes ? demanda Ribeiro en l'apercevant.

– Armela, monsieur. C'est Maria qui m'a appelée pour me demander de la remplacer...

Il la détailla d'un coup d'œil : jeune, pas très jolie, bien faite. Et timide. Mais ce n'était pas le moment, vraiment pas.

Il se dirigea droit vers le bureau et referma derrière lui.

Quelques instants plus tard, Roberto entra comme un félin dans la pièce.

– Ils t'ont suivi, tout à l'heure ?

– Non, le rassura Roberto. Je les ai semés.

Ribeiro frappa du poing sur la table.

– J'aurais dû me douter que les flics nous surveillaient ! Surtout après leur visite, hier… Heureusement que c'est un criminel. J'ai dit qu'il m'avait menacé, que tu m'avais protégé. Burton les a calmés. C'est bien de connaître quelqu'un au bureau du gouverneur, Roberto. Apprends ça.

Roberto acquiesça et son patron reprit :

– Mais pourquoi Byrne est venu au bureau ?

– Peut-être pour les flics qui vous surveillaient, justement : il s'est dit que si ça tournait mal, il aurait plus de chance de s'en sortir au bureau qu'ici, chez vous… C'est pas bête, ajouta Roberto en tirant sur chaque phalange pour faire craquer les articulations des doigts.

– Arrête, s'emporta Ribeiro, ça m'énerve.

Roberto plongea ses mains dans ses poches. Ribeiro l'observa : le jean du jeune homme flottait autour de ses jambes.

– Tu es trop maigre, lui dit son patron. Il faut que tu manges. Tu manges, au moins ?

– Oui, monsieur, répondit Roberto, le regard perdu entre ses chaussures comme un gamin qui se fait gronder.

Ribeiro se tut. Il savait se donner des airs de père fouettard, jouer sur la corde sensible du « petit ». Le jeune homme avait tellement manqué de présence paternelle depuis son plus jeune âge, qu'il s'en délectait même si cela prenait la forme d'une engueulade destinée à un enfant de trois ans.

– Roberto, cet homme, tu l'as bien vu ?

– Byrne ?

– Oui, Byrne.

– Très bien, dit Roberto avec assurance. Je le reconnaîtrais n'importe où.

– Maintenant, il va se cacher, c'est trop tard.

Roberto hésita avant de tenir tête à son mentor.

– Ce n'est jamais trop tard. Je suis patient.

– La police le cherche aussi.

Roberto ne répondit pas. Il attendait la suite. Il connaissait lui aussi son interlocuteur, ses manies, le cheminement de sa pensée, son mode de raisonnement. Il fallait juste de la patience, le laisser croire qu'il était plus malin, plus subtil que les autres ; qu'il manipulait ses gens, ses hommes, ses femmes. Ça ne le dérangeait pas. Il lui était trop attaché pour lui en vouloir.

– Mais il y a mieux que lui, Roberto.

Roberto esquissa un sourire. Ça venait plus vite que d'habitude, aujourd'hui. Son patron devait être pressé d'obtenir de lui ce qu'il voulait, il écourtait le chemin tordu. Le jeune homme répondit d'un signe de tête, attentif.

– Il est marié et il a des enfants, dit Ribeiro.

Roberto se raidit. La famille, c'était sacré, et il pensait qu'elle l'était aussi pour l'homme qui se trouvait en face de lui, même si tout le monde savait qu'il ne s'était pas toujours bien comporté avec sa femme, puis avec sa fille, Inès. Il ne jugeait pas, mais il avait ses propres valeurs, ses propres limites. Ribeiro sembla deviner ses pensées.

– On va les ramener ici mais on ne va pas leur faire de mal. Pourtant, lui, il en a fait, tu le sais, ça, non ?

Il s'approcha de Roberto et le domina de sa taille et de son regard.

– Il a *tué* ma fille. Tu comprends ?

Roberto acquiesça.

– On va juste montrer à ce Byrne qu'on peut frapper sous la ceinture, nous aussi, reprit Ribeiro. Et il va revenir, tout doux. À genoux, même. Peut-être que ce n'est pas lui, au fond ; qu'il a dit la vérité. Tu y crois, toi, à son histoire de dealer ? Moi pas tellement.

Il sortit deux verres et les remplit de whisky.

– Quel âge tu as ? demanda Ribeiro à son homme de main.

– Vingt-quatre ans, monsieur.

– Vingt-quatre ans, répéta Ribeiro pour lui-même. Déjà. Et je ne t'ai jamais vu boire.

– Je ne bois jamais, confirma Roberto pour anticiper le geste.

Ribeiro lui tendit un verre, malgré sa réticence évidente.

– Goûte.

Le jeune homme hésita et saisit le verre sans quitter des yeux Ribeiro.

– Eh bien, goûte, je te dis ! Tu n'as pas confiance en moi ?

Roberto porta le verre à ses lèvres et s'empressa de le reposer sur le bar. Ribeiro secoua la tête et sourit.

– Tu es encore un gamin. Et moi, si tu es un gamin, comment je peux te faire confiance pour cette mission ?

Roberto se redressa. Décidément, il avait beau le connaître, Ribeiro serait toujours trop fort pour lui : il saurait toujours comment l'aiguillonner, appuyer là où c'est sensible.

La confiance, la fiabilité. Une situation embarrassante, un mot provocateur, et le tour était joué. Il avait encore du chemin à faire pour résister à ça. Il se résigna.

Son patron vida son verre.

– Alors trouve sa famille, et fais ce que tu as à faire.

Roberto était parti depuis quelques minutes. Ribeiro prit place à son bureau, alluma un cigare et attendit qu'une quinte de toux passe pour composer un numéro.

Maria se dirigea vers le téléphone, puis hésita. Elle se souvint alors ce qu'avait dit le *señor* Ribeiro : si le téléphone du bureau sonne, elle n'a pas de souci à se faire, il est le seul à en connaître le numéro. Elle décrocha avec empressement.

– Maria ?

– Oui monsieur, c'est moi.

– Tout va bien ?

– Oui, ne vous faites pas de souci.

– Teresa ?

– Elle est dans le salon, elle dessine, la pauvre petite, elle n'a rien mangé, et tout à l'heure, je lui ai dit que si elle le voulait je pouvais...

– Maria, ça suffit. Passe-la-moi.

Maria soupira et se tourna.

– Teresa !

La petite sembla ne pas l'entendre, le regard perdu dans le dessin. Sur la feuille, elle avait représenté au crayon noir des personnages éloignés.

– Teresa !

Elle leva enfin la tête.

– Le téléphone, *querida*. Pour toi.

Les traits de la fillette s'illuminèrent.

La femme lui sourit.

– C'est ton grand-père, *mi princesa.* Il veut te parler.

Teresa s'arrêta tout net. *La joie s'efface de son visage comme l'eau qui coule sur une vitre*, pensa Maria.

– Viens vite, il veut te parler, je te dis ! C'est pour toi qu'il appelle ! tenta la femme avec un entrain forcé.

La petite baissa la tête et finit par obéir. Elle prit le téléphone et le porta à l'oreille sans un mot.

– Bonjour, Teresa, dit Ribeiro.

Elle ne répondit pas. Il écrasa nerveusement le cigare qu'il venait d'allumer. D'un simple silence, cette enfant lui faisait perdre ses moyens, alors qu'il n'était pas impressionné par vingt colosses du FBI.

– Je vais venir, dit-il. Je vais te rejoindre. On va passer quelques jours ensemble, d'accord ? Tu es contente ? demanda-t-il encore, à court de mots.

– On pourra appeler ma maman ? demanda la petite, la voix tremblante.

Ribeiro ferma les yeux.

– Oui, on verra. On verra. À bientôt, Teresa.

Il raccrocha, l'air sombre. Il éprouva à nouveau ce qui l'avait quitté transitoirement, ce matin, pendant que Byrne et le FBI mettaient son bureau sens dessus dessous : ce mélange particulier de chagrin et de rage. Il leva les yeux sur la pendule baroque qui trônait sur la fausse cheminée, il était un peu plus de midi. Il ouvrit la porte du bureau, sortit dans le hall et monta les marches quatre à quatre. Il redescendit quelques minutes plus tard, un sac de voyage à la main.

– Carmen !

La jeune femme arriva en courant sans oser le reprendre pour son prénom.

– Je pars, dit-il simplement. Rentre chez toi.

– Mais…

Il s'approcha d'elle et glissa la main le long de son dos. Il fit le tour de la nuque et alors qu'il allait passer sur le devant du tablier, Armela frémit et recula d'un pas, le regard fuyant.

– Rentre, j'ai dit, insista Ribeiro.

Elle ne se fit pas prier et s'éclipsa dans la cuisine en dénouant son tablier.

Ribeiro sourit. Il prit les clefs de sa voiture, ses affaires et vérifia que la batterie de son téléphone était pleine. Il avait deux heures de route devant lui et savait que Roberto l'appellerait. Pas question de le manquer.

36

– TU NE VEUX PAS qu'on les attende à l'extérieur, devant l'école ? On étouffe dans cette bagnole !

Tobey n'attendit pas la réponse de Meredith : il sortit et claqua la porte.

La jeune femme le suivit du regard tandis qu'il se dirigeait vers l'entrée de l'école et s'en voulut de son attitude. Jusqu'ici et pendant tout le trajet, elle ne lui avait presque pas adressé la parole, malgré les efforts de leur ami pour la distraire. Elle n'avait pensé qu'à une chose : son mari, silencieux et caché quelque part dans cette ville devenue hostile.

Ce matin, elle avait craqué : elle avait fondu en larmes, appelé au magasin pour que Jennifer ne s'inquiète pas de son absence, avait emmené les gosses à l'école, puis elle était rentrée se réfugier au fond de son lit. Elle n'avait pas plus fermé l'œil que pendant la nuit, perdue dans des pensées angoissantes. C'est Tobey qui l'avait arrachée à ses draps en appelant un peu avant midi.

– On déjeune ensemble ?

– Pas très faim, Tobey.

– M'en fiche. Je répète : on déjeune ensemble ?

– Non.

– Et qu'est-ce que tu vas faire ?

– Attendre.

– Quoi ?

– Qu'il se manifeste. Il va forcément me contacter, d'une manière ou d'une autre.

– Et se faire pincer par les flics qui doivent tout surveiller, y compris notre conversation téléphonique actuelle.

– De toute manière, il me l'a promis, Tobey : ce soir…

– … Ce soir, enchaîna son ami, s'il n'a pas réussi à prouver son innocence, il se rendra. Oui, je sais. Et tu y crois ? Je le connais.

– Moi aussi, coupa Meredith. Et peut-être mieux que toi, même si tu es son meilleur ami. Moi, je suis sa meilleure épouse depuis six ans et j'ai confiance en sa parole.

– D'accord, capitula Tobey. Et tu comptes rester dans ton lit toute la journée à ressasser tes angoisses ? Parce que je suis sûr que tu es au lit.

Meredith sourit. Elle faillit tourner la tête, prête à le trouver derrière elle, à l'observer.

– Tu sais quoi ? ajouta le psychologue. Je crois que je vais y filer aussi, et tout seul, pour une fois. Si on évitait de se transformer en boules de nerfs et qu'on se retrouvait ? On se promet de ne pas parler de ce crétin qui nous rend malades, et on va chercher les gosses ensemble à l'école, je sais pas, ce sera l'occasion de voir vos deux monstres, ça fait longtemps…

Elle ne répondit pas, hésitante.

– … Allez, Meredith, debout, dit Tobey avec la douceur dont il savait teinter sa voix pour s'adresser à une femme et la faire fondre. Juste histoire de passer un moment ensemble et de ne pas broyer du noir. Moi aussi, j'ai confiance en lui, et… et moi aussi, je suis complètement angoissé, finit-il par avouer.

Cette fois, la voix était empreinte d'émotion. Il se réfugia dans la plaisanterie.

– Voilà, ça y est, le mythe de l'homme surpuissant vient de tomber. Alors, quand est-ce que tu viens me chercher ?

Elle s'était levée, habillée à la hâte et s'était mise au volant du 4 × 4 de son mari que la police avait retrouvé le matin. Elle avait fait un grand crochet pour récupérer Tobey dans l'East Village, puis ils étaient remontés le long de Madison Avenue pour rejoindre l'école des gosses, au niveau de la 96e Rue Est.

Elle sortit de la voiture et le rejoignit.

– Excuse-moi, dit-elle en lui prenant le bras. Tu fais des efforts, et je suis aussi sympa qu'une veilleuse de morts.

– D'autant que tu l'enterres un peu vite, notre cavaleur… Il n'a pas dit son dernier mot, j'en suis sûr.

Elle se contenta de sourire et de serrer son bras. Ils perçurent du remue-ménage dans le hall de l'école. Dans quelques instants, une déferlante d'enfants s'abattrait sur les parents qui attendaient.

– J'espère simplement…, dit-il.

Il laissa sa phrase en suspens. Exactement ce que Meredith détestait.

– Tu espères quoi ? demanda-t-elle, agacée.

– J'espère qu'il a pris ses médicaments. Et ça, rien n'est moins sûr… Pourtant, ça lui ferait du bien, et ça l'aiderait certainement dans ses recherches. Il n'a pas de temps à perdre, et encore moins la mémoire.

Meredith ne put répondre : les portes de l'école s'ouvrirent pour libérer le tsunami annoncé. Au milieu de la masse hurlante et joyeuse, deux garçons levèrent les bras dans leur direction. Tobey dressa un poing victorieux et leur sourit.

Loris et Noah se jetèrent sur leur mère puis sur Tobey, qui les fit tournoyer dans les airs dans un concert de cris. Loris attendit de mettre pied à terre pour interroger sa mère.

– Maman, papa aussi, il est là ?

Elle lui prit la main puis celle de son autre fils et les entraîna vers la voiture.

– Non, chéri, pas encore, mais il revient bientôt. Bon, qui a envie de pains au chocolat ?

– Moi ! hurla Noah, surexcité par les lancers de Tobey. Et du Coca !

– Non, répliqua sa mère, pas de Coca, on va trouver autre chose à boire, dit-elle en accélérant le pas.

Était-ce une forme de paranoïa de sa part ou tous les New-Yorkais avaient-ils regardé le journal télévisé la veille ? Elle avait le sentiment qu'on la dévisageait comme si elle incarnait le diable ou, pire, une pauvre fille dont on plaignait la situation conjugale : mariée à un criminel en cavale… Le visage de Jamie s'était étalé sur les écrans puis sur les journaux du matin. Pour l'instant, ça se cantonnait à la rubrique des faits divers – puisque à New York, un meurtre n'était rien d'autre qu'un fait divers –, mais bientôt, la situation serait beaucoup plus difficile à vivre. Elle espérait simplement qu'on épargnerait ses enfants le plus longtemps possible.

Tobey prit Noah dans ses bras et lui chuchota quelque chose à l'oreille. Le petit se réjouit et éclata de rire. Tous montèrent dans la voiture restée ouverte et Meredith démarra sans traîner.

Ils firent un arrêt à la pâtisserie, Noah négocia habilement – un simple regard de ses grands yeux verts suffit – pour obtenir une canette de Coca à partager avec son frère, et ils déposèrent Tobey chez lui.

– Tu es sûre que…

– Oui, répondit Meredith sans hésiter. J'ai deux hommes forts à la maison pour me protéger, tu vois bien.

– Alors, tu m'appelles quand tu arrives ?

– Tobey, je suis grande, et tout va bien. En tout cas, se reprit-elle, il faut que ça aille. Au moins pour ces deux-là, dit-elle avec un mouvement de tête vers la banquette arrière.

Il n'insista pas.

– Okay. Et si ça ne va pas, ou si tu as des nouvelles, ou mieux, si tu as de *bonnes* nouvelles…

– … J'appelle, promis. Toi avant tout le monde.

Elle lui pressa la main et lui envoya un baiser. Il se pencha pour embrasser les petits et ferma la portière. Il s'éloignait quand elle le rappela d'un bref coup de klaxon.

– On est bêtes : si tout va bien, c'est même lui qui devrait t'appeler de la maison ce soir, non ?

– Si.

Il sourit, confiant, et disparut derrière la porte de son petit immeuble.

La voiture glissa dans le garage. Juste avant que le portail ne se referme, Meredith jeta un œil dans le rétroviseur : le flic en faction devant la porte n'avait pas bougé d'un poil, à part un mouvement furtif vers son téléphone. Mrs Byrne était rentrée avec les gosses, fin du rapport. Elle soupira et sortit du 4 × 4. Les enfants s'étaient déjà précipités vers l'escalier qui menait à la cuisine.

Elle les rejoignit et leur servit à boire pendant qu'ils fouillaient dans un placard à la recherche de biscuits supplémentaires. Elle décida de ne rien dire, cette fois : elle était prête à accepter tout ce qui les éloignerait du sujet qui reviendrait bien assez vite sur le tapis – leur papa. Elle réfléchit à la meilleure façon d'anticiper, selon le principe qu'elle avait toujours suivi : avec un enfant, mieux vaut aborder un point difficile plutôt que le laisser s'y enfermer. Jusqu'ici, ça ne lui avait pas trop mal réussi. Et puis Loris et Noah étaient encore petits et on ne pouvait pas vraiment dire que la vie leur avait joué de sales tours. Du moins, pas jusqu'à l'avant-veille. Elle était encore plongée dans sa réflexion stratégique quand on sonna à la porte d'entrée.

Elle se leva, puis se ravisa.

– Les enfants, vous ne voulez pas monter jouer dans vos chambres ? Vous serez mieux qu'à la cuisine, allez…

Les deux gamins disparurent dans une cavalcade émaillée de cris dans l'escalier, les portes claquèrent et le silence se fit à nouveau. La sonnerie retentit une seconde fois, sans insistance. S'il s'agissait d'un voisin compatissant ou curieux, elle préférait que ses fils n'entendent rien de la conversation.

Elle pénétra dans le sas de l'entrée et devina une silhouette frêle derrière le verre opaque de la porte. Par prudence, elle ouvrit simplement la fenêtre encastrée dans le battant. Derrière les barreaux de protection, un adolescent se tenait, deux cartons en main.

– Bonsoir madame, ce sont vos pizzas !

– Mes pizzas ? Mais je n'ai rien commandé…

– Si, dit le jeune homme d'une voix très calme, vous les avez commandées. Réfléchissez bien.

Elle s'attarda un court instant sur la cicatrice qui barrait le visage du livreur et qu'elle n'avait pas tout de suite remarquée à cause du contre-jour. Puis son regard fut agrippé par les petits yeux enfoncés. Elle suivit leur mouvement et descendit jusqu'aux mains : entre les cartons, le canon d'une arme dépassait. Un frisson lui brûla la peau comme une vague acide sur son corps. Elle jeta un coup d'œil affolé par-delà l'épaule osseuse de son agresseur : le flic semblait somnoler dans sa voiture. Elle ne sut que faire. Refermer la fenêtre et se coucher ? Hurler ? L'homme face à elle ne lui laissa pas une seconde pour décider.

– Ouvrez la porte, madame Byrne, sinon jc vais devoir tirer et quand il réagira, je serai déjà loin. Et vous, vous serez morte. Ouvrez. *Maintenant.*

Elle ne pensa qu'à une chose : les petits, là-haut. Les petits. Si elle laissait entrer cet homme, qu'adviendrait-il de ses fils ? Le loup dans la bergerie. Mais morte, leur servirait-elle à quelque chose ?

Elle ferma les yeux et fit tourner la clef dans la serrure. Elle abaissa la poignée et fit entrer le livreur de pizzas sous l'œil bienveillant du FBI.

37

ROBERTO referma derrière lui, quitta le sas et, lorsqu'il fut certain d'être à l'abri des regards extérieurs, il posa les pizzas sur le guéridon, à l'entrée, son arme braquée sur Meredith.

– Je ne vais pas vous faire de mal, dit-il.

Meredith tenta de contrôler sa respiration. Son cœur battait jusque dans ses tempes, elle eut le sentiment que sa tête allait exploser.

– Qu'est-ce que vous voulez ? De l'argent ? Des bijoux ? Prenez tout ce que vous voulez et partez.

Malgré elle, elle eut un regard furtif vers le premier étage. Noah et Loris pouvaient sortir de leur chambre à tout moment et apparaître en haut de l'escalier.

– Tout est dans le bureau, dit-elle en indiquant la pièce derrière elle.

Elle saisit son sac, qu'elle avait laissé sur la dernière marche et le tendit à Roberto. Celui-ci fouilla sans quitter la jeune femme des yeux et en sortit la clef de la voiture.

– Elle est dans le garage, dit-elle précipitamment. Prenez-la et partez. Je ne dirai rien à la police.

– La police s'en fiche, madame, dit enfin Roberto. Venez, vous allez me montrer où est votre voiture.

Meredith se précipita dans la cuisine, il l'arrêta par le bras.

– Mais avant ça, vous allez monter. Et chercher vos enfants.

– Mes… mes enfants ? Ils ne sont pas là.

Au même instant, un cri retentit à l'étage. Loris sortit comme une furie de sa chambre.

– Maman, dis à Noah de me laisser tranquille, il…

Il se tut lorsqu'il fut devant l'escalier et que Roberto apparut dans son champ de vision. Meredith ferma les yeux. Un froid terrible l'envahit, comme si on venait de découvrir la chose la plus intime, la plus profondément enfouie en elle. C'était ce que représentaient ses enfants, d'une certaine manière.

– Ils ne sont pas là ? demanda Roberto. Vous en êtes sûre ?

Meredith perdit son sang-froid.

– Non, non, je vous en prie, ils sont très jeunes, ils ne vous ont rien fait, laissez-les !

Roberto leva son arme, puis son regard croisa celui de l'enfant, chargé d'inquiétude. Il baissa la main instinctivement.

– Pourquoi ? supplia Meredith. Pourquoi eux ?

Roberto continuait à sourire à Loris, tétanisé. Il s'approcha de la jeune femme.

– Parce qu'il faut qu'on explique certaines choses à votre mari, et que c'est la meilleure façon de le lui expliquer.

Jamie. Ce type était là pour Jamie, il avait à faire avec ce cauchemar auquel elle ne comprenait rien.

– Lui expliquer ? Lui expliquer quoi ? Vous devez vous tromper, je vous assure, je ne sais pas de quoi vous parlez.

Roberto serra les mâchoires. Les muscles, noueux, roulèrent sous ses joues creuses. Il était entré depuis quelques minutes, l'agent fédéral posté à l'extérieur allait se poser des questions. Un livreur de pizzas n'était pas censé prendre le café à chaque livraison.

– Votre mari, lui, il sait. Dépêchez-vous, maintenant. Montez et cherchez les gosses, madame Byrne.

Meredith secoua la tête et s'interposa entre l'escalier et Roberto. Elle se retourna :

– Retourne dans ta chambre, chéri, Loris, VITE !

Le gamin sortit enfin de sa torpeur et disparut en un clin d'œil.

Elle fit à nouveau face à l'homme fluet qui, cette fois, braquait son arme droit sur son front. Il était capable de tirer, elle le sentait. Il ressemblait à un adolescent perdu dans un monde adulte, mais quelque chose lui disait qu'il était prêt à appuyer sur la détente. Mais elle s'en moquait, elle était prête à tout pour défendre ses gosses ou peut-être était-elle totalement inconsciente, hors d'elle, mais une chose était sûre : cet homme ne les emmènerait nulle part.

Alors seulement elle *le* vit.

Roberto la fixa. Et c'est parce qu'il la fixa qu'il comprit que quelque chose allait se produire dans une fraction de seconde. Parce que même s'il n'avait pas perçu, dans son dos, le mouvement d'une porte qu'on pousse, il s'était rendu compte que les pupilles de la femme avaient bougé. Elles s'étaient décalées très légèrement, un demi-millimètre, peut-être moins, juste assez pour qu'elle regarde par-dessus son épaule gauche. Cela suffit pour que tous ses sens se mobilisent et qu'une alarme se mette à hurler en lui.

38

COMMENT LA VOIR ? Comment lui parler, lui dire qu'elle ne se fasse pas de souci, comment prendre des nouvelles d'elle et des enfants ?

En m'enfuyant du bureau de Ribeiro, je n'avais eu que cela en tête. Ma famille me manquait plus que tout, il fallait que je les voie, que je les sente près de moi, qu'ils sachent que rien ne m'arrêterait avant de les avoir mis à l'abri et d'avoir protégé la vie que je désirais plus que tout pour nous. Être ensemble, former un rempart contre le danger et la séparation.

Puis je mettrais à profit les dernières heures qui me restaient avant de respecter la promesse que j'avais faite à ma femme : me rendre à la police. Cependant, j'avais déjà marqué des points avec le comportement de Ribeiro et de son acolyte ; à mon sens, les charges méritaient de peser sur lui autant que sur moi. Rien n'était joué, et si je trouvais une ultime solution, peut-être ma femme m'accorderait-elle un sursis. Mais je croyais aussi peu à la solution miracle qu'au sursis…

J'avais alors très vite abandonné la voiture d'Agnès dans un piteux état – mais dans certains coins d'Harlem et du Bronx, une voiture avec un pare-brise en morceaux et des impacts de balle, ça pouvait passer relativement inaperçu. J'espérais simplement qu'Agnès et Bernard n'auraient pas d'ennuis.

Je sortis du métro, marchai sur deux cents mètres et repérai un arbre à l'ombre duquel je me postai, le cœur battant, à l'abri des regards. On me connaissait certainement ici, et si je courais un risque, c'était celui de me faire repérer. Je m'étonnai de ma propre prouesse : m'être souvenu de l'adresse de l'école, vingt-quatre heures après que ma femme me l'eut répétée, lorsque j'avais promis à mon fils d'aller l'y chercher.

Mais, avant même de pouvoir apercevoir la façade de l'école, un flash irradia mes rétines, et elle m'apparut, très familière, telle une architecture que j'aurais bien connue, ailleurs, à un autre moment… Où ? Quand ? L'image ne dura qu'une fraction de seconde et se volatilisa. Et lorsque mon regard se posa sur les bâtiments, pourtant identiques à la vision que je venais d'avoir, l'impression de déjà-vu s'était elle aussi évaporée. Je ne reconnaissais rien, ni la structure très moderne et très simple en même temps, ni la façade parée de couleurs, ni la cour bardée de terrains de sport en tout genre, ni même un espace de jeux qui donnait à l'ensemble l'air d'un parc d'attractions plutôt que d'une cour de récréation. Je finis par me rassurer : peut-être n'était-ce pas un problème de mémoire mais le résultat, au fond, d'une absence chronique auprès de mes enfants, que je n'étais sans doute jamais allé chercher à l'école. Encore une fois, je me rendais compte combien mon travail débordait sur ma vie privée au point de passer totalement à côté de l'univers des miens.

Je n'eus pas longtemps à attendre : je reconnus le 4 × 4 qui se garait tout près de moi, ma femme au volant et mon meilleur ami qui en sortait. Je n'avais jamais vu Tobey dans cet état : lui qui était l'insouciance même, je lui trouvai les traits tirés, l'attitude contractée. Décidément, en quarante-huit heures, j'avais réussi à bouleverser tous ceux que j'aimais. Il était temps d'en finir. Je vis Meredith sortir elle aussi et rejoindre notre ami. Je fus reconnaissant à Tobey d'être présent, et heureux qu'ils se soutiennent mutuellement ; j'aurais voulu les rassurer, me montrer, leur dire que tout serait bientôt fini, mais je savais que c'était au-delà de l'imprudence.

Les portes de l'école s'ouvrirent et je reconnus mes deux enfants, qui se jetèrent sur ma femme et Tobey. Quelque chose se serra en moi ; j'aurais voulu être à leur place. C'est à cet instant que j'eus l'idée de prolonger ce moment avec eux. J'avais très peu de temps pour mettre mon projet en œuvre.

Je me faufilai jusqu'au 4 × 4 et tentai d'ouvrir le coffre : Meredith n'était pas du genre à verrouiller les portières. Le haillon se souleva, je le retins assez pour me glisser entre les deux vélos et refermai sans bruit. Je tirai la protection au-dessus de ma tête et gardai le silence.

J'entendis les enfants monter dans la voiture. Je jubilai en écoutant leurs efforts de négociation pour le goûter et, en même temps, il me semblait devenir fou à l'idée de ne pas pouvoir intervenir, rire avec eux, les serrer comme moi. C'était cruel, mais je ne regrettais pas mon initiative délirante. Plongé dans l'obscurité, je tentai de deviner la trajectoire du véhicule. Très vite, je fus perdu ; je ne reconnaissais pas ma ville. Ses bruits, ses artères animées, ses embouteillages, tout se ressemblait.

Le 4 × 4 s'arrêta, on ouvrit une portière et Meredith et Tobey échangèrent quelques mots. La voiture reprit la route et, un peu plus tard, alors que je m'enivrais du babillage de mes fils, elle ralentit. Je sentis qu'on passait sur une bordure de trottoir et l'atmosphère s'assombrit.

– Allez, descendez, les enfants.

J'entrouvris le coffre avant que Meredith ne ferme la voiture à clef, cette fois, et j'attendis d'être certain d'être seul pour me déplier douloureusement et en sortir. Je montai les marches en silence jusqu'à la porte qui communique avec la cuisine. La sonnerie retentit à la porte d'entrée. Je me cachai alors avec plus de soin vers le fond du garage, près du mécanisme qui commandait l'ouverture du panneau métallique, s'il fallait fuir.

Le silence qui suivit fit monter en moi une tension indescriptible. Je décidai de me rapprocher des marches, à nouveau, et tendis l'oreille. Alors seulement j'entendis qu'on refermait la porte. Et ma femme n'était plus seule dans la maison.

Les mots qu'elle prononça ensuite confirmèrent mon instinct :

– Qu'est-ce que vous voulez ? De l'argent ? Des bijoux ? Prenez tout ce que vous voulez et partez.

Je retins ma respiration et me glissai dans la cuisine jusqu'à la porte qui donnait sur l'entrée. Elle était entrouverte. Je me penchai : l'homme, dont je ne voyais que la main, braquait une arme sur Meredith. Je regardai autour de moi, fou d'angoisse, saisis une chaise et la soulevai sans un bruit.

– … Je ne dirai rien à la police…

– … police s'en fiche… me montrer où est la voiture…

Le garage. Ils allaient forcément entrer dans la cuisine. Je me plaquai contre le placard, prêt à frapper. Le battant de la porte s'ouvrit à la volée et ma femme passa le bras puis la tête. M'avait-elle vu ? Impossible de le savoir : elle fut arrêtée dans son élan et elle rebroussa chemin dans le hall.

– … chercher vos enfants.

Le dernier mot me rendit fou. Ma femme, maintenant mes enfants. Je m'avançai vers la porte, tandis que la voix de Loris résonna. J'ouvris, en prenant soin de ne pas faire de bruit. J'avais le sentiment qu'on aurait pu entendre mon cœur battre en moi comme un tambour. Je tenais toujours la chaise d'une main ferme, je ne tremblais pas, j'étais déterminé. Je la soulevai au-desssus de ma tête et me penchai : Meredith était en bas de l'escalier, le type lui faisait face – et me donnait le dos. Sa silhouette me sembla vaguement familière.

Avancer doucement, éviter toute précipitation. *Ne respire plus, concentre-toi, contracte tes muscles.*

Et frappe.

FRAPPE !

J'abattis de toutes mes forces la chaise sur le type, alors que Meredith fermait les yeux et se recroquevillait pour échapper à une balle perdue. Le bois vola en éclats sur le sol : l'agresseur de ma femme s'était retourné à la dernière seconde et avait partiellement évité le coup. Il fit une grimace de douleur et se tint le poignet. Nos regards se croisèrent et je reconnus l'homme de main de Ribeiro. Il profita de ma stupeur pour se pencher et ramasser l'arme qu'il venait de perdre. Dans un ultime mouvement réflexe, je frappai du pied dans l'arme qui glissa sur le parquet jusqu'à l'entrée du bureau. Le type jura et me décocha un coup de poing dans l'estomac qui me plia en deux. Aussi agile qu'un chat, il s'élança dans l'escalier. Je me forçai à oublier la douleur et plongeai pour ceinturer ses jambes. Il s'effondra comme moi sur les marches. Je serrai de toutes mes forces.

– Les gosses ! hurlai-je en tournant la tête vers ma femme. Ferme à clef !

Entre-temps, le gars s'était retourné sur les marches. Il se jeta contre moi et m'entraîna dans un roulé-boulé au bas de l'escalier. J'eus le sentiment que chacune de mes vertèbres se fracassait contre l'arête du bois. Meredith poussa un cri sans parvenir à nous enjamber pour monter protéger nos enfants, miraculeusement restés dans leurs chambres. Le type se releva, pantelant, alors que je restai allongé, incapable de bouger, sonné par le choc. Ma femme eut le bon réflexe : elle se précipita dans l'entrée et ouvrit la porte du sas, puis celle de la maison.

– J'appelle la police ! cria-t-elle d'une voix tremblante. Fichez le camp !

Je me relevai enfin. Le type hésita une seconde, puis se précipita dans la cuisine. Il ouvrit la porte qui donnait sur le jardin et s'enfuit. Dehors, le flic sortit de sa voiture, la main sur son holster. La voix de ma femme avait sans doute porté, et le livreur de pizzas n'était toujours pas sorti.

Je tentai de suivre le type dans la cuisine et me rattrapai à une chaise, le souffle court. Meredith se précipita contre moi et me soutint.

– Mon Dieu ! Tu es blessé ? Réponds-moi, Jamie ! Tu veux que je t'emmène à l'hôpital ? On sort par le garage, je…

– Non, la coupai-je. Ferme la porte d'entrée. Vite.

Elle apparut sur le seuil pour rassurer le flic et referma la porte aussi calmement que possible, puis revint dans la cuisine. Je recouvrai peu à peu mes esprits et me redressai.

– Tu vas tout de suite te mettre sous la protection de la police, tu m'entends ?

– La police ? Mais…

– Je t'en prie, ces gens sont malades, ils tuent, tu le sais comme moi. Je vais partir et tu vas descendre expliquer ce qui s'est passé à ce flic. Tu lui montreras l'arme, ils relèveront les empreintes.

– Et toi ? demanda ma femme, folle d'inquiétude.

– J'en sais rien, avouai-je. Mais j'ai encore un peu de temps devant moi…

Elle prit mon visage entre ses mains.

– Jamie, ça suffit, c'est toi qui vas m'accompagner au bureau de police le plus proche. Regarde, tu le dis toi-même, ils sont d'un autre monde, on n'est pas de taille, ni nous, ni personne. Tu ne peux rien contre eux, tu comprends ? Laisse faire les flics, tu n'es pas Superman et je n'ai pas besoin d'un héros mort pour rien !

Je me tus. J'étais prêt à accéder à sa supplique quand Teresa me revint à l'esprit.

– Ce soir, dis-je. Comme promis. d'accord ?

Elle plongea son regard dans le mien pour y trouver une réponse à mon attitude, puis capitula. Elle se contenta d'acquiescer en relâchant son étreinte.

– Ce soir, c'est promis, dis-je en l'embrassant.

Elle baissa la tête, puis se tourna vers la porte : deux enfants couraient sur le palier, à l'étage.

Je caressai furtivement son visage et me précipitai pour suivre le même chemin que l'homme de main de Ribeiro, sans me retourner. Je craignais de ne pas trouver la force de partir si je lisais encore la détresse de ma femme dans ses yeux, ou si mes fils se jetaient dans mes bras. Alors, pour sauver ce qui restait de détermination en moi, je serrai les dents, tachai d'entendre l'appel de mon autre enfant et partis.

39

– ON NE PEUT PAS tout contrôler, madame Byrne. Vous comprenez ?

Meredith s'enfonça un peu plus dans le canapé de son salon. Elle leva les yeux sur l'agent Washington. Il lui semblait un peu plus affaissé que l'avant-veille, lorsque sa coéquipière et lui étaient venus l'interroger. Plus humain, moins manipulateur que ce soir. Elle aurait été étonnée par cette attitude s'il s'était agi de la grande blonde qui la regardait sans faiblir depuis qu'ils avaient mis les pieds chez elle.

Ils n'avaient pas traîné pour rappliquer : à peine Meredith était-elle sortie pour alerter leur agent affecté au domicile que le reste de l'équipe avait déboulé, comme s'ils étaient tous embusqués dans une rue parallèle. La femme se tenait droite et immobile, une fesse à peine appuyée contre le bureau de Jamie, bras croisés. Meredith s'était même demandé si elle avait entendu un traître mot de son récit, depuis l'arrivée du faux livreur jusqu'à sa fuite lorsqu'elle avait ouvert la porte. Contrairement à Washington, pas grand-chose n'avait changé dans le comportement de cette femme : elle était juste un peu plus impressionnante, dans son tailleur-pantalon noir et perchée sur ses escarpins, que lorsqu'elle était apparue en jupe sur le seuil de la maison, deux jours plus tôt.

– Non. Non, je ne vous comprends pas, finit par répondre Meredith. On me menace d'une arme, on a tenté de m'emmener avec mes enfants, et vous me dites que vous ne pouvez pas tout contrôler ? Je vous demande simplement d'assurer la sécurité de mes enfants. C'est tout. Même pas la mienne : juste celle de mes fils.

Le policier soupira et se leva péniblement.

– Vous avez compris une chose, madame, j'en suis certain. Ces gens veulent la même chose que nous : mettre la main sur votre époux. La différence, c'est qu'on veut le protéger et faire la lumière sur cette affaire et qu'eux, en revanche, ne vont pas s'embarrasser de tout ceci : ils veulent le tuer.

– Et vous avez décidé de les laisser faire ?

– Ils ont des motifs en béton, répondit Ellie Savage de sa voix électronique. Votre mari se serait rendu coupable de deux crimes, et le premier concerne la fille de celui qui veut vous le faire payer.

– Deux crimes ? s'étonna Meredith. Si vous en rajoutez chaque jour, mon mari va finir *serial killer* !

Ellie ne releva pas la réplique et se pencha pour ramasser un barreau de chaise cassé.

– Qu'est-ce que c'est ?

– Un bout de bois, répondit Meredith en tachant de garder son sang-froid.

Elle pensait avoir éliminé toute trace de combat entre son mari et l'agresseur. Elle maudit sa négligence.

– J'avais reconnu le matériau, fit Ellie. Ça provient d'où ?

Meredith prit quelques instants pour réfléchir. Cette femme était du genre à aller au bout de son interrogatoire quand elle l'entamait, et la méthode serait certainement digne de la Gestapo si elle-même n'y coupait pas court avec une réponse claire.

– J'ai cassé une chaise de la cuisine cet après-midi, je l'ai fait tomber du haut de l'escalier. Je suis maladroite.

Ellie Savage ne répondit pas et s'éclipsa dans le couloir. L'agent Washington revint à la charge.

– Ma collègue ne s'amusait pas, madame Byrne – d'ailleurs, personne n'a envie de rire dans cette affaire, je crois, et votre mari le premier doit trouver l'humour de ses assaillants un peu douteux. Toujours est-il qu'on a retrouvé une seconde femme en mauvais état. Et c'était juste après le passage de votre mari, semble-t-il.

Meredith se tut. Elle ne savait plus quoi dire, quoi penser. De quoi parlait-il ? Pourquoi Jamie n'avait-il rien évoqué ?

– Qui… qui est cette fille dont vous parlez ?

– Elle s'appelle Rachel Kane, elle travaillait avec la première victime. Votre mari est allé la voir hier matin, le lendemain de la mort d'Inès Ribeiro. Elle est dans le coma, ajouta le policier.

Meredith ferma les yeux. Elle aurait voulu être loin. La voix d'Ellie Savage l'obligea à revenir parmi eux.

– Une chaise comme celle-ci ?

Elle brandissait une chaise de la cuisine et attendait une réponse. Meredith ne comprit pas tout de suite.

– C'est une chaise comme celle-ci que vous avez cassée ? précisa Ellie.

– Oui, confirma Meredith. Pourquoi, vous connaissez le fournisseur ? Vous pouvez m'avoir un prix ?

Qu'est-ce qui te prend ? se dit-elle. *Pourquoi tu la provoques alors qu'elle est sans doute plus dangereuse que les autres ?*

L'agent fédéral ignora complètement le sarcasme.

– C'est très solide, commenta Savage en inspectant la chaise. Soit vous avez une force surprenante, soit elle a pris son élan depuis le haut de l'escalier…

– Je suis non seulement plus forte qu'on ne l'imagine, répondit Meredith, mais elle était fragile. Mon mari l'avait abîmée il y a peu de temps en se balançant.

L'agent Savage planta son regard cristallin dans celui de Meredith, qui résista. Elle n'insista pas et Washington reprit la main.

– Soyons clairs, madame Byrne : nous allons faire ce que nous pouvons pour assurer votre sécurité. Mais au fond, dit-il en traînant sur les mots, vous le savez comme moi : votre meilleure protection serait que votre mari se rende chez nous au plus vite. Il mettrait fin à la traque de vos agresseurs, qui le veulent, un point c'est tout, et qui sont prêts à s'en prendre à vous pour l'atteindre. Tant qu'*il* sera en cavale, *vous* serez en danger.

Il haussa les épaules et soupira.

– Une voiture restera devant votre maison. N'est-ce pas, Roni ? dit-il à l'attention de son collègue. Mais nous ne sommes pas magiciens, madame, nous sommes juste des flics. Nous avons aussi nos limites.

Du chantage. Le FBI était en train de lui faire du chantage, ni plus, ni moins. Meredith suffoquait.

– D'accord, j'ai compris, dit-elle : mes enfants et moi, nous nous débrouillerons sans votre protection, ne vous en faites pas. Quant à mon mari, il n'est pas en cavale, dit-elle en se levant, il veut faire la lumière sur tout cela et prouver son innocence. Et il y parviendra, avec ou sans mon aide. Et sans la vôtre, surtout.

Le policier fit un signe à sa collègue et à un troisième agent resté silencieux. Tous se dirigèrent vers la porte.

Avant de quitter la pièce, Ben Washington se tourna vers Meredith, prostrée dans son canapé.

– Je veux bien y croire, madame, dit-il d'une voix plus sincère. Et nous serions tous ravis que votre époux fasse notre boulot et nous ramène le meurtrier menottes aux poings, si ce n'est pas lui. Mais j'ai peur que votre agresseur d'aujourd'hui s'en moque complètement et ne lui laisse pas le temps d'aller au bout de son enquête. À votre mari de choisir : votre sécurité, ou sa virée hors la loi dans New York. La balle est dans son camp, maintenant.

40

RIBEIRO coupa le moteur et descendit de la Cadillac.

Il prit son sac, contourna la maison et fit quelques pas sur la terrasse, face à la mer. Il leva les yeux : le ciel se dégageait, alors qu'une partie de la route, le long de la côte, s'était étirée sous des nuages menaçants.

Il n'était pas venu dans les Hamptons depuis des mois – il le regrettait chaque fois qu'il y passait quelques jours, même quelques heures. Mais c'était ici qu'il avait le plus de souvenirs de son épouse morte, la mère d'Inès. Et d'Inès, aussi, lorsqu'elle était plus jeune et qu'elle acceptait encore de venir en vacances avec ses parents pour assister aux disputes mémorables et aux hurlements. Ce n'était pas vraiment le genre de passé dans lequel il aimait plonger, malgré l'appel de la mer.

Il chassa ces souvenirs. Le temps avait joué en sa faveur, les remords et les regrets s'étaient estompés, il avait gagné de l'argent et rencontré beaucoup de femmes de tous les milieux – il fallait tourner la page. Et en démarrer une autre, une toute belle, toute blanche, sur laquelle une petite fille dessinerait ou écrirait ses premières lettres.

Il se retourna et leva les yeux vers les fenêtres de l'étage. Derrière l'une d'elles, il devina la silhouette immobile de Teresa. Ses tresses noires impeccables, sa robe fleurie, son regard triste. Il tourna la tête, puis se décida à entrer.

Maria l'accompagna dans le salon et le débarrassa de son sac. Roberto l'attendait, tête baissée.

Ribeiro l'observa longuement.

– Pourquoi ?

Le jeune homme ne répondit pas. Ribeiro s'approcha de lui et répéta :

– Pourquoi ? Pourquoi ne sont-ils pas ici, avec toi ?

– Son mari est arrivé, on s'est battus, répondit Roberto, mortifié par l'échec et la déception de son mentor.

L'homme d'affaires serra les poings, puis se contrôla.

– Laisse-moi seul. Et dis à Maria de venir.

La gouvernante entra quelques secondes après que Roberto se fut éclipsé.

– Va chercher la petite, j'aimerais la voir.

– Elle dort.

Ribeiro s'était affalé dans un canapé et admirait le paysage marin derrière la baie vitrée. Il se redressa, sortit un cigare de la boîte toute proche. Cette femme se mettait à décider pour lui, maintenant. Sa femme de ménage se mettait à décider s'il pouvait ou non voir sa petite-fille, quitte à lui mentir. Il lui avait donné de mauvaises habitudes – il avait trop donné, plutôt, tout simplement. Et voilà le résultat. Il n'eut pas envie de se disputer avec elle, ni de la réprimander. Il y songerait lorsque tout ceci serait derrière lui ; chaque chose en son temps.

– Va la chercher, Maria, se contenta de dire Ribeiro. *Tout de suite.*

Maria obéit sans un mot. Quelques instants plus tard, la petite apparaissait à la porte du salon, réfugiée dans les jupes de sa protectrice.

– Laisse-nous, ordonna Ribeiro.

Maria détacha l'enfant de ses jambes et ferma la porte derrière elle.

Ribeiro faisait toujours face à la mer, affalé dans le fauteuil. Il ne se retourna même pas pour s'adresser à l'enfant. Il était temps de définir qui était le chef ici, et toutes les générations devaient se le mettre dans le crâne. À commencer par la gamine. Il se souvint d'Inès et de son caractère intraitable ; il n'était pas question que la fille imite la mère, si elle devait vivre sous le même toit que lui.

– Viens ici, Teresa.

La petite ne bougea pas d'un millimètre. Ses petites mains torturaient l'ourlet de sa robe.

Ribeiro patienta quelques secondes, puis sa colère éclata.

– J'ai dit : *viens* ! TOUT DE SUITE !

Teresa sursauta puis fondit en larmes. Il se leva comme un fou et se précipita sur elle. Terrorisée, la petite recula et se plaqua contre le mur. Il la saisit par les épaules et la secoua.

– Quand je te dis de venir, tu dois obéir, Teresa, tu entends ? Tu dois OBÉIR !

– Maman ! sanglota l'enfant. Je… veux… voir… ma maman…

– Tu ne la verras pas ! C'est fini, maintenant tu es ici, avec moi, et c'est comme ça ! Arrête de pleurer ! Ta mère, elle est…

La double porte s'ouvrit brusquement et Maria déboula comme une furie. Elle arracha littéralement la petite des mains de son grand-père et la prit dans ses bras. Teresa se réfugia contre elle et enfouit son visage dans son cou pour éclater en sanglots.

– *Madre de Dios*, C'est une enfant, *señor* Ribeiro ! Une enfant ! Elle ne peut pas entendre… ça !

– Tais-toi ! hurla Ribeiro. C'est moi qui sais ce qu'elle peut entendre ou pas, tu as compris ? Je t'interdis de me répondre !

Maria lui tint tête et le foudroya du regard.

– *Una niña*, une enfant ! dit-elle une ultime fois avant de reculer.

Mortifiée par le comportement de son patron comme par sa propre arrogance, elle se tourna enfin et sortit de la pièce en murmurant des mots de réconfort à l'oreille de Teresa.

Ribeiro claqua la porte avec violence et tenta de se calmer. Il s'approcha du bar et se servit un verre de scotch d'une main tremblante.

Une enfant. Il savait que Maria avait raison. Mais une enfant avait besoin d'autorité. Que faire d'autre, sinon ? Inès aussi avait été une enfant, mais tellement gâtée qu'il n'avait jamais pu la maîtriser par la suite. Pour en arriver où ? Finir morte dans un hangar. Il ne voulait pas que Teresa suive la même trajectoire, la même descente aux Enfers. Il voulait qu'elle coupe les ponts avec son passé le plus vite possible, même s'il fallait passer par une méthode directe et une brutalité verbale. *Ta mère est morte.* Savait-on ce qu'est la mort, à six ans et demi ? Il supposa que oui. Le visage de sa fille lui revint à la mémoire comme une gifle. La douleur, ravivée, le prit à la gorge. Il jeta le verre, qui vola en éclats contre le mur, et se laissa tomber dans un fauteuil.

Teresa se réveilla une heure plus tard.

Il faisait encore jour. Elle regarda autour d'elle et mit quelques instants à réaliser où elle était. La scène avec son grand-père remonta à la surface de ses souvenirs. Maria l'avait mise au lit puis l'avait bercée et réconfortée jusqu'à ce qu'elle s'endorme, épuisée. Les mots ressurgirent, eux aussi : *tu ne la verras pas... c'est fini, maintenant, tu es avec moi.* Comment oublier, quand on a six ans et demi et un immense vide autour de soi ? Elle se recroquevilla sous les draps et mit la main à son cou, machinalement. Elle toucha le pendentif fantaisie que sa mère lui avait acheté. Les mots d'Inès lui revinrent à l'esprit, enfin : *si tu te perds ou si tu as besoin de maman, tu prends le papier plié dans le pendentif.*

Besoin de maman. Elle avait complètement oublié le collier et le papier. Elle ouvrit frénétiquement le petit boîtier et en sortit un carré plié. *Tu dis à quelqu'un de téléphoner à maman, chérie, tu as compris ? Tu donnes le papier à un grand, un monsieur ou une madame, et tu dis qu'il faut appeler maman. Tu n'oublieras pas ?*

Non ; elle s'en était souvenue. Elle regarda autour d'elle : la chambre était immense et, depuis la fenêtre, elle ne voyait pas le bout de la mer. Ça lui faisait un peu peur, mais Maria lui avait dit que maman avait habité ici, elle aussi, et qu'elle avait dormi dans cette chambre. Ça l'avait un peu apaisée.

Elle se leva et marcha jusqu'à une petite table ronde, entre deux fauteuils.

Elle fixa quelques secondes le téléphone avant de décrocher. Elle posa bien à plat le papier et s'appliqua à composer le numéro, en reconnaissant chaque chiffre sur le téléphone. Lorsqu'elle appuya sur la dernière touche, elle attendit.

Et la première sonnerie retentit.

41

J'AVAIS COURU sans m'arrêter jusqu'au métro. Dieu merci, lorsque j'en sortis à Harlem, la Toyota se trouvait encore là où je l'avais abandonnée. Visiblement, on ne l'avait pas encore retrouvée. Je fouillai dans ma poche pour trouver les clefs. Mon pantalon me collait à la peau, j'avais sans doute perdu un litre d'eau tant j'avais transpiré. Je finis par déverrouiller les portières et m'installer au volant. Bientôt, il faudrait que je m'arrête pour faire le plein et couvrir le pare-brise – ou plutôt ce qu'il en restait – avec une feuille de plastique. J'espérais pouvoir tenir le plus longtemps possible avant qu'un pompiste ne donne mon signalement.

J'allais démarrer quand une vibration capta mon attention. Je pris mon sac en main : elle provenait de la pochette d'Inès que j'ouvris précipitamment pour saisir son téléphone. La batterie n'avait pas encore rendu l'âme, et l'écran affichait « numéro inconnu ».

Il vibra une seconde fois. Tout s'emballa dans mon esprit : que faire ? Était-ce un piège ? Pour la première fois, je me demandai si la police avait identifié le téléphone d'Inès. Manifestement non ; le cas échéant, elle m'aurait déjà repéré en localisant la puce – peut-être Inès avait-elle utilisé un faux nom, ou l'abonnement n'était-il pas à son nom mais celui d'une amie ou d'un de ses « amis ».

À la troisième sonnerie, je pris la décision d'ignorer l'appel.

Et à la quatrième, je décrochai.

– *Maman ?*

Un mot. Un mot, et je fus submergé par l'émotion.

Cette voix que je n'avais jamais entendue, je l'aurais reconnue parmi mille autres voix. C'était celle d'Inès au début, quand sa voix était encore douce, avant l'amertume et la distance. Mais c'était aussi une voix de fillette qui m'était étrangement familière… Je parvins enfin à bafouiller dans le téléphone.

– Te… Teresa ? C'est toi ?

– *… je veux parler à maman…,* supplia la petite voix.

– Ma chérie, ce n'est pas possible… pas pour le moment, maman ne peut pas te répondre.

Un silence suivit que je ne sus combler. Il fut remplacé par les pleurs d'une enfant et un cœur qui vole en éclats – le mien.

– *Mais moi, je veux voir ma maman…*

Chaque mot me laissait à vif. J'étais bouleversé. Ma fille souffrait, elle me parlait mais ne me connaissait pas, elle voulait sa mère alors qu'elle n'avait que moi, et moi je n'étais rien pour elle. Je me ressaisis ; l'enfant, c'était elle, mon émotion n'avait aucune importance. C'était sa détresse qui comptait.

– Teresa, écoute-moi, lui dis-je d'une voix que j'espérais rassurante. Tu m'écoutes, ma chérie ?

Elle répondit par un silence que je voulus prendre pour de l'attention.

– Maman et moi, on se connaît très bien, très très bien, on est amis, elle et moi. Je m'appelle Jamie. Et elle m'a dit de te répondre si tu appelais. Où tu es, Teresa ? tu peux me le dire ?

– *Dans la chambre.*

– Quelle chambre ? Chez qui ?

– *Chez... chez mon grand-père*, dit-elle, la voix étranglée.

– Où ? À New York ?

– *Je sais pas...*

Je réfléchis un instant avant de poser une autre question. En même temps, je fouillai machinalement dans la poche de mon pantalon et en sortis un papier plié en deux. Je l'ouvris et lus les mots griffonnés par la secrétaire de Ribeiro. L'adresse dans les Hamptons.

– Teresa, est-ce qu'il y a la mer, près de la maison où tu es ?

– *Oui*, dit-elle.

– Alors ne pleure plus. Tu sais quoi ? Je vais venir te chercher et te ramener à la maison.

– *Maman aussi ?* demanda la petite.

– Non... non, chérie, mais je t'expliquerai où est maman, si tu veux.

– *Je veux la voir*, dit Teresa sans pouvoir retenir ses larmes.

– Je sais, Teresa, mais je vais te dire où elle est, et on ira dans ta chambre, pour que tu retrouves tes jouets, ton lit, tes affaires. Tu verras, mon cœur, on sera bien. Ça va aller. D'accord ? Tu veux que je vienne ? demandai-je, angoissé à l'idée que la petite ne veuille pas de moi.

Teresa hésita.

– *Je sais pas*, finit-elle par dire, perdue.

– Je vais venir et tu décideras tranquillement, d'accord ? Teresa ?

– *Oui...*

– Chérie, ce sera notre secret, d'accord ? Tu ne dis rien à personne. Ni à ton grand-père, ni à personne.

– *Et à Maria ?* demanda la petite.

– Non plus. C'est une surprise, une surprise pour tout le monde. Peut-être qu'il fera nuit quand j'arriverai, alors tu te couches et je viendrai dans ta chambre, d'accord ?

– *D'ac...*

Le mot fut coupé. Je regardai l'écran du téléphone : la conversation avait dévoré le peu d'autonomie de la batterie.

Je jetai un coup d'œil sur ma montre : le temps pressait. À quelques heures de route d'ici, une petite fille m'attendait, mais cette fois je ne laisserais rien au hasard. J'avais un plan et, exceptionnellement, un temps d'avance sur l'adversaire.

42

– TERESA !

La petite sursauta et se retourna, le téléphone encore en main.

Manuel Ribeiro traversa la chambre pour se planter devant elle. Il avait vu le petit voyant allumé sur le poste du salon et s'était empressé de monter.

Il lui prit le combiné sans brutalité et raccrocha.

– Qu'est-ce que tu faisais avec ce téléphone ?

La petite se mura dans le silence, le regard affolé, comme si elle cherchait un quelconque secours autour d'elle. Son grand-père n'attendit pas sa réponse, s'approcha de la table et ramassa le papier. Il y lut le numéro sans le reconnaître, bien qu'il lui fût vaguement familier. Il prit le combiné et le composa.

Il se heurta à un message laconique sur le répondeur. Mais la voix, elle, ne lui échappa pas. Il blêmit et raccrocha. La petite s'était sans doute contentée de laisser un message à sa mère. Entendre sa voix avait dû la réconforter, alors que lui s'enfonçait à nouveau dans le chagrin. Il restait persuadé, cependant, que maintenir un espoir et une présence illusoire d'Inès dans la tête de l'enfant ne ferait que ralentir son deuil et son intégration dans le nouveau foyer qu'il lui offrait.

– Teresa, maman ne va pas écouter ton message, il faut que tu le saches, et que tu le comprennes. Tu as entendu ce que je viens de te dire ? Maman ne va pas écouter ton message. Il ne faut plus lui en laisser.

La petite releva le menton et s'emporta, pour la première fois.

– C'est pas vrai ! C'est le monsieur qui me l'a dit ! Il a dit qu'il sait où est maman et qu'il me le dirait !

Ribeiro s'accroupit devant elle.

– Un monsieur ? demanda-t-il, méfiant. Quel monsieur ?

Il prit délicatement sa petite-fille sous les bras, la déposa sur le lit et s'assit près d'elle. Il s'adressa à elle avec plus de douceur qu'il n'en avait jamais fait preuve. Le regard de l'enfant se mit à fuir.

– Un monsieur… au téléphone ? insista le grand-père.

Teresa finit par confirmer d'un signe de la tête.

– Tu sais, lui dit-il, il ne faut pas croire les messieurs au téléphone. Surtout… surtout si tu ne sais pas qui c'est.

– Mais c'est un ami de maman, il l'a dit !

– Il t'a dit comment il s'appelait ?

– C'est un secret.

– Bien sûr, admit Ribeiro. Si c'est un secret… Mais le secret, c'est qu'il va venir ?

La petite acquiesça une nouvelle fois.

– D'accord, Teresa, d'accord. Et si je garde le secret, moi aussi, tu me dirais quand il t'a dit qu'il viendrait ?

Elle secoua la tête, fière de résister à cet homme qui n'avait pas été aussi gentil et qui avait crié, tout à l'heure. Ribeiro soupira bruyamment.

– Bon, bon, je n'insiste pas. Mais tu ne vas pas te mettre au lit, alors, puisqu'il vient te chercher… sinon tu dormiras et tu ne l'entendras pas venir !

– Il a dit qu'il me réveillerait ! s'écria Teresa.

Ribeiro sourit.

– Très bien ! Mais, en attendant, on va dîner tous les deux, d'accord ?

– J'ai pas très faim.

Il maîtrisa la colère qui montait en lui.

– C'est pas grave, tu vas… tu vas te forcer un peu.

Il sortit de la chambre et se retourna lorsqu'il fut sur le seuil.

– Quand Maria t'appellera pour le repas, tu descendras. Et ensuite, on attendra ensemble ton ami.

43

BEN WASHINGTON décrocha avec lassitude.

– Merde, dit-il avec grâce à son interlocuteur, qu'on épargne les presque retraités ! Qu'est-ce qu'il y a ?

– Il y a un type qui s'en fiche de ta retraite, répliqua la standardiste, et qui veut parler à ceux qui s'occupent de l'affaire Byrne et de cette fille morte dans un hangar.

– Rassure-moi, Bella, tu ne vas pas me passer tous les Américains qui veulent disserter sur le sujet ?

– Non, mais celui-là, oui : il dit qu'il sait où est Byrne. Ça t'intéresse ou je le renvoie au fond de l'Amérique, avec les autres Américains ?

Ben émit un son étrange qui se situait entre le soupir et le grognement, et Bella lui transféra l'appel.

– *Ben Washington à l'appareil.*

– C'est bien vous qui vous occupez de l'enquête sur le meurtre d'Inès Ribeiro ?

– *Oui. Vous avez des informations concernant cette enquête, c'est ça ?*

– Oui c'est ça, dis-je. Au sujet de James Byrne.

Je regardai autour de moi, inquiet. J'avais choisi la première station-service à la sortie de New York – la plus fréquentée, pour noyer ma voiture dans le flot qui faisait la queue devant les pompes et étrenner une nouvelle puce téléphonique jetable avec un nombre limité d'unités.

– *Je vous écoute*, me répondit le flic.

– Je sais où il est, affirmai-je.

– *Ah, c'est une bonne chose. Et vous seriez d'accord pour me le dire ?*

Je me demandai si ce type allait se foutre de moi longtemps. Je n'avais pas l'intention d'y passer la journée : j'avais deux bonnes heures de route en perspective.

– Si ça ne vous intéresse pas, passez-moi l'autre personne qui s'occupe de l'affaire. Une fille, une grande blonde aussi chaleureuse que vous êtes sympathique.

Un silence se fit, pendant lequel mon interlocuteur sembla hésiter.

– *Bien sûr, je vous la passe. Pour toi, Ellie.*

J'entendis le téléphone changer de main.

– *Savage.*

Tout y était : le nom, le ton. Je n'eus pas le moindre doute, on m'avait passé la bonne personne. Je n'avais rien à perdre à tenter le coup avec elle.

– J'ai expliqué à votre collègue que je pouvais vous dire où se trouvait Byrne.

Cette fois, on ne se moqua pas de moi. La fille était pragmatique :

– *Comment savez-vous où il se trouve* ?

– Parce que c'est *moi.*

– *Vous.*

– Oui, moi.

– *Pourquoi je vous croirais ?*

Elle ne se perdait pas en paroles vaines.

– D'accord. Inès Ribeiro portait un chemisier blanc quand elle a reçu une balle sous le sein gauche. Vous me croyez ?

– *Vous pouvez avoir lu le compte rendu du légiste.*

– Je me suis enfui par la fenêtre d'un bureau à l'étage du hangar, au bout du couloir, au-dessus de la voie ferrée. La seule porte ouverte. J'ai sauté dans un train.

Cette fois, j'eus droit au silence. J'enfonçai le clou.

– Hier, quand vous m'avez poursuivi dans le métro, vous avez coincé votre arme entre les deux portes et j'ai vraiment cru que vous alliez tirer. *Vraiment.* Voulez-vous que je vous répète vos jurons quand j'ai shooté dans l'arme, que la rame est partie et que je vous ai échappé ? Ou vous allez me dire que j'étais un passager dans le même wagon ?

Silence, à nouveau. Mais je perçus un mouvement, le bruit d'un stylo sur un morceau de papier. J'entendis alors un déclic et un léger bruit de fond : on avait décroché sur un autre poste pour entendre la conversation. À moins que ce soit l'ordinateur qui tentait de repérer géographiquement la carte de mon téléphone via satellite ? Je m'en moquais.

– *Où êtes-vous ?* demanda enfin Savage.

– Peu importe. En revanche, je vais vous dire où je serai dans deux heures. Pas seul, mais ceux qui seront là vont vous intéresser, aussi.

– *Qui d'autre que vous ?*

– Avant ça, je veux quelque chose en contrepartie.

– *J'écoute*, répondit-elle.

– La protection immédiate et rapprochée pour ma famille, aussi longtemps qu'il le faudra.

– *C'est déjà fait.*

– Vous parlez du plouc dans sa bagnole, devant la maison ? Il n'a rien vu quand ma femme s'est fait agresser tout à l'heure. Heureusement que j'étais là.

– *Vous y étiez ?*

– Oui. Et il ne m'a pas vu entrer non plus.

– *D'accord. J'envoie une autre voiture et on surveillera toutes les entrées de la maison.*

– Je veux une personne avec elle à l'intérieur si elle l'accepte.

– *Ensuite ?*

– Qu'on la suive de près si elle se déplace. Et je veux aussi qu'on surveille mes fils à l'école.

– *Si vous continuez, il n'y aura plus personne au FBI pour venir à votre rendez-vous, ce soir.*

Contre toute attente, elle aussi donnait dans l'humour. Cherchait-elle à gagner du temps ? Manifestement, mon téléphone portable n'avait pas encore été précisément localisé.

– *Monsieur Byrne, où voulez-vous que nous vous retrouvions ?*

– Dans les Hamptons, me contentai-je de répondre.

– *C'est grand.*

– Disons au milieu. Mais je vous rappellerai de là-bas. Ça vous laissera le temps d'organiser la protection de ma famille et de vous mettre en route.

– *Pourquoi les Hamptons ?*

– Parce que vous y trouverez celui qui a probablement tué mon ex-femme.

– Vous avez des preuves ?

Elle était intraitable, mais au moins elle semblait me prendre au sérieux.

– C'est votre travail, rétorquai-je. Mais vous aurez déjà de quoi l'arrêter.

– Dites-moi ce que c'est, pour que j'essaie d'obtenir un mandat en urgence.

– Il séquestre ma fille.

– Monsieur Byrne ?

Je reconnaissais mon premier interlocuteur. Le ton avait radicalement changé.

– Oui.

– Vous avez raison de dire que c'est notre travail. Je vous suggère de nous laisser faire et de venir nous voir tout de suite. Ce sera mieux pour vous, pour votre famille, votre femme, et pour la suite de l'enquête. Nous mettrons tout en œuvre très vite.

Le discours de cet homme me convenait moins que celui de sa coéquipière, qui m'avait visiblement mieux compris. Sous ses airs polaires, elle possédait une forme de sensibilité – du moins à la façon d'une machine sur laquelle on aurait téléchargé un logiciel de décryptage. Elle m'avait écouté et n'avait pas cherché à me faire changer d'avis. J'en avais assez dit et entendu, il fallait que je m'en tienne là avant d'être déstabilisé. Et s'ils m'avaient repéré, il était temps de partir.

– Je vous rappellerai, dis-je en raccrochant.

Savage se tourna sans attendre vers les informaticiens.

– C'était à la seconde près, mais on l'a eu, dit l'un d'eux : il est dans le Queens.

Les deux agents se précipitèrent devant l'écran.

– L'autoroute, dit Ellie d'emblée. La 495. Elle traverse Long Island jusqu'à la pointe est. Il n'a pas menti…

– Je m'occupe de la protection de sa famille, dit Washington.

– Tu vas quand même le faire ? s'étonna Belley, un agent qui les avait rejoints.

Ellie Savage s'approcha de lui. Elle le dépassait de deux têtes.

– On a un deal, alors on le fait. Même si c'est un tueur, on respecte le deal.

Une seconde plus tard, elle passait le seuil au pas de course, suivie par Ben Washington et deux autres agents.

44

LA ROUTE me semblait interminable, la chaleur écrasante : le soleil déclinait pourtant, mais les tirs des fédéraux sur la voiture d'Agnès avaient réduit en miettes le tableau de bord et sans doute la climatisation, qui ne répondait plus à mes appels vibrants.

J'avais quitté le Queens et m'étais engagé dans Long Island. Manhasset, Jericho, Melville, Medford… Les panneaux défilaient et je traversais des banlieues puis des villes sans y prêter attention, l'esprit et le cœur tournés vers un seul point : ma fille.

Je ne réalisais que maintenant que je ne l'avais jamais vue, qu'elle ne m'avait jamais vu, et que, dans moins d'une heure, je tenterais de l'enlever et l'emmener loin de cet homme pourri, de cet endroit, loin de tout. Même de sa vie, pour lui en offrir une autre. Bref, je m'apprêtais gentiment à provoquer un séisme dans l'existence d'une enfant de six ans et demi qui, comble du bonheur et de la stabilité psychologique, venait de perdre sa mère sans que personne ne le lui ait dit.

Qu'est-ce qu'une enfant de cet âge peut entendre ? Évidemment pas les circonstances de la mort, mais ce vide, déjà, ce vide abyssal qu'allait creuser l'absence d'Inès, qui pouvait lui en parler ? Un père pouvait – devait – le faire, bien sûr, mais un père qui existerait depuis un peu plus qu'une minute et trente secondes. Pas un illustre inconnu qui déboulait avec fracas au milieu d'un ouragan affectif et qui brandissait le sac à main d'une femme morte en criant : « Je suis ton père, ma chérie, c'est maman qui me l'a dit ! Tu viens ? On s'en va ! »

Et si elle ne voulait pas de moi ? Si je lui faisais peur ? Elle allait *forcément* avoir peur… je serrai les mains autour du volant jusqu'à ce que les articulations blanchissent. Je préférais ne pas y penser et croire en la chimie d'un père et de son enfant, ce quelque chose qui les lie et les rend familiers l'un à l'autre au-delà des années de séparation. Oui, il fallait y croire pour continuer.

Peu après Medford, je faillis manquer la sortie pour rejoindre Sunrise Highway qui longeait la côte. Ce fut alors la voiture qui roulait paisiblement à ma droite que je manquai d'un cheveu, et je bifurquai dans un concert de klaxons.

Bellport, Bayport, Bellview Beach : les noms changeaient et m'indiquaient que j'approchais de ma destination, alors que la tension montait en moi de manière exponentielle.

Westhampton Beach. Enfin.

J'entrai dans la petite ville et m'arrêtai sur un parking. Je coupai le moteur et tentai de maîtriser mes émotions. Il fallait que je reste concentré et déterminé. Je rappelai le bureau fédéral et demandai à parler à Ellie Savage.

– *Elle n'est pas là, je peux prendre un message ?*

– Elle attend mon appel. Dites-lui que c'est Byrne.

Un court silence plus tard, je reconnus la voix de la jeune femme.

– *Où êtes-vous ?* dit-elle mécaniquement.

J'entendis assez distinctement un bruit de moteur : ils étaient en route et on avait certainement transféré mon appel sur son portable.

– Westhampton Beach. Descendez Beach Lane jusqu'à la route qui longe les dunes. Je vous rappelle dans cinq minutes.

Cette fois, elle perdit patience.

– *Non, Byrne, attendez, vous n'allez pas encore nous...*

Les derniers mots se perdirent dans sa voiture. J'avais raccroché. Je sortis le papier griffonné à la hâte par Genna et lus l'adresse.

Je remontai en voiture et démarrai au pas. Je m'engageai sur une avenue bordée de maisons très blanches et très espacées. Je comprenais, en un sens, pourquoi chaque New-Yorkais se serait damné pour une résidence secondaire dans les Hamptons, même si j'étais citadin à cent mille pour cent et que je détestais, pour ma part, quitter la ville plus de deux heures. Il y avait ici un concentré de tout ce qui me faisait cruellement défaut depuis deux jours : le calme, la douceur de vivre et l'absence absolue de toute contrainte.

Les gens se retournaient avec une mine dégoûtée sur la voiture d'Agnès, ses vitres en piteux état et ses impacts de balles. Je priai pour que personne n'ait l'idée de donner l'alerte : dans ces petites villes pimpantes et léchées, on ne détestait rien moins qu'un simple potentiel de délinquance, ce que je représentais éminemment. Je redoutais aussi que mon signalement ait été donné par le FBI à la police locale des villes de Long Island – c'était même plus que probable.

J'aurais d'ailleurs pu me contenter d'attendre les flics devant la porte de Ribeiro et m'assurer que la petite était entre de bonnes mains. Mais je voulais autre chose, pour Teresa et pour moi : je voulais être certain de pouvoir lui parler. Avoir le temps de le faire avant l'arrivée du FBI. La voir, la rassurer.

Et je voulais aussi m'assurer de son sort.

J'avais bifurqué sur la voie principale puis sur Beach Lane, que j'avais suivie jusqu'à la bande de terre qui bordait l'Atlantique et sur laquelle s'alignaient les maisons avec piscine. J'avançai ensuite jusqu'à l'adresse indiquée, sans ralentir et tentai de repérer quelques éléments marquants de la maison. Je fis ensuite demi-tour et me garai sur le parking d'un supermarché, au croisement de Dune Road et Beach Lane. Je traversai le parking à pied et longeai la plage.

Je comptai les maisons et m'arrêtai enfin devant la huitième, le cœur battant. Je la devinai à travers un écran de verdure. Je composai une dernière fois le numéro et demandai à parler à l'agent Savage.

Elle décrocha après un transfert très rapide.

– Vous allez jouer avec nous comme ça longtemps ?

– Où êtes-vous ? demandai-je.

– À quinze kilomètres de Westhampton. Ne faites rien avant qu'on arrive.

Une voix d'homme prit le relais.

– Vous n'êtes pas dans une série télé, monsieur Byrne, et la vie, ce n'est pas comme dans une salle d'opération : programmé et maîtrisé. Alors faites ce que vous dit ma collègue, c'est-à-dire rien. Attendez-nous.

Décidément, l'agent Washington et moi, on n'était pas tout à fait sur la même longueur d'onde.

– Écoutez, je n'ai pas le temps de discuter avec vous, et c'est à moi de poser des conditions. Je vais vous attendre, mais j'exige une chose.

– *Vous exigez* ? s'emporta Washington. *Mais votre situation est dramatique, Byrne, est-ce que vous l'avez compris ? Est-ce que vous avez compris que vous n'êtes pas en mesure d'exiger quoi que ce soit ?*

– Je n'ai plus rien à perdre, répliquai-je avec sang-froid, surtout pas de temps. Donc j'exige, oui : *j'exige* que ma fille Teresa, que vous allez trouver ici, soit confiée à ma femme Meredith pendant l'enquête que vous mènerez pour savoir qui a tué Inès Ribeiro. À cette condition seulement, je vous attends. Sinon, il n'y aura ni ma fille ni moi lorsque vous arriverez. Mais vous pourrez au moins arrêter le propriétaire de la maison et l'interroger, je suis sûr que vous apprendrez des choses intéressantes.

– *Ne mettez pas la vie de votre fille en danger.*

– Elle l'est déjà. Alors, j'ai votre parole ?

Ellie prit le relais.

– *D'accord. Je m'en occuperai.*

– Confiez Teresa à ma femme, répétai-je pour que les choses soient claires. Voilà ce que j'attends de vous.

– *J'ai compris.*

Sans savoir pourquoi, j'avais le sentiment qu'elle tiendrait parole.

– Je peux vous faire confiance ?

– *Oui.*

– Je n'ai pas le choix.

– *Non.*

– Notez : 1278, Dune Road.

L'agent Savage se tut – ce qui marquait une très faible différence avec le temps de parole, tant elle était bavarde. Elle prenait probablement note de l'adresse ; je n'avais plus rien à attendre d'elle à part sa venue imminente. Je raccrochai.

45

JE M'AVENTURAI alors dans le sentier qui séparait la plage de la maison.

J'arrivai devant une bâtisse en longueur, aux murs clairs et sans fioritures, curieusement, alors que je m'attendais à la façade clinquante des nouveaux riches façon Ribeiro. Je poussai le portillon, qui n'était pas verrouillé – comme dans tant de stations balnéaires chic dont les habitants ont envie de croire que la violence et le vol n'ont pas franchi le seuil de leur ville.

Devant moi, la villa se reflétait dans une piscine rectangulaire. Je contournai le bassin avec précaution puis longeai le mur du pool house jusqu'à la baie vitrée. Le fracas des vagues sur le rivage, assez proche, couvrait mes pas. Le soleil couchant entrait profondément dans le séjour – où Ribeiro s'était rattrapé : canapés boursouflés, tapis surchargés, meubles rococo. J'étais au bon endroit.

Un mouvement m'obligea à reculer précipitamment. Je sentis le sang battre dans mes tempes. Je me penchai à nouveau, juste assez pour distinguer le chignon grisonnant d'une femme en tablier, de dos. Sur la gauche, le coin d'une table apparaissait ; sans doute un bureau attenant. L'employée de maison semblait seule dans la grande pièce.

Je me mis à l'abri d'un buisson très haut et, à travers le feuillage, j'inspectai l'étage couvert d'un toit plat : il était en retrait par rapport au rez-de-chaussée et les deux portes-fenêtres donnaient sur une terrasse. Les rideaux étaient ouverts et la porte-fenêtre de gauche était entrebâillée.

C'est à cet instant qu'une feuille de papier s'échappa par l'interstice et voleta sur les lattes de bois. On ouvrit grand la porte et une petite fille sortit sur la terrasse et se mit à courir. Un instant plus tard, elle avait récupéré le dessin et disparu dans la chambre.

Teresa, comme un mirage. Une vision, et mon cœur s'était emballé, ma peur et ma méfiance s'étaient désagrégées.

Je sortis de ma cachette, saisis une chaise devant la piscine et filai à l'arrière du pool house. Je m'agrippai au rebord et me hissai sur le toit. Je marchai avec précaution, en sueur, droit sur la terrasse dont j'enjambai la rambarde sans difficulté. Je me collai au mur, tentai de contrôler ma respiration anarchique et m'approchai de la porte-fenêtre gauche. Un coup de vent repoussa un battant : au milieu de la chambre, sur le tapis, Teresa était penchée sur son dessin, appliquée.

Je la contemplai, alors que mon cœur battait plus fort que jamais – il battait pour mon enfant. Je la vis de profil, je caressai mentalement les tresses noires, les joues, je frôlai les cils recourbés, je m'abîmai dans les yeux sombres. Je cherchai les traits d'Inès sur ce visage enfantin, et, plus que tout, je m'acharnai à lui trouver une ressemblance avec son père. Moi. Je n'eus pas beaucoup d'effort à faire : j'étais convaincu de me trouver face à mon propre portrait.

Je ressentis immédiatement et de manière irrépressible un amour immense pour cette enfant. J'en débordai en une fraction de seconde, il s'agissait du même amour que celui qu'éveillaient en moi Noah et Loris, mes fils qui me manquaient cruellement. Celui d'un père quand il prend son nouveau-né dans les bras.

Je me laissai envahir par cet amour. Je luttai pour ne pas courir vers Teresa et la serrer contre moi pour rattraper six ans d'ignorance, de privations et de tendresse manquée. Je craignais de l'effrayer et de susciter une réaction de panique.

Ce fut elle qui décida de la suite en tournant la tête.

Elle me vit et s'immobilisa. Sans crier, sans fuir. Elle semblait vouloir me dire : « Parle, dis-moi quelque chose, dis-moi que je n'ai pas de raison d'avoir peur. »

Je lui souris comme j'aurais voulu l'embrasser. Elle cligna des yeux, légèrement rassurée. Je fis un pas dans la chambre puis m'arrêtai pour lui parler aussi calmement que je le pouvais :

– Bonsoir Teresa. Tu te souviens de moi ? On s'est parlé au téléphone tout à l'heure…

Elle se contenta d'un signe de tête et continua à me dévisager, à genoux au milieu des crayons de couleur.

– Je t'avais promis de venir, alors j'ai tenu ma promesse.

– Maman est là ?

Pour la première fois aussi, je lisais le mélange d'espoir et de détresse dans les yeux et la voix d'une petite fille qu'on a privée de sa mère sans la moindre explication. J'étais déjà bouleversé à l'idée de répondre.

Je m'approchai un peu et m'accroupis. Ses traits se crispèrent comme si la réponse redoutée lui était évidente. Elle y avait invariablement droit depuis deux jours, hélas.

– Non ma chérie, maman n'est pas là, lui dis-je, mais tu te souviens de ce que je t'ai dit au téléphone ? Je suis son ami.

Elle baissa les yeux, silencieuse. Déçue, monstrueusement déçue. Je décidai d'aller un peu plus près d'elle. Je tendis la main et caressai son bras nu. Elle ne réagit pas.

– Maman et moi, ajoutai-je en prenant soin de ne pas parler trop fort, on se connaît très bien. Avant que tu naisses, déjà, on se connaissait. Et elle m'a demandé de m'occuper de toi si ça n'allait pas, c'est pour ça que je suis venu, parce que… parce que je crois que tu as eu un peu de chagrin, hier et aujourd'hui.

Les yeux de Teresa se remplirent de larmes pour me répondre. Ma gorge se noua et, sans plus réfléchir, je la pris contre moi, tout doucement. Sans se laisser aller, elle ne refusa pas le contact. J'en profitai pour lui parler dans le creux de l'oreille, avec toute la douceur dont je pouvais faire preuve.

– Maman a beaucoup d'amis, tu sais, Teresa. Et tout à l'heure, il y en aura d'autres qui vont venir te voir. En fait, maman nous a tous demandé de venir te voir et de s'occuper de toi.

– Et pourquoi elle est pas venue ?

– Parce que… parce qu'elle est partie pour un long voyage, ma chérie. Et comme elle ne peut pas te téléphoner mais qu'elle pense beaucoup à toi, et qu'elle t'aime, elle nous a dit de venir. Tu comprends ?

Ce n'était probablement pas ce que ma fille avait envie d'entendre. Mais il fallait que j'aille au bout de mon plan tout en la protégeant.

– Alors tout à l'heure, une grande dame blonde et un gros monsieur Noir vont venir te voir, mon ange. Il ne faudra pas en avoir peur, pas du tout. Ce sont des gens très gentils, et ils vont t'emmener pour aller chez toi prendre tes affaires, tout ce que tu aimes avoir avec toi, ensuite ils vont t'emmener chez moi, et je viendrai te rejoindre très bientôt. Tu verras, ce sera super, on sera ensemble, il y a d'autres enfants à la maison, tu auras une belle chambre pour toi toute seule, tu seras bien.

La petite s'écarta pour chercher mon regard.

– Et on appellera maman ?

– On essayera, d'accord, finis-je par répondre.

Alors seulement elle accepta de se coller à moi et de mettre ses petits bras autour dc mon cou, comme une invite à l'étreindre et la porter. Elle avait six ans, elle était déboussolée et elle voulait juste que l'ami de maman la porte. Je répondis sans attendre à sa demande et la serrai contre moi tandis qu'elle posait la tête sur mon épaule.

Nous étions ainsi l'un contre l'autre, deux inconnus qui s'apprivoisent et se réconfortent, quand la porte s'ouvrit. La femme que j'avais vue quelques instants plus tôt dans le séjour s'immobilisa et porta la main à la bouche.

– Non, la suppliai-je, non, je… je suis son père. *Son père*, répétai-je comme si c'était lc sauf-conduit, lc sésame absolu, comme si le mot expliquait tout à cette femme, y compris la présence d'un étranger surgi comme le diable dans la chambre de Teresa et qui la tenait dans ses bras.

Était-ce parce qu'elle était une femme et qu'elle reconnaissait l'amour ? Elle semblait me croire, en tout cas, et restait là, interdite et indécise. Puis la raison reprit le dessus et la peur refit surface : ses yeux s'écarquillèrent, son corps se raidit.

Je reposai alors Teresa.

– C'est Maria ? demandai-je à mon enfant.

Teresa acquiesça.

– Va avec Maria, alors, mon cœur, et souviens-toi de ce que je t'ai dit, ajoutai-je à voix basse : les autres amis de maman vont venir te chercher. Et on va se revoir très vite, nous deux.

Elle rejoignit la gouvernante. C'est à cet instant que je réalisai que le regard de Maria n'était pas exactement posé sur moi mais survolait mon épaule droite pour se concentrer en arrière-plan. J'eus tout juste le temps de me retourner : je reconnus le visage adolescent balafré et je vis la main partir.

Le choc, ensuite, me fit basculer en arrière, et il me sembla que ma mâchoire volait en éclats. Le type se jeta sur moi et me saisit par le cou. Je levai les yeux : ma fille s'était réfugiée dans les bras de Maria qui faisait déjà volte-face pour lui épargner le spectacle de violence.

En attendant, mon garde m'étranglait allègrement. Je levai la jambe et basculai sur le côté. Il était d'une force surprenante mais pas lourd : je roulai sans trop de difficulté et me retrouvai sur lui. Je lui assénai un coup de poing maladroit au visage qui l'obligea à lâcher prise. Je réalisai alors qu'il avait appuyé la crosse d'une arme contre mon cou, et qu'il allait certainement trouver un autre usage pour cette arme. Je saisis son poignet et frappai sa main contre le sol. Les doigts s'ouvrirent et le type abandonna l'arme sur le tapis. Je lâchai prise, moi aussi, et donnai un coup dans le revolver qui glissa sous le lit de Teresa.

Un poing dans le plexus me plia en deux, puis un coup de pied me fit faire un bond en arrière. Je retombai sur le dos et dans, un effort surhumain, je me relevai. Le type cherchait l'arme, j'en profitai pour me diriger vers la porte-fenêtre, pantelant.

Je sortis sur la terrasse, le souffle court, et enjambai tant bien que mal la rambarde. Je me mis à courir sur le toit du pool house, mal assuré sur mes jambes. J'étais presque arrivé au bord et j'apercevais la chaise, deux mètres plus bas, quand on me crocheta le bras. Je me retournai et repoussai violemment mon agresseur. Le type tomba à la renverse, tendit la jambe et faucha mon pied. Je perdis l'équilibre et retombai sur le toit. Il bondit sur moi comme un félin. Nous roulâmes dangereusement jusqu'au bord. Le type regarda par-delà le toit, m'empoigna par le col, me fit passer par-dessus lui et nous basculâmes tous deux dans le vide.

Nos deux corps soudés tombèrent comme une pierre dans la piscine.

Le choc fut saisissant. Il me fallut quelques secondes et le bruit étouffé du remous sous l'eau pour réaliser ce qui m'arrivait. Je repoussai le type et posai le pied sur le fond. Je sortis la tête de l'eau un instant et inspirai profondément. Je m'essuyai le visage et cherchai autour de moi. Je n'eus qu'une fraction de seconde de répit : mon agresseur surgit par-derrière, passa le bras devant mon cou et m'entraîna sous l'eau. Je me débattis comme un diable sans parvenir à me défaire de l'étau. Je tentai de donner des coups en arrière, en vain : l'eau ralentissait mes gestes, qui m'épuisaient plus qu'autre chose. Je soufflai mes dernières réserves.

Le type m'entraîna vers le bord et me permit enfin de sortir la tête à l'air libre. J'inspirai avec avidité, les yeux écarquillés. Au bord de la piscine, un homme s'agenouilla et tendit un rectangle de couleur vers mon visage congestionné.

– Regarde, me dit Ribeiro, je *veux* que tu regardes cette photo. Voilà ma fille, espèce de saloperie, tu la vois ? Tu la reconnais ? Elle était heureuse à cette époque, c'est la dernière photo que j'ai d'elle. Et toi, tu es venu, tu l'as épousée, tu l'as abandonnée, et tu l'as tuée. Alors pour tout ça, Roberto va te tuer, toi aussi, et maintenant. Sous mes yeux.

Je levai la tête, à bout de force et de souffle.

Et quand je vis la photo, tout ce qui était encore debout dans ma pauvre tête s'effondra comme un château de cartes.

Près d'Inès, un visage. La pièce d'un puzzle terrifiant qui se recompose et qui remonte le temps, loin, presque sept ans plus tôt. Des images d'une violence inouïe qui passent la barrière de l'oubli, surgissent dans le domaine du conscient. Un hôtel. La fuite. Un pont, la voiture qui bascule, l'accident.

J'aurais voulu hurler de rage et de haine et de désespoir, mais je n'en avais plus l'énergie. J'étais presque heureux de la sentence prononcée par Ribeiro : qu'il me tue et qu'on en finisse. Roberto ne se le fit pas dire deux fois : il appuya sur ma tête et je plongeai. Mais avant cela, je crus percevoir, au loin, quelque chose qui ressemblait à une sirène de police.

Je luttai et parvins à surprendre mon agresseur et ressortir la tête de l'eau. Cette fois, la sirène était toute proche. Ribeiro, inquiet, motiva son homme de main d'un regard. Roberto appuya avec plus de force que jamais et je coulai sans résistance. J'ouvris la bouche : l'eau m'envahit.

Je levai les yeux et à travers la surface ondulante, je crus distinguer la silhouette déformée de ma fille sur la terrasse. J'aurais aimé qu'elle ne voie pas son père mourir. Malgré l'eau, j'entendis au même moment des cris étouffés, puis des ombres troubles firent irruption dans mon champ de vision. Des coups de feu déchirèrent le calme de la plage. La pression qu'exerçait Roberto sur moi se relâcha brusquement, et je sentis le poids du jeune homme, immobile, qui s'enfonçait dans l'eau et m'entraînait au fond de la piscine. Tout autour de lui, un nuage rouge se diffusa, et je vis son visage sans expression en suspension au milieu des volutes de sang. Je hoquetai et avalai l'eau souillée. Je tentai en vain de me défaire du corps sans vie. Tout devint opaque, puis s'assombrit comme si on tirait un rideau devant une fenêtre.

Je fermai les yeux, fou de chagrin, mais résigné. L'amour que je ne donnerais pas à Teresa me brûlait autant que l'eau qui envahissait mes bronches, mais au moins ma fille était-elle vivante et sauve entre les mains de la police.

Et ma tête émergea de l'eau quand je ne m'y attendais plus.

L'air s'engouffra en moi et je crachai ce qui me semblait être la totalité de mes poumons. Je pataugeai jusqu'au rebord et parvins à me hisser hors du bassin où flottait le corps de mon agresseur. Je tournai la tête. Je reconnus l'agent Savage qui tenait en joue un homme et me tournait le dos. Ils étaient seuls à l'extérieur.

Je recouvrai peu à peu mes sens et entendis des cris puis des coups de feu provenant de l'intérieur de la maison. Je me redressai et titubai jusqu'à la baie vitrée du séjour. Si Ribeiro était mort, je pouvais faire un trait sur l'interrogatoire qui m'aurait disculpé. Il me faudrait encore changer mes plans. Mais ma seule priorité résidait en une petite fille terrorisée et réfugiée à l'étage.

Je fis glisser le panneau de verre et disparus dans la maison.

46

MEREDITH fixait l'horloge murale.

21 h 05. Soit une heure de plus que l'ultimatum qu'elle avait imposé à son mari. Et qu'il avait accepté.

Les secondes s'égrenaient comme autant de coups dans sa poitrine. De toute manière, ce matin déjà elle savait qu'il ne tiendrait pas parole, lorsqu'elle avait trouvé l'enveloppe dans la boîte aux lettres. Une enveloppe postée la veille. Elle avait reconnu l'écriture, son cœur s'était mis à battre de manière incontrôlable et elle avait décacheté maladroitement le pli.

À l'intérieur, une carte à puce téléphonique et un mot – une phrase laconique :

Si tu n'as pas de nouvelles à 20 h, glisse cette carte dans ton téléphone.

Depuis une heure et cinq minutes, elle passait de l'horloge au téléphone posé devant elle, puis du téléphone à l'horloge. De la même manière qu'elle savait qu'il ne se rendrait pas à vingt heures, elle était convaincue qu'il appellerait.

Pour tromper son impatience, elle alluma la télé et joua nerveusement avec la télécommande. Elle glissa sans le voir sur les images d'un premier feuilleton, puis un autre, puis un programme pour enfants. Puis CBS News, puis… Elle cessa de zapper. Un mot venait de s'imposer, de forcer la barrière de son mental accaparé par l'attente et l'inquiétude. Elle fit marche arrière avec le boîtier. Qu'elle laissa tomber. Il se brisa en mille morceaux, elle n'y prêta pas la moindre attention.

Sur l'écran, l'horreur venait de se matérialiser sous la forme d'une journaliste et ses commentaires.

– *C'est dans cette villa, derrière moi, que s'est joué le drame ce soir, dans cette station balnéaire sans histoires : une fusillade aurait éclaté en tout début de soirée,* précisa la journaliste.

Meredith, elle, s'était concentrée sur la photo qui s'affichait dans un coin de l'écran, les yeux exorbités. *Non, non, ils devaient se tromper*. Les mots de la femme vinrent anéantir son espoir :

– *Selon les voisins, les forces de l'ordre auraient fait irruption dans la demeure en bord de mer, résidence secondaire d'un homme d'affaires new-yorkais d'origine sud-américaine dont on sait peu de choses. Les coups de feu auraient retenti à l'extérieur, au bord de la piscine, mais aussi à l'intérieur. Parmi les victimes de l'intervention éclair, selon la police locale, pourrait figurer le docteur James Byrne, chirurgien au Mount Sinaï Hospital et vraisemblablement lié à une toute récente affaire de meurtre dans un entrepôt portuaire de Harlem. Le FBI se refuse à toute confirmation et tout commentaire pour l'instant.*

Meredith porta la main à ses lèvres, comme si le geste l'empêcherait de hurler. La photo de son mari restait figée sur l'écran plat pour imposer la terrible réalité.

– Maman, c'est papa ! C'est papa à la télé !

La voix de Loris l'arracha à sa stupeur. Elle se retourna précipitamment et tenta de sourire à son aîné, suivi de près par Noah au visage tout plein de sommeil.

– Mais… qu'est-ce que vous faites debout, les garçons !

– J'arrive pas à dormir, se plaignit Loris, Noah pleure tout le temps, je l'entends de l'autre côté du mur.

Meredith s'empressa d'éteindre la télé et de prendre ses enfants contre elle.

– Qu'est-ce qui se passe, Noah ? Pourquoi tu ne dors pas, chéri ?

– J'ai… envie… de voir… papa…, sanglota le gamin.

Loris, plus raisonnable à cinq ans, se tourna vers l'écran redevenu noir.

– Pourquoi il était à la télé ? Il est où maintenant ?

Meredith caressa le visage de l'enfant.

– Je vous l'ai dit : papa est parti en voyage, mais il va revenir. Il va *revenir*, c'est promis. Un papa, ça ne disparaît pas comme ça, surtout quand il aime ses enfants comme il vous aime. Vous avez bien compris ?

Loris se concentra sur ses pieds nus. Sa mère le força à la regarder.

– Tu sais que maman te dit toujours la vérité, mon cœur, n'est-ce pas ? Alors, si je dis que papa va revenir et qu'il est juste en voyage, tu dois me croire. Et toi aussi, dit-elle avec conviction à l'attention du plus petit.

– *Quand* il va revenir ? demanda Noah en ravalant ses larmes, pas tout à fait satisfait par la réponse.

– Demain, répondit Meredith sans hésiter. Encore un dodo, et il revient. D'accord ?

Les enfants descendirent des genoux de leur mère, apaisés. Elle les accompagna dans leurs chambres respectives et Noah se remit à pleurer.

– Je veux dormir avec Loris !

Pour une fois, Meredith céda et Loris lui fit de la place dans son lit sans rechigner. Noah se blottit contre son aîné et leur mère les embrassa. Elle caressa leurs visages jusqu'à ce que le sommeil ait raison de leurs inquiétudes.

Elle se releva en silence et fermait la porte lorsqu'en bas, sur la table basse du séjour, son téléphone portable se mit à vibrer.

47

– MEREDITH…

– Jamie, dit-elle d'une voix qu'elle ne contrôlait plus, Jamie, à la télé, ils ont dit… ils ont dit…

– N'écoute rien de ce qu'ils disent, mon amour. Comment tu vas ?

– Mieux, dit-elle en passant la main sur ses yeux. Où es-tu ?

– Pas très loin.

– Sois prudent, le FBI a renforcé sa surveillance, j'ai l'impression d'être la nouvelle First Lady. Michelle Obama est plus libre que moi.

Je souris, soulagé de constater qu'Ellie Savage et l'agent Washington avaient tenu leur promesse – même si la protection rapprochée de ma femme ne servait plus qu'à m'éloigner d'elle, maintenant.

– J'aurais pu te rejoindre quelque part ! dit-elle. Pourquoi cette enveloppe, cette carte téléphonique ?

– La ligne de la maison est sans doute surveillée, comme toi. Meredith, arrête de poser des questions et écoute-moi !

– Non, Jamie, c'est toi qui dois m'écouter. Tu m'as promis que tu te rendrais à la police, tu…

– Meredith !

J'avais presque crié et je m'en voulais déjà. Ma femme se tut et retrouva son sang-froid. J'avais honte de réaliser combien je négligeais aussi bien la force et l'effort surhumain dont elle devait faire preuve pour cela.

– Je suis là, dit-elle calmement. Parle.

– J'ai presque réussi, chérie.

Ma femme restait méfiante.

– Presque ? Ça veut dire quoi ? Que tu vas *presque* aller en prison s'ils mettent la main sur toi ? Que ton ex-femme n'est presque pas morte et que tu es presque innocent ? Ou que la police t'a presque oublié ? Explique-toi, Jamie, parce que là, tu vois, les approximations, ce n'est pas mon truc ce soir.

– La petite est avec moi, lui dis-je simplement, comme si, d'une phrase, je répondais à tout.

Elle se tut pour de bon, cette fois.

– C'est ma fille, Meredith. Tu comprends ?

– Alors c'est ça, *j'ai presque réussi* ? Tu as kidnappé une fillette qui doit être complètement affolée et qui ne doit rien comprendre à ce qui lui tombe sur la tête ? Bravo, Jamie. Tu fais du bien à tout le monde autour de toi, vraiment. Tu le sais, ça ?

– Je n'avais pas le choix, justifiai-je. Les choses ne se sont pas passées comme je le pensais, ça a mal tourné.

– Et tu crois que…

– Je vais tout t'expliquer. Et surtout, je vais venir vous voir, puis je me rendrai si tu le décides. Mais je n'ai pas beaucoup de temps, alors écoute-moi. Tu veux bien ?

48

MEREDITH raccrocha et se laissa tomber dans le canapé. Elle remua le récit confus sur les derniers événements, qui complétait ce qu'elle avait vu à l'écran quelques instants plus tôt. Elle tenta de rassembler ses forces et de réfléchir froidement. Pour son bien, pour celui de ses enfants. Et celui de son mari, même si Jamie s'acharnait à aggraver la situation.

Elle finit par se diriger vers le bureau, décrocha le téléphone et composa un numéro.

– SOS amie en détresse, que puis-je pour vous ?

– Tobey, est-ce que tu peux venir ?

– Maintenant ?

– Oui, maintenant.

– Du neuf ? demanda le psychologue avec anxiété.

Meredith songea à ce que son mari lui avait dit : la ligne de la maison était probablement sur écoute.

– Non, justement. Je crois que j'ai besoin de parler, c'est tout… Je craque un peu, dit-elle d'une voix vacillante.

– J'arrive.

– Déjà, un Coca Light, c'est pas folichon, mais si en plus tu n'y touches pas…

Au lieu de répondre, Meredith se contenta de soupirer. Elle regarda autour d'elle : elle ne supportait plus ce séjour, cette maison, elle ne supportait plus rien de ce qu'elle avait partagé avec son mari et qui lui rappelait tant le couple heureux et insouciant qu'ils avaient formé jusqu'à ce que tout bascule, deux jours plus tôt.

– Vas-y, reprit Tobey, je t'écoute. Qu'est-ce qu'il t'a dit ?

– Il était pressé, très nerveux…

– Ça se comprend, dit-il en posant sa bière sur la table basse.

Il observa Meredith : il n'avait jamais passé autant de temps avec elle, sans Jamie, ici ou ailleurs, et découvrait une jeune femme admirable dans l'épreuve. Et si belle. Elle semblait cependant épuisée, sans doute à bout. Il la laissa parler.

– Si j'ai bien compris ce qu'il m'a dit, reprit Meredith, les agents du FBI ont tué Ribeiro, le père d'Inès… C'était sa seule chance d'être disculpé : qu'on coince Ribeiro vivant et qu'on lui tire les vers du nez. Maintenant, ça va prendre un temps fou pour savoir ce qui a bien pu se passer.

– Tu crois que Ribeiro a tué sa fille ? demanda prudemment Tobey.

– En tout cas, Jamie ne l'exclut toujours pas.

– Qu'est-ce qu'il va faire, maintenant ?

Elle hésita un court instant avant de conclure, d'une voix éteinte :

– Il… il a pris la petite et s'est échappé.

– Quoi ? Il s'est enfui avec la gamine d'Inès ? mais il a perdu la tête ! s'écria Tobey.

Il regretta immédiatement sa réaction. Meredith se redressa.

– Il n'avait pas le choix, selon lui. Sauf si on avait très envie qu'il croupisse en prison pendant des années et qu'il voie nos enfants grandir à travers une vitre blindée.

Tobey se leva et arpenta le séjour, nerveux.

– Qu'est-ce qu'il compte faire, maintenant ?

– Il veut venir nous retrouver. Et qu'on parte ensemble, les enfants, lui et moi.

– Partir ? s'exclama le psychologue. Comment ça, partir ? Quitter New York ?

– Il m'a donné rendez-vous demain. Il veut qu'on passe la frontière, il dit qu'il va continuer à fouiller plutôt que de croupir dans une cellule et attendre que le FBI veuille bien faire avancer l'enquête.

– Mais… vous vous rendez compte de ce que… Meredith, tu lui as dit que c'était de la folie ? Qu'est-ce que vous allez devenir ?

– Je ne sais pas, Tobey, je ne sais plus, je ne le comprends pas, je…

Elle ne finit pas sa phrase et ferma les yeux. Tobey vint s'asseoir près d'elle et lui prit la main.

– Bon, bon, on va réfléchir tranquillement, OK ? Il a raison, en un sens : ce n'est pas en prison qu'il fera avancer les choses, dit-il sans conviction. On va trouver une solution. On se calme.

– Curieusement, je crois que je n'ai jamais été aussi calme – et que je ne n'ai jamais autant réfléchi, répondit Meredith.

– Et qu'est-ce que tu as décidé de faire ?

Elle retira sa main avec douceur et laissa son regard fuir vers l'escalier. Un instant, elle avait cru entendre un des petits, mais le couloir était vide et silencieux.

– Je crois… je crois que je vais aller parler à la police, dit-elle avec lassitude.

Tobey la dévisagea. Elle osait à peine le regarder.

– Meredith, peux-tu répondre à une question sincèrement ?

Elle acquiesça.

– Est-ce que tu crois que ton mari est coupable de ce dont on l'accuse ?

– La question n'est pas là, s'empressa-t-elle de répondre. Je crois simplement qu'il se met en danger et qu'il n'arrivera à rien tout seul. Il n'est pas flic, il n'est pas un super-héros, c'est juste un type…

Elle préféra ne pas finir sa phrase.

– Tu n'as pas répondu à ma question, il me semble, insista son ami.

– Parce que je refuse de me poser la question, Tobey. Alors ne me la pose pas.

Tobey se tut. Elle releva la tête, comme si elle cherchait à retrouver une contenance.

– Est-ce que tu m'aiderais ?

– À faire quoi ?

– Je n'ai pas le courage d'affronter ça toute seule, Tobey. J'aimerais… j'aimerais que tu sois là.

– Mais… de quelle façon ?

Elle tourna la tête pour éviter son regard.

– Je vais aller prévenir le FBI, et j'irai au rendez-vous que m'a fixé Jamie, dit-elle, la gorge nouée. C'est la seule façon de m'assurer qu'il s'y rende sans se méfier… et de le protéger. Tu me comprends ?

Ce fut au tour de Tobey de se taire.

– J'aimerais que tu m'accompagnes, parce que je crois que seule, je n'aurais pas la force de le faire… J'ai beau me dire que c'est pour son bien, je…

Elle se prit le visage dans les mains, incapable de dire un mot de plus.

Tobey se leva et s'éloigna d'elle, désarmé.

– Écoute, dit-il, c'est mon ami, je ne sais pas… J'aurais l'impression de le trahir.

Elle se leva aussi pour le rejoindre et attraper son regard.

– Et moi, c'est mon mari, que j'aime, et j'aurais l'impression de l'abandonner si je le laissais faire.

Elle baissa la tête, vaincue.

– Excuse-moi, dit-elle. J'ai sans doute eu tort de te demander ça. Tu dois avoir une piètre opinion de moi. Je crois que je m'en veux autant de chercher un allié en toi et de te forcer la main qu'aller dénoncer Jamie… Mais au moins, ne me juge pas, Tobey. Je crois que toi seul es capable d'écouter et me comprendre sans juger.

Elle releva la tête : ses grands yeux débordaient de larmes. Il l'attira doucement à lui avec un sourire. Elle posa maladroitement la main sur son bras, approcha son visage du sien, s'abandonna et leurs lèvres se frôlèrent. Elle recula brusquement, effrayée par son propre élan.

– Pardonne-moi, je… Je ne sais pas ce qui m'a pris.

Tobey demeura silencieux et immobile. Meredith inspira profondément et se tourna, gênée par le regard du psychologue.

– C'est très dur parfois avec Jamie, tu sais. Indépendamment de l'enfer qu'on vit actuellement. Je crois que ce maudit accident a laissé plus de traces qu'on pense…

Elle secoua la tête et eut même un petit rire

– De mieux en mieux : je t'embrasse et, ensuite, je cherche désespérément une explication. Tu dois me trouver ridicule.

Elle sentit une main sur son épaule qui l'obligea à se retourner. Le couple se faisait face, maintenant. Tobey se pencha et l'embrassa à nouveau. Ils ouvrirent les yeux.

– Tu n'as rien à justifier, lui dit-il.

Elle se mordit la lèvre. Il lui releva le menton.

– Tu as compris ? Tu n'as rien à justifier. Ni le baiser, ni ta décision, qui est juste. C'est sans doute ce qu'il y a de mieux à faire pour Jamie.

Elle acquiesça et passa la main dans les cheveux de Tobey. Puis elle recula.

– Je crois qu'il vaut mieux… que tu rentres. Et que tu oublies ce que je t'ai dit.

Tobey sourit.

– Désolé : moi, j'ai une excellente mémoire. Surtout pour ça…, dit-il en passant l'index sur les lèvres de la jeune femme.

Elle ferma les yeux, il l'enlaça à nouveau.

– Je viendrai, dit-il enfin.

– Écoute, je ne veux pas que tu te sentes obligé, je…

Elle sentit son souffle, tout près. Il la retint par les épaules avant qu'elle s'échappe.

– Je vais rentrer, conclut-il et demain, on s'appelle et on y va ensemble. D'accord ? Chez les flics puis au rendez-vous que t'a fixé Jamie.

– Ce n'est pas vraiment une bonne idée, regretta Meredith.

– J'ai dit que je t'accompagne, c'est tout. On n'est pas obligés de s'embrasser devant ton mari, si c'est ça qui te gêne. On peut même ne plus s'embrasser du tout, si tu préfères.

Elle sourit avec lassitude et le repoussa gentiment vers la porte. Il prit ses affaires, la regarda avec insistance et passa le seuil de la maison.

Quand la porte fut refermée, Meredith continua à fixer la serrure.

Son visage s'était refermé – en même temps que sa main droite.

49

IL M'A SUFFI de lui prendre la main et de partir pour tout oublier.

Je regardais Teresa qui me regardait, on s'observait comme deux oiseaux paumés dans un ciel immense, puis on a souri en même temps, dès qu'on a été loin de cette maison maudite et de son chaos. Dès qu'on s'est enfuis vers le parking et qu'on a mis le pied dans la voiture, en réalité, ça nous a suffi.

On s'est trouvé un motel perdu – dans les Hamptons, il suffit de ne pas être au bord de l'Océan pour être classé dans les « coins perdus », et nous, ça nous arrangeait drôlement. On y a passé la soirée puis la nuit presque en silence, on a très peu parlé. J'ai posé quelques questions, elle a répondu avec des signes de tête, deux ou trois mots, voilà tout. Ça aussi, ça nous a suffi. Elle n'a pas parlé de sa mère, je n'ai pas insisté.

Puis le lendemain, au réveil, il y a eu quelques larmes vite transformées en rivières, en même temps que des flots de mots désordonnés. Je ne savais pas comment réagir, alors j'ai fait ce que je pensais qu'un père qui n'a pas de réponse pour son enfant devait faire : la prendre dans ses bras et la serrer jusqu'à ce que les rivières tarissent.

Ensuite, après un copieux petit-déjeuner sous le regard attendri de la grosse dame du motel – dans les motels paumés, il y a toujours une grosse dame qui s'attendrit devant un homme maladroit et une petite fille fragile, c'est comme ça, et il faut juste savoir en tirer parti dans les circonstances délicates –, on a repris la voiture.

On a roulé jusqu'aux abords de Brooklyn. Je ne voulais pas qu'on traîne dans ce coin : Teresa reconnaissait déjà les lieux – c'était là qu'elle avait vécu avec Inès. On a abandonné la voiture d'Agnès et on s'est glissés dans l'anonymat du métro. On en est ressortis près de Central Park, main dans la main. Elle ne l'a pas lâchée, ma main, pas une fois, et moi j'avais un sourire suspendu d'une oreille à l'autre. J'observais ma fille discrètement, jamais longtemps, j'avais peur que ça l'intimide, qu'elle réalise qu'elle tenait la main d'un inconnu, ce que je ne voulais plus être pour elle. Et je continuais à sourire, parce que le bonheur ça peut très bien se résumer à ça : une petite main qui se sent à l'abri dans la vôtre.

On s'est promenés, on a joué ensemble, et Teresa s'est pliée gentiment aux jeux de garçons, les seuls que je connaissais. On s'est ensuite lancés dans le concours de celui qui avalerait le plus de frites en une minute – elle m'a battu, au bord de la nausée mais sans l'avouer. Ce fut ensuite le quart d'heure *Pretty Woman* : on est entrés dans tous les magasins de jouets et de vêtements pour filles de la moitié sud de Manhattan, j'ai sorti tous les billets qui me restaient et que je n'avais pas laissés chez Agnès – Julia Roberts, elle, avait la carte de crédit de Richard Gere, mais Teresa ne m'en a pas tenu rigueur – et on a acheté tout ce qu'on a pu. Elle était aux anges et j'étais tout près d'elle, sur le nuage d'à côté.

Il était seize heures quarante-cinq quand on a posé nos paquets pour souffler. J'ai trouvé quelques dollars égarés au fond de mes poches, on a filé au Ben & Jerry's tout proche et on s'est assis sur un banc pour se barbouiller le visage de crèmes glacées de toutes les couleurs.

– On va où maintenant ? demanda la fillette, encore grisée par cette journée passée avec ce Père Noël tombé dans une piscine de Long Island pour son plus grand plaisir, tout compte fait.

Je jetai un coup d'œil sur ma montre.

– Ça te dirait de monter là-haut ? répondis-je.

Elle leva les yeux sur le gratte-ciel et son visage s'illumina. Elle se contenta d'acquiescer, incrédule.

– Alors on y va, dis-je en empoignant la multitude de sacs.

On est sortis de l'ascenseur – ou plutôt on s'en est extraits tant bien que mal, chargés comme on l'était – et on a grimpé les marches qui menaient au toit.

C'était la seconde fois cette semaine que je montais au sommet du Rockefeller Center – autant que pendant les trente-huit premières années de ma vie. En l'occurrence, j'avais battu pas mal de records personnels en trois jours, même si j'avais concédé celui des frites à la petite : j'avais découvert l'existence de ma paternité multiple, vu mon ex-femme mourir dans mes bras, échappé trois fois à la police ou au FBI, dormi chez mon assistante qui avait suturé mes plaies, pris le métro à de nombreuses reprises (sans doute la plus belle de mes prouesses), passé plusieurs minutes sous l'eau et avais réchappé deux fois à la mort promise par un mafieux. Je n'en étais plus à une performance près.

Le *top of the Rock* était curieusement peu fréquenté, hormis quelques touristes.

Je fis quelques pas vers la rambarde et soulevai Teresa pour qu'elle admire la vue stupéfiante sur sa ville. Le vent était encore plus fort que la veille. Puis je la reposai et regardai autour de nous, indifférent à New York. Je guettais autre chose.

J'allais renoncer à ma recherche quand je m'arrêtai enfin sur un visage.

Mon cœur battit un peu plus fort. Je pris la main de Teresa et l'entraînai de l'autre côté du toit.

50

NOUS NOUS ARRÊTÂMES devant une jeune femme souriante malgré ses traits tirés, et dont le regard passait de l'enfant à moi. À côté d'elle, un homme souriait, lui aussi. Et avant même que je puisse esquisser le moindre mouvement, deux bolides jaillirent d'entre les adultes et fondirent sur moi en hurlant.

– Papa !

Sans lâcher la petite, je serrai mes fils contre moi. J'eus le sentiment de ne pas avoir éprouvé quelque chose d'aussi bon, d'aussi intense depuis un siècle. Un contact me fit relever la tête : Meredith avait posé la main sur ma nuque. Je me redressai et la pris dans mes bras avec force. Elle ferma les yeux et s'abandonna un instant. Puis elle s'écarta, obligea ses fils à reculer et se tourna vers Teresa. Son regard m'engagea ensuite à intervenir.

– Je te présente Teresa, dis-je alors. Teresa, voici Meredith, ma femme. Et les deux trucs qui bougent tout le temps, derrière, ce sont Loris et Noah, nos enfants. C'est dans notre maison qu'on va aller, tout à l'heure.

Meredith s'accroupit devant elle.

– Bonjour Teresa. Je suis… très contente de te connaître. Et je me réjouis, *vraiment*, que tu viennes à la maison. J'ai déjà préparé une jolie chambre pour toi, tu verras. Vous allez bien vous entendre, tous les trois, dit-elle en se retournant, j'en suis certaine.

Dans son dos, Noah faisait le pitre pour attirer l'attention de la fillette, tandis que Loris la dévisageait du coin de l'œil sans trop savoir quoi faire.

Teresa leva les yeux vers moi. Je lisais l'inquiétude, tel un retour de la réalité qui s'amusait manifestement à écraser la journée insouciante qu'elle venait de vivre. Je me penchai et l'embrassai.

– N'aie pas peur, ma chérie, je suis là, et on va rester ensemble. Meredith, les garçons, toi et moi : on reste ensemble. Tu es d'accord ? Ça te va ?

Pour toute réponse, elle se colla à moi, tête baissée. Sa résignation me bouleversait autant que son chagrin. Meredith s'interposa avec douceur et lui murmura quelque chose à l'oreille. La petite écouta, attentive. Meredith insista et Teresa finit par libérer un petit rire qui m'apaisa. Je me redressai et rendis son sourire à Tobey, resté discrètement en retrait. Je m'approchai de lui et le serrai aussi dans mes bras.

– Merci d'être là, dis-je sans retenir mon émotion.

– Remercie-moi encore une fois et je me vexe.

Je l'attirai un peu à l'écart, tandis que Meredith amadouait progressivement la petite.

– Tant pis, insistai-je auprès de Tobey : je prends le risque, et je te remercie aussi pour avoir été si proche de ma femme. Ça n'a pas été facile pour elle, j'imagine.

– Meredith ? Tu plaisantes ? Elle est cent fois plus costaud que toi, mon gars. Tu peux être fière d'elle.

– Ça je le sais. Mais je ne parlais pas d'elle.

Je cherchais des yeux la limite de Central Park au nord, ma maison, mes habitudes, tout ce dont j'avais été privé depuis quelques jours. Puis tournai la tête vers Tobey, en tâchant de défaire et recomposer le puzzle de mes idées. Pour cela, au contraire, il avait fallu que je sorte de mes habitudes, de mes schémas bien imprimés depuis des années, de tout ce que j'avais cru solide et vaillant. C'est ce que j'avais tenté de faire depuis quelques heures – depuis mon départ des Hamptons, hier soir. Et j'y étais parvenu.

Tobey attendait que je poursuive, sans comprendre vraiment ce que je venais de dire.

– Non, je ne parlais pas de Meredith, repris-je. Tiens, ajoutai-je en sortant une photo de ma poche : c'est un souvenir. Pour toi.

Tobey jeta un œil étonnamment indifférent sur le cliché vieux de quelques années. Sept ans, exactement.

– J'aime bien cette photo, dis-je. Vous êtes bien dessus. Enlacés, ça ressemble à un couple. Vraiment bien, en tout cas mieux que je ne le pensais. J'ai toujours cru qu'Inès et toi, vous ne vous entendiez pas vraiment, ou du moins que vous faisiez semblant de le faire pour moi.

Il me dévisagea. Alors j'ai continué.

– C'est vrai, ça n'a pas dû être facile pour elle, ces années. Au fond, heureusement qu'elle t'a eu. Un tout petit peu, mais elle t'a eu. Au moins ton argent.

– Qu'est-ce que… qu'est-ce que tu racontes, Jamie ?

Qu'est-ce que tu racontes, Jamie ? Je n'attendais pas de *mea culpa*, mais j'attendais mieux que ça de sa part. Il me rendit la photo que j'avais mise d'autorité dans ses mains.

– Tu ne veux pas savoir comment j'ai eu cette photo ?

– J'ai surtout envie de savoir ce qui te prend. Mais j'imagine que ces trois jours ont été un choc. Écoute, je crois que tu vas dire des choses un peu idiotes que tu vas regretter, même si j'ai l'habitude de t'entendre dire des âneries…

Sa tentative de plaisanterie ne prit pas – même son sourire semblait faux.

– Alors je vais te dire comment j'ai obtenu cette photo, insistai-je : c'est le père d'Inès qui me l'a montrée pendant que son homme de main s'évertuait à me noyer dans la piscine. Heureusement, les flics sont arrivés à temps, et on a même eu le temps de s'expliquer, d'essayer de comprendre, ensuite. En tout cas, ça a été un flash – tu sais ? comme dans ces films où une image ressurgit et c'est tout le passé qui déboule, tel un voile qu'on soulève. Un flash qui remonte à six ans et demi, Tobey.

Cette fois, Tobey resta silencieux. Il regarda furtivement autour de nous : on était isolés et le vent emportait nos mots loin des rares personnes sur le toit. Le bruit de la ville montait et nous enveloppait.

Je m'adossai à la paroi de verre pour continuer.

– En une fraction de seconde, j'ai été transporté juste avant l'accident, le fameux accident qui m'a fait perdre la mémoire. Cette unique photo a suffi – mais c'est normal : c'est exactement ce que j'avais surpris, dans cette chambre d'hôtel. Inès et toi enlacés alors que j'étais censé être ailleurs, loin, en congrès, va savoir. Toi tu t'en souviens certainement : on s'est battus dans la chambre, mais on a vite arrêté ce duel stupide, parce que Inès me regardait froidement, sans un mot ; sans un regret, c'était écrit sur son visage. C'est à cause de ça, d'elle, de son attitude glaciale qui me disait combien je m'étais tant trompé au sujet de ses sentiments, que j'ai préféré partir. Comme un fou. Et j'ai roulé comme un fou sur le pont, justement, sans ceinture bien sûr, je revois tout maintenant. Le choc, la voiture qui se soulève, moi qui suis éjecté. J'étais seul dans cette voiture, mais toi, tu as dit qu'elle était avec moi et qu'elle était morte. Alors qu'elle s'était enfuie de l'hôtel peu après mon départ et qu'elle s'était cachée. J'étais dans le coma, et elle avait préféré disparaître ainsi de ma vie, refaire la sienne à partir de zéro, c'était mieux pour tout le monde et elle ne regretterait pas notre couple, de toute manière. Tu lui as promis de la soutenir, de la voir.

Tobey réagit de la façon la plus inattendue, comme pour me prouver qu'il pouvait encore me surprendre après toutes ces années et même après cette effroyable désillusion : il *soupira*.

– Jamie, dis-le-moi : tu n'as pas pris ton traitement, n'est-ce pas ? Si tu veux que je t'aide, il faut que tu me dises la vérité.

Alors moi, j'éclatai forcément de rire. C'était « nerveux », comme on dit, mais comment réagir autrement ?

– Jamie, ton histoire est amusante mais je préférerais que tu répondes à ma question.

J'admirai une fois de plus son sens de la repartie et de l'esquive. Je me rapprochai de lui et tentai enfin de le regarder autrement qu'avec les yeux de l'ami – car l'ami était mort. Mort et enterré.

– Je vais te répondre, si tu y tiens : non, je n'ai pas pris ton traitement. Je n'en ai pas besoin, Tobey : tout revient, et j'ai du monde pour le confirmer. En l'occurrence, une jeune femme, Rachel Kane, la collègue d'Inès. Elle est au fond d'un lit à l'hosto parce qu'elle s'est fait tabasser par un dealer de merde qui soutirait du fric à Inès. Mais quand elle est sortie du coma et qu'on lui a montré une copie de cette photo, cette nuit, elle n'a pas hésité : elle a reconnu le chic type qui venait voir Inès de temps en temps. Et qui lui donnait de l'argent. Mais même ça, ce n'était ni par noblesse, ni par amour, ni même par amitié.

– D'accord, Jamie, se résigna Tobey en bon thérapeute qui ne veut pas contredire son patient. D'accord. Alors pourquoi je lui donnais de l'argent ?

– Parce que tu n'avais pas le choix.

– Et pourquoi je n'avais pas ce choix ?

– Elle n'avait pas refait sa vie comme elle l'espérait, elle avait fini dans ce bar pourri et elle avait besoin de fric. Alors elle exerçait un chantage sur toi, un chantage tout simple : elle pouvait à tout moment réapparaître chez moi et tout révéler. Et puis…

Je me tournai vers Meredith et les enfants. Ma femme m'adressa un regard inquiet, je la rassurai d'un mouvement de tête.

– … et puis elle avait un autre moyen de pression, qu'elle a vite employé.

Tobey n'a même plus eu besoin de poser la question : je savais que maintenant il attendait la suite d'une histoire de plus en plus inquiétante mais passionnante, de celles qui s'emparent de vous sans que vous le décidiez.

– Son enfant, complétai-je en cherchant la petite fille du regard.

– Un moyen de pression sur moi ? Ta fille ?

– Non, Tobey, non. *Ta* fille, articulai-je distinctement. Parce que Teresa est bien de toi, non ? C'est aussi pour ça qu'Inès voulait disparaître de ma vie : elle était enceinte de mon meilleur ami.

– Ça suffit, Jamie, je suis de bonne composition, mais..

– ... mais la vérité, ça, non, c'est un peu plus difficile à entendre que les « âneries » de tes patients. C'est ça ? Surtout quand elle vient de celui qui aurait dû ne jamais savoir.

Il s'éloigna de moi, instinctivement. Une rafale de vent le déstabilisa, lui, le gars râblé, toujours bien stable sur ses jambes et dans sa tête.

– Cette enfant qui déboulait dans ta vie sans que tu l'aies voulu, ajoutai-je, c'était la goutte d'eau qui a fait déborder le vase. Surtout quand Inès en usait et en abusait pour te soutirer de l'argent. Alors un jour tu en as eu marre. Tu as refusé de payer et tu lui as fait comprendre qu'il y avait mieux à faire que te dénoncer auprès de moi après toutes ces années : il valait mieux qu'elle me fasse chanter, moi. Qu'elle menace de faire valoir son mariage toujours valide, puisqu'elle n'était pas morte. Et tu me l'as envoyée, il y a trois jours.

– Tais-toi, me dit-il d'une voix tendue. Tu ne sais pas ce que tu racontes.

– Tu savais que j'irais au rendez-vous qu'elle m'avait fixé, ajoutai-je en ignorant ses mots. Tu l'espérais, en tout cas. Tu as prévenu la police, tu l'as tuée et j'étais là, moi, en coupable parfait, mon ex-femme mourante entre mes bras.

– Tu es bien plus malade que je ne le croyais.

Il avait serré les poings, qu'il glissa dans ses poches.

– Inès non plus ne se doutait de rien. Tout ce qu'elle a pu faire, ensuite, c'est me faire croire que Teresa était ma fille : elle voulait la mettre à l'abri, et elle savait qu'elle ne pouvait pas compter sur toi. C'était faux, mais ça t'arrangeait, alors tu m'as laissé y croire, à ça aussi.

Je me retournai vers le côté opposé du toit-terrasse.

– Tu vois la grande dame blonde, là, et le monsieur de couleur ? Et ces deux autres types, derrière la porte ? Tu les as vus ce matin pour leur dire que je serais ici, en espérant qu'ils viendraient me coffrer. C'était gentil, mais ils avaient de toute manière prévu de venir. Moi aussi. Mais eux, tu vois, ils n'ont pas été aussi crédules que moi, ils n'ont pas cru à tout ça. Parce qu'il y a la science, Tobey. Tu sais ça, toi : on ne peut rien contre la science. Contre l'ADN.

– L'ADN ?

– Un de tes cheveux et une analyse en urgence, aujourd'hui, et le FBI était sûr de lui. On va vérifier en détail cette semaine, mais ça semble déjà très clair : Teresa est bien ta fille.

Un de tes cheveux. Tobey se tourna immédiatement vers Meredith. Elle se redressa et affronta son regard sans fléchir : il pouvait y lire le même dégoût qu'elle avait éprouvé hier à l'embrasser, à lui faire croire qu'elle était peut-être prête à tout plaquer pour le suivre. Et à passer la main dans ses *cheveux* dans un mouvement langoureux.

Il suivit mon regard : les deux hommes le tenaient en joue, et Ellie Savage sortait une paire de menottes. Les yeux de Tobey passèrent de l'un à l'autre, et il réagit très vite : il s'élança vers la sortie en décidant d'ignorer les armes braqués sur lui.

– Arrêtez ! Arrêtez ou je tire !

Le coup partit et manqua sa cible. Un deuxième tir suivit, et les vitres de protection, au-dessus des rambardes, volèrent en éclats tout près de nous. Je me jetai en avant et saisis Tobey par la taille. J'avais négligé sa force : il me décocha un coup de coude qui me plia en deux. Je surmontai ma douleur, resserrai l'étau autour des épaules tout en le retenant. Le poids de son corps m'emporta vers l'arrière. Nous butâmes contre le rebord en béton, à l'extrémité de la terrasse. Au milieu des cris de terreur qui traversaient le toit, j'entendais la voix des agents Savage et Washington qui hurlaient des ordres pour qu'on ne tire plus. Tobey se libéra de mes bras et se retourna. Il me frappa violemment mais je l'agrippai à nouveau. Il plongea contre moi et m'entraîna. Le verre n'était plus là pour interrompre notre mouvement : derrière moi, c'était le vide. Je tentai de le repousser, mais l'élan joua contre nous. Je sentis l'arête dure de la rambarde contre mes vertèbres. Lorsqu'un agent se précipita pour nous séparer, mes pieds décollaient du sol.

J'ai déjà compris qu'il est inutile de lutter.

Alors je me penche et je vois le visage de ma femme, sa queue-de-cheval qui vole, ses beaux traits déformés par un cri, un hurlement de bête, tout son corps se tend, un bras s'élève, la jambe opposée aussi, elle s'élance et court vers moi, ses bras brassent l'air pour agripper mon corps mais elle sait que ce sera trop tard, qu'elle n'y parviendra pas. Près d'elle, il y a Ellie Savage qui court, elle aussi. Les jugulaires gonflées sur son cou m'impressionnent.

J'entends d'autres cris, des cris d'enfants, mais ils sont déjà loin parce que j'ai basculé, entraîné par Tobey.

Je lis la peur et la rage sur son visage, peut-être la satisfaction de la vengeance, les yeux écarquillés de celui qui m'a trahi et qui me tue, mes pieds, mon dos, mes mains, rien n'est plus en contact avec le béton ou le verre, je tourne la tête, je vois maintenant la façade du gratte-ciel.

Puis je vois la ville que j'ai aimée et où j'ai aimé. Une femme, des enfants, une vie.

Tout s'est renversé, tout tournoie, j'ai la sensation d'être atrocement lourd, l'air gifle mon visage et colle mes vêtements à ma peau, et j'ai besoin de voir Tobey qui gigote comme un pantin désarticulé qu'on agite dans l'espace, tout près de moi, pour comprendre – pour réaliser que *je tombe.*

Et que dans quelques insupportables secondes, tout sera fini.

Au même instant, une barre éblouissante se découpe dans mon champ de vision. Des visages inconnus surgissent, les images se succèdent, des bruits étranges m'envahissent, stridents, une voix familière résonne dans ma tête.

Je ne sais plus où je suis, ce qui m'arrive.

Je sais juste que je suis en train de mourir.

51

– ILS AURAIENT pu me dire que tu t'étais réveillé. Ce ne sont pas les tuyaux dans le nez et les bandages compressifs autour du crâne qui m'ont fait ouvrir les yeux. Ni la douleur dans la nuque et le genou droit, ni les nausées épouvantables. Non ; c'est la voix. Au-dessus de ma tête, un néon trop blanc qui me vrille le cerveau.

– Ils auraient *vraiment* pu me prévenir, répéta cette voix avec un soupir marqué.

Ça sonnait comme un reproche, un reproche qui m'était implicitement adressé, en fait : une façon de me signifier que moi aussi j'aurais pu prévenir, ou même – c'était bien plus probable – de me dire qu'il n'y avait rien de plus décevant que mon réveil. Tu aurais vraiment pu te réveiller à un autre moment ou un autre jour, Jamie Byrne. Ou pas du tout.

Je bougeai les yeux avec autant d'effort que si j'avais eu à soulever une palette de briques. Peut-être aussi n'avais-je pas envie d'y parvenir, peut-être aurais-je aimé que ma vue ne confirme pas ce que j'avais entendu.

Pourtant, c'était *elle.*

Elle m'examina de la tête aux pieds, à distance, fit la moue et finit par s'asseoir au bord du lit.

– Tu es fier de toi ? Je n'ai pas dormi de la nuit.

Je regardai autour de moi – les mouvements oculaires me vrillèrent la tête.

Des murs blancs, des draps rêches, des câbles qui partent de mon torse et des bips-bips.

Je refermai les yeux.

Une main froide se posa quelques instants sur mon avant-bras – juste sur le cathéter de la perfusion, là où la veine était au comble de l'inflammation. Ce n'était pas un geste tendre, c'était simplement une façon de me rappeler à l'ordre. J'eus envie de crier, et pas seulement de douleur.

– À quoi tu joues, James ? À quoi ça rime de te transformer en pilote de formule 1 au volant de ta voiture ?

Je la regardai à nouveau. *En chair et en os* devant moi. Vivante et acide, comme elle savait si bien le faire. Dans quel monde parallèle me trouvais-je ? Les cauchemars allaient-ils se succéder ainsi longtemps ?

– Inès, dis-je d'une voix éraillée.

– Tu aurais pu mourir, tu as eu beaucoup de chance.

Tu penses. Je n'avais pas envie de répondre – juste de savoir ce que nous faisions ici, elle et moi, alors qu'on devrait être morts tous les deux : elle dans un hangar, moi écrasé au pied d'un gratte-ciel. Y avait-il un service hospitalier *post mortem* au paradis ?

– Qu'est-ce qui s'est passé ? Où on est ? finis-je par

demander, essoufflé comme un marathonien en fin de course.

Elle se redressa, sceptique.

– Tu ne t'en souviens pas ? Décidément, les accidents de voiture, ça ne te réussit pas.

– Ça réussit rarement aux gens..., ajoutai-je.

Je me surprenais à faire de l'humour – que faire d'autre ?

Inès reprit.

– Tu rentrais de l'hôpital, il pleuvait, on devait sortir et tu étais en retard, comme d'habitude.

Elle regarda ailleurs avant d'ajouter avec l'agressivité des gens qui se sentent coupables :

– Tu ne vas quand même pas mettre ça sur le compte de notre conversation téléphonique, j'espère !

Je me contentai de prendre une grande inspiration qui me déchira les poumons.

– Hier, dis-je... Le Rockefeller Center...

– De quoi tu parles ?

Non, ce n'était pas possible. Je ne pouvais pas y croire. Mon rythme cardiaque s'emballa. L'alarme du moniteur cardiaque se mit à sonner. Quand l'infirmière entra, affolée, je gigotais dans tous les sens, je voulais me relever.

– Madame, votre mari est fatigué, il faut le laisser, je crois.

Inès ne se fit pas prier. Elle sortit sans un regard pour moi ; je lui en fus reconnaissant. Je ne voulais pas qu'elle me voie en larmes.

– Monsieur, calmez-vous, m'ordonna gentiment l'infirmière en me forçant à m'allonger. Tout va bien, soyez tranquille.

Je secouai la tête, je refusais de comprendre. Je finis par m'apaiser, et ma fréquence cardiaque afficha des valeurs acceptables. Je levai les yeux sur le visage apaisant. Un visage familier. Terriblement familier. Je déchiffrai son nom sur son badge.

Rachel Kane.

– Qu'est-ce… qu'est-ce qui m'est arrivé ? demandai-je, abasourdi.

– Vous avez eu un accident hier soir, docteur Byrne. C'était très impressionnant, mais vous vous en tirez bien : un genou abîmé, une entorse cervicale et des bobos un peu partout. Vous êtes tombé dans le coma juste après votre arrivée. Massage cardiaque, intubation, je crois même qu'on vous a fêlé une côte. Bon retour parmi nous…

Je portai la main à mon visage : chaque centimètre carré de peau me faisait souffrir. Une brûlure intense qui ne m'était pas étrangère, elle non plus.

– Je vous ai enlevé les bandages hier, dit-elle. Ça n'était pas simple, je crois que vous avez eu mal, même dans votre coma. Vous allez passer par les couleurs de l'arc-en-ciel, puis tout rentrera dans l'ordre. à l'occasion, remerciez le dieu Airbag.

– Un… un accident ? répétai-je, incrédule.

– Oui, confirma l'infirmière. On sait : vous êtes un habitué, on a vu ça dans votre dossier, dit-elle avec le sourire. C'était contre un poteau électrique, cette fois, mais presque aussi spectaculaire qu'il y a six ou sept ans, sur le pont du Queens.

Elle arrangea mon oreiller avant d'ajouter :

– Vous n'êtes pas obligé d'en refaire un tous les sept ans, je vous rassure. Maintenant, reposez-vous : vous venez de vivre quelque chose d'éprouvant, physiquement et mentalement, c'est normal de craquer comme ça. Dormez et le médecin va passer vous voir.

Je préférai acquiescer sans lui faire part de ma stupeur ; mes questions l'auraient inquiétée sur mon état mental, justement.

– On va pouvoir vous enlever quelques couvertures, dit encore Rachel. Votre température corporelle chutait dangereusement, tout à l'heure.

Elle s'exécuta, alors que je me rappelais les frissons qui m'avaient secoué dans un salon de beauté tandis qu'une fille du même nom posait la tête sur mon épaule.

À peine fut-elle sortie que je me redressai et regardai autour de moi.

La date, il me fallait connaître la date du jour.

Lorsque je m'étais réveillé chez moi en sursaut au beau milieu de mon cauchemar – car je tenais encore cet accident pour un cauchemar –, on était le 11 avril ; Inès était morte le soir même. Trois jours s'étaient écoulés depuis et, logiquement, nous devions être le 14 avril, aujourd'hui. Mon regard tomba au pied du lit et je me penchai difficilement pour saisir le Kardex accroché à la barre en métal.

Je le rejetai presque aussi vite, comme s'il m'avait brûlé les phalanges.

Mardi 11 avril.

En quelques secondes, je fus en nage. J'étouffai. J'arrachai ma perfusion et me mis sur mes pieds. Je vacillai, au sens physique et psychologique du terme, mais m'accrochai à tout ce qui pouvait me soutenir. Le mur, la table de chevet.

Ce n'était pas possible.

Ce fut la rage qui vint déborder les autres sentiments. Je coupai le fonctionnement du moniteur et fis taire le bip qui avait sans doute résonné pendant mon coma, puis j'arrachai la perfusion. Mon avant-bras me faisait souffrir. *Atrocement souffrir*. Je m'habillai sans enlever la minerve qui soutenait les vertèbres de mon cou et ouvris la porte.

Je profitai de l'absence des infirmières dans le couloir pour le longer péniblement jusqu'aux ascenseurs.

Dehors, la lumière du jour – un soleil éblouissant – ne fit qu'accentuer le mal de tête qui me harcelait depuis que je m'étais éveillé dans cette chambre du Mount Sinaï Hospital. Je m'appuyai à un feu de signalisation et hélai un taxi. Deux, puis trois passèrent sans s'arrêter. Je levai péniblement les yeux vers le trottoir opposé, avec l'idée de trouver un point d'appel plus propice. J'allais traverser lorsque l'enseigne d'une boutique, que j'avais sans doute vue mille fois en quittant l'hôpital sans m'en rendre compte, retint mon attention.

Beauty's.

Un salon de soins esthétiques à la devanture déglinguée – sans doute en attente de reprise. Un flash vint s'imprimer sur ma mémoire malmenée – la même devanture, le visage d'une jeune femme derrière un volet métallique. Un bar dans la pénombre.

Je tentai de me concentrer, mais je n'avais pas baissé le bras et, à cet instant précis, un taxi s'arrêta. Je m'y engouffrai, soulagé, indiquai l'adresse au chauffeur et m'empressai d'oublier ce que je venais de découvrir.

Le taxi se mêla à la circulation et le premier panneau publicitaire vint m'asséner un deuxième coup – que je ne pus esquiver, cette fois. Il s'agissait de la promotion d'un programme immobilier dernier cri : des maisons géométriques en bois et en verre au cœur de Manhattan. En une fraction de seconde m'apparut la maison de Tobey telle que je l'avais « vue » la dernière fois que je m'y étais rendu, au lieu du petit immeuble en briques si typique des débuts de New York où il vivait depuis des années.

Quelques mètres plus loin, je tournai la tête vers l'affiche gigantesque d'un film de gangsters censé se passer dans les années 1930 avec une pléiade d'acteurs de renom : Renée Zellwegger, Robert De Niro.

Mais aussi Manuel Ribeiro.

Et le jeune Roberto Cameron dans le rôle de son disciple.

Alors, tandis que la voiture progressait dans le quadrillage de la ville, mes illusions et ce que je croyais être ma réalité s'effondrèrent implacablement. Au fur et à mesure que la Ford remontait l'East Side selon un trajet que j'avais emprunté si souvent sans jamais remarquer tous ces détails, la vérité s'imposait.

J'abaissai nerveusement la vitre pour mieux respirer. La voiture démarra et laissa sur la droite une école maternelle et primaire à la façade bariolée et d'où une multitude d'enfants sortaient. Une école où j'aurais juré avoir attendu mes propres enfants.

Je refusai en bloc tout ce que l'extérieur était en train de m'imposer et descendis enfin du taxi.

J'étais devant ma maison.

52

JE MONTAI fébrilement les marches et ouvris la porte. Elle claqua derrière moi et je restai immobile dans l'entrée quelques secondes. Je regardai autour de moi comme si l'on m'avait catapulté dans un monde inconnu – ou révolu. Pourtant tout était bien réel, ici.

La table de salon que j'avais achetée avec Inès.

Les rideaux choisis par Inès.

La cuisine d'Inès – où elle mettait à peine le pied.

Tremblant, j'entrai dans le séjour. Tout était en place, désespérément empreint de notre couple. Je ressortis et montai à l'étage. Je repoussai une porte entrouverte, puis une seconde. Un bureau, une chambre d'amis.

Pas de chambres d'enfants.

Je redescendis aussi vite que me le permettait mon genou et me précipitai sur la pile de magazines féminins de ma femme. Je fouillai : il était encore là. Un exemplaire de *Star*, qui montrait Jennifer Aniston et Orlando Bloom au bord d'une piscine. Je passai les doigts sur la couverture, j'aurais voulu m'être trompé, mais non : il s'agissait d'une belle maison au toit plat, à l'abri des regards, sur la plage d'une station des Hamptons.

Je reposai le magazine et m'avançai, tremblant, vers mon bureau encombré. Je consultai mon courrier récent et allumai la radio, dans l'espoir désespéré d'entendre une date qui ferait vaciller la terrible réalité. Et la voix que j'avais entendue des dizaines de fois, celle qui s'était imprimée dans les circuits complexes de ma mémoire, jaillit des haut-parleurs et me transperça les tympans et le cœur :

– *J'ai six ans et demi et je n'ai plus de maman*, dit la petite d'une voix profonde pour le compte du spot publicitaire.

– *Teresa a besoin de vous, chaque jour*, concluait le responsable de l'association humanitaire.

Je me relevai et titubai jusqu'à l'escalier. Je finis par glisser contre un mur, le visage entre mes mains, et laissai le chagrin me submerger comme une vague brûlante.

53

COMBIEN DE TEMPS restai-je ainsi ? Je ne le sus pas, mais je décidai de me relever.

Je ne pouvais pas continuer à me morfondre. L'accident s'était bien produit, alors que ma vie de famille n'avait été qu'un mirage.

Qu'allais-je faire maintenant ? Attendre le retour d'Inès et ses assauts pleins d'amertume ? Pourquoi me résigner à l'existence que j'avais tenté de chasser et qui revenait en force ?

Je m'emparai d'un sac, montai, ouvris le placard de notre chambre et y jetai quelques vêtements. Je fouillai ensuite rapidement mon bureau pour y prendre l'essentiel de ma vie administrative : quelques papiers, une clef USB et mon ordinateur, puis je refermai mon sac. Sans hésitation.

Dans le hall, mon regard se posa sur une feuille régulièrement glissée dans notre boîte aux lettres – et tout aussi régulièrement jetée sans y accorder la moindre attention : la publicité pour une agence de détectives privés.

Vous avez des doutes sur votre conjoint ?

Vous voulez en savoir plus sur ceux que vous croyez connaître ?

Contactez-nous sans attendre.

Je pris la feuille : à côté d'un couple tout ce qu'il y avait de glamour – une femme brune au visage luisant et un type, debout, livide et perdu dans un costume sans âge –, ces noms s'étalaient en grosses lettres :

Washington & Savage
Enquêtes privées

La publicité m'arracha un sourire. Le coma est un type plein d'humour. Je froissai le dépliant et le posai sur le guéridon.

Je lançai les clefs de la maison dans la coupe en aluminium qui se trouvait dessus, sortis et claquai la porte.

54

TOBEY DÉVALA les marches, une serviette autour de la taille. Il attendait sa maîtresse un peu plus tard, mais, visiblement, elle était très pressée de le retrouver : il ne l'avait jamais entendue sonner avec autant d'insistance. Il sourit et ouvrit la porte.

La surprisc l'immobilisa.

– Jamie ! Mais… c'est génial, vieux ! Tu es sorti du coma ? Et de l'hôpital ? Mais je vais engueuler Inès, elle ne m'a même pas prévenu !

Il allait m'enlacer chaleureusement, mais je ne lui en laissai pas le temps : mon poing partit avant son accolade. Tobey tomba à la renverse. Il me dévisagea, la main sur sa mâchoire. Sa lèvre inférieure saignait.

– Tu es malade ou quoi ? s'exclama-t-il, stupéfait. Qu'est-ce qui te prend ?

– Oui, je suis sorti du coma, lui confirmai-je. Et je suis tellement bien réveillé que j'ai ouvert les yeux sur pas mal de choses. Sur certains souvenirs, aussi. Finalement, le coma n'a pas que des défauts, Tobey : il peut faire ressurgir ce qu'il a gommé sept ans plus tôt.

Il se releva péniblement tandis que je m'éloignais déjà.

– Attends, Jamie, tu es encore sous le choc, reviens...

– Tu as raison, répondis-je : sous le choc. Celui de mes souvenirs. Et s'ils sont bons, on en était restés là avant mon premier accident : tu étais dans les bras de ma femme et j'avais quitté le motel comme un fou sans te dire ce que je pensais de ton amitié. Cette fois, dis-je en massant mon poing endolori, on s'est tout dit.

J'étais sur le trottoir, je me retournai pour la dernière fois sur celui que j'avais considéré comme mon indéfectible allié. J'en avais fait un meurtrier pendant quelques heures de coma, alors qu'il n'était qu'un pauvre type qui couchait avec la femme de son meilleur ami depuis sept ans. Mais ça me suffisait.

– Inès a un trousseau de clefs pour toi, maintenant. Plus la peine d'aller au motel.

55

JE MARCHAI ensuite de longues heures, mon sac à la main, les yeux rivés sur le trottoir. Je ne pensais qu'à ma vie rêvée et définitivement perdue. Une femme idéalisée que j'avais aimée le temps d'un coma, des enfants que je m'étais offerts et que la réalité était venue me reprendre. Je refusai de lever le regard. J'avais peur de tomber sur l'image d'une belle jeune femme brune sur une publicité pour un maquillage et dont j'aurais emprunté le visage pour peupler mon couple éphémère. J'avais peur de reconnaître un Loris ou un Noah à travers deux enfants que j'aurais croisés tous les jours sans m'en rendre compte. *Mes fils, vous avez peuplé mes rêves tant de nuits avant ces accidents, mais vous n'aurez vécu que le temps d'un coma.* Je savais qu'ils n'existaient pas, qu'ils n'existeraient plus que dans mes souvenirs, mais je refusais de les réduire à des détails insignifiants de mon existence transposés à un rêve. Je voulais encore en profiter, le temps que m'accorderait ma mémoire avant de les effacer, comme elle le ferait avec d'autres rêves.

Quand je n'en pus plus de déambuler dans cette ville qui me semblait maintenant déserte et sans intérêt, je me dirigeai sur Lexington Avenue et m'arrêtai à l'angle de la 99e Rue.

Je levai les yeux sur le building, inspirai profondément et entrai dans le hall.

– Tu ne m'appelles pas pendant vingt-quatre heures, et voilà que tu débarques comme ça, sans…

Rose sortit de sa chambre où elle avait filé lorsqu'elle avait reconnu ma voix à l'interphone. Elle portait une robe légère et tout à fait inappropriée en intérieur. Elle était ravissante et attendrissante, et je souris pour la seconde fois depuis mon réveil. Elle s'approcha de moi, inquiète, et passa la main avec délicatesse sur les ecchymoses qui tâchaient mon visage et mes avant-bras.

– Jamie, qu'est-ce qui t'es arrivé ?

– J'ai eu un accident, hier soir, en partant… Je n'ai pas pu te prévenir, excuse-moi.

Elle se décomposa.

– Oh, mon Dieu, tu… tu n'as rien de grave ?

– Non, ne te fais pas de souci.

Que lui dire d'autre ? Tu vois, Rose, hier soir, je suis parti de chez toi à contrecœur parce qu'il n'y a qu'avec toi que je parviens à oublier la tristesse de ma vie conjugale, et j'ai eu un accident que j'ai pris pour un cauchemar. Puis je suis tombé dans le coma et j'en ai profité pour m'inventer une vie meilleure, comme un puzzle de petits riens, de choses anodines de mon quotidien, mais voilà, la réalité m'y a rattrapé.

Alors plutôt que retrouver ma vie d'avant, je me suis dit que nous pourrions passer quelques jours chez toi en attendant d'avoir une meilleure idée…

– Rose, ça ne t'ennuie pas si… si je passe la nuit ici ?

Je levai les yeux sur elle : j'avais honte, je me trouvais misérable de courir le moindre risque de la faire souffrir, de lui faire croire qu'il pourrait y avoir plus qu'une liaison entre nous. Le visage de Meredith m'apparut : je souffrais de la disparition d'une femme que j'avais aimée alors qu'elle n'avait jamais existé, alors comment pouvais-je accepter de blesser Rose en lui faisant miroiter la présence d'un homme bien vivant, lui, qui s'enfuirait ensuite ?

– Juste une nuit, ajoutai-je immédiatement.

Elle fit tomber le masque.

– C'est gentil de préciser. Honnête, au moins. C'est curieux, mais je t'en suis reconnaissante.

Elle soupira, lasse, regarda autour d'elle puis se tourna vers moi. Son visage avait changé.

– C'est d'accord, dit-elle, mais à une condition.

J'attendis le verdict.

– Que tu disparaisses ensuite de mon existence, James Byrne. Tu dors ici puis tu me laisses construire ma vie, et tu fais ce que tu veux de la tienne. J'ai droit à… comment dire… j'ai droit à l'espoir, Jamie. Autre chose qu'un horizon fermé, qui ne changera jamais.

Elle sourit sans tristesse.

– Nous deux, on n'est pas faits pour que ça change entre nous. Au fond, je crois que je n'avais pas plus envie que toi d'autre chose que ce que nous avons vécu. Mais maintenant, il faut que tout change. Alors une nuit, et plus rien. Affaire conclue ?

Elle me tendit la main, que je pris et embrassai avec tendresse. Elle se laissa faire, apaisée par le marché qu'elle venait de conclure. Je l'étais autant qu'elle, sans doute : heureux de savoir que personne n'avait berné l'autre. On s'en était chargés nous-mêmes et on avait décidé de se l'avouer aujourd'hui. Il en restait de la tendresse, une immense tendresse, et du respect.

Elle s'approcha du bouquet posé sur le bar qui séparait le séjour de la cuisine.

– Petite exception à la règle : tu peux continuer à m'offrir des fleurs, j'adore ça. Regarde : elles sont encore plus belles qu'hier, quand tu me les as apportées.

– C'est promis, répondis-je, je…

Les mots restèrent bloqués. Au lieu de les prononcer, je me répétai ceux que je n'avais pas osé dire, quelques instants plus tôt : m'inventer une vie meilleure, comme un puzzle de petits riens, de choses anodines de mon quotidien.

Choses anodines de mon quotidien.

Je fixai le bouquet, immobile. L'emballage traînait encore sur un coin du plan de travail : je me jetai dessus.

– Qu'est-ce qui t'arrive ?

Je m'approchai d'elle sans lâcher le papier.

– Tu as raison, il faut que tout change pour nous deux. J'ai un nouveau deal à te proposer.

– Lequel ? demanda Rose, méfiante et amusée en même temps.

– Je commence dès maintenant. Je ne reste pas ici cette nuit : je change de vie, tout de suite. Et tu en fais de même bientôt. Et on se revoit une fois, une seule, pour savoir si on a *tous les deux* respecté le contrat.

Elle se mit à rire.

– D'accord, docteur : rendez-vous dès mon prochain changement de vie.

Je la serrai contre moi. Elle m'embrassa sur la joue et me repoussa.

– File. On se revoit rue du Bonheur, pour un café et des douceurs. Ça te va ?

Une nouvelle existence. Ailleurs. Je revis les visages imaginaires de mes fils. Pourquoi ce que le coma m'avait offert ne deviendrait-il pas réalité, un jour ? Moi, Jamie Byrne, père. *Vraiment.*

– Je la trouverai, ta rue, dis-je sur le pas de la porte. Et je serai à l'heure.

56

AU CŒUR DU VILLAGE, je sortis du métro comme un dément et me mis à courir.

À quelques mètres de ma destination, je m'arrêtai pour reprendre mon souffle. Mon cœur, lui, s'emballa au lieu de retrouver son rythme habituel.

J'inspirai profondément et poussai la porte de la boutique. Un sifflement d'oiseau fit apparaître une jeune fille tout juste sortie de l'adolescence.

– Bonjour, me dit-elle.

Je la dévisageai comme s'il s'agissait d'une extraterrestre. Ma déception devait se voir tel un nez au milieu d'une figure. La jeune fille rougit, embarrassée.

– Je peux vous aider ? demanda-t-elle en perdant son sourire.

– Oui, bafouillai-je, je... je suis venu hier pour acheter des fleurs, je... je ne crois pas que c'était vous...

– Ben si, je suis là tous les jours… Il y a un problème avec les fleurs ? s'inquiéta la petite.

– Non, enfin…

Une voix résonna dans mon dos.

– Je m'en occupe, Jennifer, tu peux retourner à tes compositions.

Juste une phrase, et j'ai bien cru que mon cœur et ma tête allaient exploser.

– Tu en es sûre, Meredith ? Tu devais partir.

– Je pars juste après. Vas-y.

Je me retournai lentement.

Devant moi, une jeune femme longue et vive m'observait, les mains sur les hanches. Elle portait un tablier vert sombre qui épousait ses formes, on aurait dit que sa queue-de-cheval dansait indépendamment des mouvements de son corps. Ses yeux dorés plongèrent dans les miens et me ramenèrent aux plus beaux instants d'une vie rêvée dont j'avais cru devoir faire le deuil et qui renaissait de ses cendres.

– Je me souviens de vous, me dit-elle. Le bouquet d'hier n'a pas convenu ?

– Si, articulai-je avec peine. J'en veux un autre.

– Parfait, dit-elle en s'essuyant les mains sur son tablier. Vous avez une envie particulière ? Hier, vous n'étiez pas très inspiré, vous m'avez dit : « Pour une jeune femme que je ne connais pas du tout, finalement. »

Chère Rose. C'est vrai que je ne la connaissais pas.

Je répondis sans hésiter :

– Aujourd'hui, c'est pour une jeune femme que je connais à peine.

Elle se mit à rire.

– « Pas du tout » ou « à peine », je ne sais pas si ça va changer radicalement la façon de composer le bouquet…

Je fermai les yeux.

– Si, insistai-je. Si. Pour moi, ça change tout.

DU MÊME AUTEUR

Aux Éditions Albin Michel

LE SANG DES SIRÈNES

LE CINQUIÈME PATIENT

LE GÈNE DE LA RÉVOLTE

LA NUIT INTERDITE

Sous le nom d'Eli Anderson :

OSCAR PILL (t. 1, 2, 3)

Aux Éditions Michel Lafon

PEUR

AGÔNIA

Demain est une autre vie
est aussi disponible en version numérique.

Site et blog de l'auteur :

www.thierryserfaty.com

Composition Nord Compo
Impression CPI Firmin Didot, avril 2011
Éditions Albin Michel
22, rue Huyghens, 75014 Paris
www.albin-michel.fr

ISBN 978-2-226-22143-8
N° d'édition : 19802/01 – N° d'impression : 104629
Dépôt légal : mai 2011
Imprimé en France.